AtV

POLINA DASCHKOWA ist eine Entdeckung, nicht nur für Krimi-Fans. Geboren 1960, studierte sie am Gorki-Literaturinstitut in Moskau und arbeitete als Dolmetscherin und Übersetzerin, bevor sie mit einer Gesamtauflage von heute 12 Millionen verkauften Büchern zur beliebtesten russischen Krimiautorin avancierte. Für die Medien erstellt sie psychologische Tätergutachten in aktuellen Kriminalfällen. Polina Daschkowa lebt mit ihrem Mann und zwei Töchtern in Moskau.

In der Aufbau Verlagsgruppe erschienen bisher die Romane »Die leichten Schritte des Wahnsinns« (2001), »Club Kalaschnikow« (2002) und »Russische Orchidee« (2003) sowie die Hörspiele »Die leichten Schritte des Wahnsinns« und »Club Kalaschnikow«.

Lena hat allen Grund, um ihr noch ungeborenes Baby zu fürchten. Es ist zwar kerngesund, aber da sind Leute, die es ihr nehmen wollen, die ihr einreden, es sei ohnehin schon tot. Instinktiv flieht sie aus der Klinik. Die Miliz glaubt ihr nicht. Doch in ihre Wohnung wurde eingebrochen, und man jagt sie. Hier geht es offenbar um weit mehr als eine medizinische Fehldiagnose. In all ihrer Bedrängnis begegnet Lena, bekannt aus »Die leichten Schritte des Wahnsinns«, dem Mann ihres Lebens.

Polina Daschkowa

Lenas Flucht

Roman

*Aus dem Russischen
von Helmut Ettinger*

Aufbau Taschenbuch Verlag

Die Originalausgabe unter dem Titel

»Кровъ нерождённых«

erschien 1998 im Verlag EKSMO-Press, Moskau.

ISBN 3-7466-2050-3

1. Auflage 2004

Umschlaggestaltung und Foto von
gold, Anke Fesel/Kai Dieterich
Druck und Binden Druckerei C. H. Beck, Nördlingen
Printed in Germany

www.aufbau-taschenbuch.de

Erstes Kapitel

Sie fiel in ein bodenloses schwarzes Loch. In den Ohren rauschte es, der Körper verlor jeden Halt. Dieses widerliche Gefühl der Schwerelosigkeit kam ihr bekannt vor. So war es gewesen, wenn sie als Kind zu lange geschaukelt hatte und danach keinen festen Boden unter den Füßen fand. Der Horizont schwankte und wollte nicht wieder in die Waagerechte kommen …

Die bleischweren Lider ließen sich nur mit Mühe öffnen. Gleißendes Licht stach in die Augen. Sie suchte zu begreifen, wo sie war, aber es gelang ihr nicht. Dann drangen durch das Dröhnen im Kopf Stimmen an ihr Ohr.

Zwei junge Frauen sprachen miteinander:

»Hör mal, wenn sie künstliche Wehen bekommen soll, warum hat man sie dann so mit Promedol vollgepumpt? Die wacht doch bis morgen früh nicht auf.«

»Wir warten noch ein bißchen, dann wecken wir sie.«

»Was ist denn mit ihr?«

»Woher soll ich das wissen? Vielleicht ist das Kleine tot oder behindert. Was interessiert's dich?«

»Einfach so … Sie tut mir leid. Oxana, vielleicht hör' ich mal die Frucht ab?«

»Blödsinn, da ist nichts zu hören.«

»Nur so, zum Üben.«

»Na meinetwegen, wenn du unbedingt willst.«

Sie traten an das Bett heran. Die Frau lag regungslos mit geschlossenen Augen da. Sie spürte, wie sie sie aufdeckten. Dann wurde es ganz still. Ein Stethoskop glitt über ihren Bauch.

»Oxana, das Kind lebt! Der Herzschlag ist normal –

hundertzwanzig! Vielleicht braucht sie gar keine künstlichen Wehen! Die ist doch höchstens fünfunddreißig.«

»Das ist es ja – fünfunddreißig. Eine alte Erstgebärende. Die kriegen behinderte Kinder.«

Oxana klopfte der Schwangeren leicht auf die Wangen. »Aufwachen!«

Keine Reaktion.

»Oxana, komm, wir gehen erst mal Tee trinken. Laß sie doch noch ein bißchen schlafen.«

Sie deckten sie wieder zu, zogen den Wandschirm vor das Bett und verließen das Zimmer.

»Walja, steck deine Nase nicht in Sachen, die dich nichts angehen. Du reißt hier dein Praktikum runter und tschüß! Aber ich muß bleiben. So viel wie hier krieg ich als Schwester nirgends.«

Lena Poljanskaja erschrak so sehr, daß ihre Übelkeit sofort verflog. Als die Schritte der Schwestern verklungen waren, sprang sie aus dem Bett und schaute hinter dem Wandschirm hervor.

Das war kein Krankenzimmer, sondern eine Art Büro – ein Glasschrank mit Instrumenten und Arzneimitteln, eine ledergepolsterte Bank, ein Schreibtisch. Darauf erblickte sie ihre Handtasche. Über der Stuhllehne hing ein grüner Operationskittel. Lena griff nach Handtasche und Kittel und lugte auf den Gang hinaus. Der war leer. Gegenüber eine halb geöffnete Tür mit einem Schild, auf dem ein Männlein über eine Treppe lief: der Notausgang. Lena eilte, so schnell sie konnte, die Stufen hinunter.

Um sie war es dunkel und still. Ihre nackten Füße spürten die Kälte nicht. Das Herz schlug, als wollte es zerspringen.

Nach mehreren Treppenabsätzen mußte Lena innehalten, um Luft zu schöpfen. Wo renn' ich eigentlich hin und warum? schoß es ihr durch den Kopf. In diesem Aufzug auf die Straße. Und was dann?

Schon etwas ruhiger, ging sie noch einige Stufen. Als ihr Blick nach unten fiel, konnte sie in der Dunkelheit eine schwach schimmernde Metalltür erkennen. Das war sicher der Keller.

Als die Krankenschwester Oxana Staschuk und die Praktikantin Walja Schtscherbakowa in das Zimmer zurückkehrten, war das Bett leer.

»Okay«, meinte Oxana, »jetzt ist sie selber aufgewacht. Wird wohl auf die Toilette gegangen sein. Wenn sie wieder da ist, fangen wir an.«

Ein hochgewachsener Mann in weißem Kittel und Gazemaske kam herein.

»Na, ihr Hübschen, wie geht's unserer Patientin?« fragte er gutgelaunt.

»Entschuldigen Sie, Boris Wadimowitsch«, platzte Walja heraus und errötete heftig, »ich habe die Frucht abgehört. Das Herz schlägt normal, und das Kind bewegt sich. Vielleicht untersuchen Sie die Patientin noch einmal und entscheiden dann, ob wir anfangen sollen oder nicht.«

Der Stationsarzt Boris Wadimowitsch Simakow maß die kleine, rundliche Praktikantin mit einem Blick, vor dem jede andere im Boden versunken wäre. Aber Walja ließ sich nicht beirren.

»Ich verstehe, davon haben Sie nichts, aber man kann doch nicht ...«

Nun platzte dem Arzt der Kragen.

»Du grüne Rotznase, wovon redest du? Was willst du eigentlich hier? Uns sagen, was wir zu tun haben?! Dir werd' ich zeigen, was ein Praktikum ist! Oxana!« wandte er sich scharf an die Schwester. »Ist der Tropf angelegt?«

»Noch nicht, Boris Wadimowitsch. Die Kranke hat doch geschlafen. Wie sollte ich da den Tropf anlegen?«

»Warum haben Sie sie nicht geweckt?«

»Das habe ich versucht, aber sie hat doch Promedol gekriegt«, rechtfertigte sich Oxana. Sie trat so dicht an Simakow heran, daß er ihre straffe Brust spürte. »Keine Sorge. Sie ist eben von selbst aufgewacht. Wir fangen gleich an.«

Walja, deren Blick durch das Zimmer irrte, fiel plötzlich auf, daß die hübsche Handtasche der Patientin nicht mehr auf dem Schreibtisch stand. Ihre Kleider hatte sie selber in die Aufbewahrung getragen, aber ihre Tasche mit dem Paß war zurückgeblieben. Als dann das Krankenblatt endlich ausgefüllt war, hatte die Aufbewahrung bereits geschlossen. Auch der grüne Operationskittel hing nicht mehr über der Stuhllehne.

Dumm sind Sie nicht, Lena Poljanskaja, dachte Walja bei sich. Laut sagte sie:

»Entschuldigen Sie bitte, Boris Wadimowitsch. So bin ich eben – immer interessieren mich Sachen, die mich nichts angehen. Wir fangen jetzt gleich an.«

Im Keller war es dunkel. Nur der Mond schien schwach durch das trübe, halb geöffnete Fenster hoch oben unter der Decke.

Mit den nackten Füßen über den schmutzigen Boden zu laufen war widerlich, aber Lena entschloß sich, den Keller ganz zu erkunden. Zwar hatten sich ihre Augen inzwischen an die Dunkelheit gewöhnt, aber sie konnte sich nur tastend vorwärts bewegen. Sie hielt sich dicht an der Wand. Am meisten fürchtete sie, sie könnte auf eine Ratte treten.

Der Keller war vollgestopft mit ausrangierten Möbeln, Bündeln alter Wäsche und allem möglichen Gerümpel. Unter dem Fenster standen einige Sperrholzkisten. Es war das einzige, von dem man das Metallgitter abgeschlagen hatte.

Die Kisten erwiesen sich als so stabil, daß sie sie zu einer Art Treppe aufstapeln konnte. Sobald es hell wurde, wollte sie hinausklettern und die nächste Milizstation aufsuchen. Aber was sollte sie dort erzählen? Egal, das kam später …

Aus den Kisten ragten Nägel, an denen sich Lena Hände und Füße blutig riß. Sie öffnete eines der Wäschebündel, zerrte ein paar verschlissene Bettücher heraus, nahm ihre ganze Konstruktion noch einmal auseinander, umwickelte jede Kiste sorgfältig mit den Laken und stellte sie wieder auf. Dann setzte sie sich auf die unterste Stufe und ließ ihre Füße auf einem weichen Wäschebündel ruhen.

An Schlaf war nicht mehr zu denken. Lena machte es sich bequem und begann darüber nachzugrübeln, was eigentlich mit ihr geschehen war.

Der betagte Arzt hatte ihren Bauch mit einem widerlichen Gel eingerieben, um eine Ultraschalluntersuchung vorzunehmen. Lange starrte er auf den flimmernden Bildschirm und wiegte schließlich besorgt den Kopf. Da war es sechs Uhr abends gewesen ...

Als man ihr mitgeteilt hatte, ihr Kind sei tot, wischte sich Lena den Bauch mit einem Handtuch ab und schnürte ihre hohen Stiefel zu. Dem netten Doktor glaubte sie kein Wort. Daher war sie vollkommen ruhig. Aber er hielt sie ganz unmotiviert am Handgelenk fest und fühlte ihr den Puls.

»Moment mal, Kindchen, nicht so schnell! Wo wollen Sie denn hin in Ihrem Zustand? Warten Sie, ich gebe Ihnen eine Spritze, und Sie bleiben noch ein bißchen bei mir sitzen, bis Sie sich beruhigt haben. Inzwischen schreibe ich Ihre Überweisung aus. Sie müssen morgen früh sofort ins Krankenhaus.«

Der Arzt hatte warm und einfühlsam zu ihr gesprochen, dabei ihren Arm nicht losgelassen und ihr tief in die Augen geschaut. Sein Name wollte Lena nicht einfallen. Aber dieses intelligente, gütige Gesicht mit dem gepflegten grauen Bärtchen stand ihr deutlich vor Augen.

Danach hatte sie einen absoluten Filmriß. Bis sie in diesem Krankenbett wieder aufgewacht war.

Plötzlich durchfuhr Lena ein kalter Schreck: Wenn er ihr nun mit dem Schlafmittel etwas gespritzt hatte, das die Wehen auslöste? Wenn sie jetzt in diesem staubigen Keller ein winziges Kind zur Welt brachte, das in ihren Armen starb?

Lena schloß die Augen und lauschte in sich hinein. Nein, ihr tat nichts weh, nur das Herz schlug immer noch heftig, und ihre Knie zitterten. Völlig unerwartet für sich selbst sprach sie zum ersten Mal zu ihrem Kind: »Es ist alles in Ordnung, du Krümel. Wir beide stehen das durch.« Da spürte sie unter der Hand, die auf dem prallen Bauch lag, eine winzige Bewegung. So zart und geheimnisvoll war dieses Gefühl, daß sie für einige Momente völlig vergaß, wo sie war, gebannt von dem winzigen und doch schon lebendigen Wesen, das sich in ihrem Leib regte.

Die Leiterin der gynäkologischen Abteilung des Krankenhauses von Lesnogorsk, Amalia Petrowna Sotowa, war sechzig Jahre alt. Groß und etwas füllig, wie es für eine Frau jenseits der Fünfzig nur von Vorteil ist – weniger Falten und eine würdevolle Erscheinung –, behandelte Amalia Petrowna alles, was sie selbst betraf, mit Liebe und Sorgfalt.

Der Tag begann für sie mit einer halben Stunde Gymnastik und Wechselduschen. Ein-, zweimal die Woche besuchte sie einen sehr teuren und angesehenen Schönheitssalon. Das korrekt geschnittene und frisierte graue Haar ließ sie mit einer auserlesenen französischen Farbe bläulich tönen. Vor Jahren hatte Amalia Petrowna dafür gewöhnliche blaue Tinte benutzt, die sie in vier Litern Wasser auflöste. Damals besaß sie kein einziges Paar ungestopfter Strumpfhosen ...

Jetzt aber blitzten an ihren Ohren und Fingern große, lupenreine Brillanten. Unter den Fenstern ihrer Dreizimmerwohnung stand ein nagelneuer silberglänzender Toyota.

Die vergangene Woche war für Amalia Petrowna nicht die beste gewesen. Es fehlte ihr an Material, das sie dringend brauchte – nicht für die Menge ihres Präparates, die regelmäßig in den Verkauf ging, sondern für den Sonderauftrag einer bestimmten, sehr wichtigen Persönlichkeit. Offenbar war das ein hohes Tier aus dem Gesundheits- oder dem Innenministerium.

Als Amalia Petrowna vor einer Woche angerufen wurde, hatte sie nur kurz geantwortet: »Wenn es gebraucht wird, dann kommt es auch.« Als sie dann aber ihre Reserveliste durchging, mußte sie feststellen, daß neues Material frühestens in einem Monat zu erwarten war. Also begann sie ihre Lieferanten abzutelefonieren. Bislang ohne Erfolg.

Am dritten Tag wurde Amalia Petrowna ins Restaurant »Christoph Kolumbus« auf der Twerskaja beordert, wo man ihr den Ernst der Lage in aller Deutlichkeit klarmachte.

Das Ganze kam für sie nicht unerwartet. Seit drei Jahren brummte ihr Geschäft, dehnte sich der Kundenkreis immer weiter aus. Bereits vor zwei Monaten hatte Amalia Petrowna gewarnt: »Wir arbeiten ohne jede Materialreserve. Jedes Milligramm geht in die Produktion. Unser Kühlschrank ist leer.«

»Was sollen wir denn machen?« erhielt sie zur Antwort. »Suchen Sie nach neuen Varianten, erschließen Sie neue Quellen. Dafür werden Sie schließlich bezahlt. Auf eine Warteliste können wir unsere Kunden wohl kaum setzen.«

Das war leicht gesagt – neue Quellen! Noch am selben Abend läutete sie wieder alle ihre Kunden an und verabredete sich mit jedem einzelnen an verschiedenen Orten in Moskau.

Den halben Tag – von ein Uhr mittags bis zehn Uhr abends – verbrachte sie in teuren Restaurants im Zentrum der Hauptstadt. Überall bestellte sie das gleiche: einen Obstsalat mit kalorienreduzierter Sahne und einen Orangensaft.

»Ich kann doch nicht jeder Schwangeren, die bei mir aufkreuzt, einreden, daß sie ein behindertes Kind erwartet, und sie dann postwendend zu Ihnen schicken!« So oder ähnlich antworteten alle vier Gesprächspartner auf Amalia Petrownas Vorhaltungen.

»Genauso machst du es. Aber beschränk dich auf alte Erstgebärende. Da fällt einem immer was ein«, erklärte sie in belehrendem Ton.

»Das ist doch sehr riskant. Weshalb drängen Sie so? Wir müssen einfach die passenden Fälle abwarten.«

»Abwarten geht nicht«, erwiderte Amalia Petrowna in eisigem Ton, »aber wenn du nicht willst, kannst du ja gehen. Auf Wiedersehen.«

Keiner der Lieferanten machte von diesem Angebot Gebrauch.

Abends um halb elf hatte Amalia Petrowna ihr letztes Rendezvous. Sie steuerte ihren Toyota auf den Gartenring und fuhr in Richtung Patriarchenteiche. Als sie die Grünanlage auf dem Platz erreicht hatte, hielt sie dicht hinter einem schwarzen BMW. Sie stieg aus, öffnete die Tür der großen Limousine und ließ sich auf den Rücksitz fallen.

»Morgen von neun bis sechs.«

Am nächsten Tag konnte sie ihre Nervosität kaum verbergen. Bei der Morgenvisite nörgelte sie an den Schwestern herum und blaffte die behandelnden Ärzte an.

Um sechs Uhr abends schloß sich Amalia Petrowna in ihrem Büro ein, nahm sich eine Zigarette und rauchte. Das tat sie äußerst selten, denn die Gesundheit war ihr heilig. Aber wenn sie sich sehr aufregte, konnte eine Zigarette Wunder wirken.

Fünf vor sieben kam der ersehnte Anruf aus Moskau.

»Guten Abend, Amalia Petrowna! Entschuldigen Sie die Störung, aber ich habe eben eine Patientin mit der Schnellen Medizinischen Hilfe zu Ihnen schicken müssen. Ein sehr unangenehmer Fall: eine Fünfunddreißigjährige in der 24. Woche ...«

Amalia Petrowna hängte ein, atmete erleichtert auf, drückte die Zigarette aus und ließ Stationsarzt Simakow kommen.

Zweites Kapitel

Lena Poljanskaja war Vaters Tochter. Ihre Mutter, eine begeisterte Bergsteigerin und Meisterin des Sports, stürzte von einer Felswand ab, als sie kaum zwei Jahre alt war. Jelisaweta konnte ohne ihren Sport nicht leben. Nikolai Poljanski nahm also Urlaub und kümmerte sich um das zweijährige Kind, damit seine Frau den Elbrus besteigen konnte. Diese Großmut verzieh er sich sein Leben lang nicht.

Seine Tochter zog er allein groß. Auch die beste Frau, meinte er, konnte für seine Lena nur eine Stiefmutter sein …

Lena gehörte von der ersten Schulklasse bis zum letzten Semester an der Journalistenfakultät stets zu den Besten. Dabei war sie keine Streberin; das Lernen machte ihr einfach Spaß.

In den oberen Klassen begannen sich ihre Mitschülerinnen die Brauen auszuzupfen, hüpften auf Partys nach Rockmusik herum, rauchten auf der Toilette und schwärmten von den Jungen, die ihnen gefielen.

Lena suchte man dort vergeblich. Partys fand sie blöd, außerdem konnte sie nicht tanzen. Statt dessen las sie von früh bis spät alles, was ihr in die Finger kam. Völlig unerwartet für den Vater, einen Doktor der Physik und der Mathematik, und auch für sich selbst schrieb sie sich an der Journalistenfakultät der Moskauer Universität ein.

Der Vater blieb also fortan allein. Dafür heiratete Lena gleich zweimal. Ihr erster Mann war ein Mitstudent, ein zarter Knabe mit aschblondem Schnurrbärtchen. Lena überragte ihn um einen halben Kopf. Wer seiner ansichtig wurde, erklärte augenblicklich: »Sie sind ja der zweite Lermontow!« Worauf er finster zur Antwort gab: »Ich weiß.«

Lenas erster Mann hieß Andrej. Er hauste in einem winzigen Zimmerchen in einer Gemeinschaftswohnung. Dort fand bei Sprotten und Salat, Zigarettenkippen auf Untertassen und heißen Küssen im dunklen Korridor, wo einem stets eine alte Waschwanne oder ein Fahrrad auf den Kopf zu fallen drohte, ihre Hochzeit statt.

Schon nach einem Monat kehrte Lena zu ihrem Vater zurück. Wenn sie und Andrej sich in der Fakultät begegneten, grüßten sie einander höflich. Ein halbes Jahr später wurden sie in gegenseitigem Einvernehmen geschieden.

Lenas zweite Ehe währte länger und wog schwerer.

Sofort nach dem Examen forderte eines der beliebtesten Jugendjournale jener Zeit Lena als Sonderkorrespondentin an. Man schrieb das Jahr 1983. Ein Generalsekretär nach dem anderen segnete das Zeitliche. In Afghanistan tobte der Krieg. In Sibirien gingen die Erdölvorräte zu Ende. Doch Lena Poljanskaja stürzte sich Hals über Kopf in eine Liebesaffäre.

Er war ein nicht sehr bekannter, aber bereits arrivierter Schriftsteller. Seine etwas langweiligen, moralisierenden Geschichten erschienen häufig in der Zeitschrift, bei der Lena beschäftigt war.

Juri war zehn Jahre älter als Lena und hatte bereits eine bewegte Vergangenheit mit einer geradezu unanständigen Zahl verlassener Frauen und Kinder hinter sich. Er war von dieser wuchtigen, unverschämten Männlichkeit, die Frauen einfach umwirft – breite Schultern, ein schweres Kinn und eine rauchige Baßstimme. Aus ihrem Rausch erwachte Lena erst, als bereits zwei Jahre freudlosen Zusammenlebens hinter ihr lagen ...

Das war 1985. Um über Kummer und Demütigung hinwegzukommen, stürzte sie sich in die Arbeit, machte sich einen Namen und leitete 1992 bereits die Abteilung Literatur und Kunst in der Redaktion der russisch-amerikanischen Frauenzeitschrift »Smart«.

In jenem Jahr starb unerwartet ihr Vater. Der Magenkrebs zerstörte einen Mann, der drei Monate zuvor noch gesund und voller Kraft gewesen war. Eine Woche vor seinem Tod sagte er ihr: »Schaff dir ein Kind an, Lenotschka. Sonst bleibst du ganz allein auf der Welt ...«

Nun hatte sie tatsächlich nur noch ihre alte, etwas spleenige Tante Soja, die Schwester ihrer Mutter.

Aber zu einem Kind entschloß sich Lena erst drei Jahre später, als sie bereits fünfunddreißig war. An Heirat wollte sie nicht denken. In die Umstände brachte sie ein Mann, der zum Vater nicht taugte. Er war nur der Erzeuger, so etwas wie ein Zuchtbulle ...

Stationsarzt Boris Simakow kam ins Büro seiner Chefin gestürzt und stammelte schon auf der Schwelle: »Amalia Petrowna! Die Patientin ist weg!«

»Welche Patientin? Was redest du für einen Unsinn?«

»Die Patientin, Amalia Petrowna, Sie wissen schon!«

»Beruhige dich, Boris. Setz dich hin. Was ist mit ihren künstlichen Wehen? Alles bereit?«

»Ebendie ist verschwunden!«

Amalia Petrownas Wangen erbleichten trotz feinstem französischem Rouge.

»Wie konnte das passieren?« fragte sie kaum hörbar. »Ist sie entführt worden? Wir haben jetzt zehn Uhr abends, und das Tor ist bewacht ...«

»Wahrscheinlich ist sie einfach aufgestanden und gegangen.«

»Wie – gegangen?! Wo soll sie denn hin – in den Wehen, im Nachthemd, ohne Sachen und Papiere?« Die Sätze kamen sehr leise aus Amalia Petrownas Mund, aber in Boris' Ohren klang es, als ob sie schreie. »Sie sollte am Tropf liegen und sich in den Wehen krümmen!«

»Dazu sind wir gar nicht gekommen. Ihre Sachen sind in der Aufbewahrung.«

»Und der Paß?«

»Wo ihr Paß ist, weiß ich nicht.«

»Also, Boris. Weit kann sie nicht sein. Du suchst jetzt das ganze Krankenhaus ab. Die Zimmer kannst du dir sparen. Schau in die Toiletten, in die Wäschekammer, in die Wäscherei, ins Lager, auf den Boden und in den Keller. Sie muß noch irgendwo hier stecken.«

Zum ersten Mal während dieses Wortwechsels schaute Boris Amalia Petrowna offen in die hellblauen, eiskalten Augen. Ihre Pupillen waren nur noch schwarze Punkte. Das aschfahle Gesicht war inzwischen hochrot angelaufen.

Eine furchtbare Frau bist du, dachte Boris. Und ich Idiot bin auf dich hereingefallen.

»Gut«, sagte er schon ruhiger. »Und wenn ich sie finde, was dann? Soll ich sie an den Haaren herbeizerren und zur Geburt zwingen? Oder am besten gleich umbringen?«

»Wenn nötig, auch das«, gab Amalia Petrowna mit einem

spöttischen Lächeln zurück. »Willst du den Helden spielen? Hast du vergessen, du Schlappschwanz, wovon du lebst? Womit du Frau und Kind ernährst? Weißt du, was so einer wie du in anderen Krankenhäusern kriegt? Als du hier angefangen hast, habe ich dich darauf hingewiesen, daß alles mögliche passieren kann. Jetzt, mein Lieber, ist es passiert.«

»Amalia Petrowna«, sagte Simakow langsam und deutlich, »als ich bei Ihnen angefangen habe, ging es um seriöse Forschungsarbeit und um meine Dissertation. Inzwischen sind drei Jahre vergangen. Von Wissenschaft kann wohl keine Rede sein. Von Geld schon eher. Danach stinkt es hier geradezu. Und jetzt lassen Sie eine Frau anschleppen, die man mit Promedol eingeschläfert hat, und verlangen, daß wir bei ihr künstliche Wehen auslösen, ohne daß dafür die geringste Indikation vorliegt.«

»Ist das Absterben der Frucht in der Gebärmutter keine Indikation?« unterbrach ihn Amalia Petrowna.

»Die Frucht ist quicklebendig«, lachte Boris nervös auf, »und Behinderungen, die die Lebensfähigkeit beeinträchtigen könnten, sehe ich auch keine ...«

Da schlug die Chefin mit solcher Wucht auf den Tisch, daß sie selbst vor Schmerz zusammenzuckte, sich die Hand rieb und zischend hervorstieß: »Boris, du bist doch ein kluger Junge.« Ihre Stimme wurde einschmeichelnd und sogar zärtlich. »Aber du hast deinen Beruf verfehlt. Ein Arzt darf nicht hysterisch werden. Ich denke, wir beide können nicht länger zusammenarbeiten. Du schreibst auf der Stelle deine Kündigung und suchst dir morgen mitsamt deiner jungen Familie einen anderen Wohnort. Je weiter von Lesnogorsk entfernt, desto besser. Und denke daran, mein Junge: Ich habe hier niemanden angeschleppt. Diese Frau ist von der Schnellen Medizinischen Hilfe mit alarmierenden Symptomen eingeliefert worden. Wahrscheinlich ist sie auch psychisch nicht ganz in Ordnung, denn kein normaler Mensch rennt in diesem Zustand aus dem Krankenhaus. Jetzt irrt diese verrückte Gebärende irgendwo da draußen im Nachthemd umher, und schuld daran bist du, Boris. Hier hast du Stift und Papier. Schreib die Kündigung und tschüß.«

Als Boris gegangen war, saß Amalia Petrowna einige Minuten unbewegt und starrte düster auf die Tür, die sich hinter ihm geschlossen hatte. War es richtig gewesen, Simakow den Laufpaß zu geben und ihm zu alledem auch noch offen zu drohen? Sie spürte, daß ihr Unternehmen eine neue Qualität annahm. Es begann eine neue Phase, wo solche wie Simakow nur störten. Seine edle Entrüstung war nichts anderes als Feigheit und Schwäche.

Seinen Platz mußte ein anderer einnehmen – stark und zuverlässig, der nicht die heilige Unschuld spielte. Den mußte man allerdings auch anders bezahlen. Aber das verstand sich von selbst. Hauptsache, er belästigte sie nicht mit solchem intellektuellen Bombast wie Simakow: Nach Geld stinkt es in Ihrer Klinik …

Nein, mit Simakow war sie richtig verfahren. Natürlich war es nicht einfach, an seiner Statt den passenden Mann zu finden. Aber das kam später. Jetzt brauchte sie dringend frisches Material.

Amalia Petrowna nahm entschlossen den Telefonhörer ab und wählte.

»Ich brauche drei, hierher ins Krankenhaus. Nein, es ist nichts Schlimmes passiert. Nur ein psychisches Problem bei einer Patientin, die direkt vom Operationstisch weggelaufen ist. Danke, ich warte.«

Vierzig Minuten später hielt vor dem Krankenhaus ein schwarzer Wolga. Ihm entstiegen drei Männer in Lederjakken, mit breiten Schultern und kantig gestutzten Köpfen.

Der Strahl einer Taschenlampe huschte über die glitschigen Stufen. Drei Männer stiegen ohne Eile in den Keller.

»Das war's«, meinte einer, »jetzt ist nur noch der Keller übrig. Wer weiß, ob die überhaupt noch im Krankenhaus ist. Vielleicht sitzt sie schon lange zu Hause.«

»Wie soll sie denn nach Hause gekommen sein – im Hemd und barfuß?« fragte der zweite.

»Nichts leichter als das«, brummte der dritte, »ist in den Vorortzug gestiegen und losgefahren. Daß sie barfuß läuft, interessiert heute doch keinen.«

»Hier bricht man sich ja die Ohren. Ist denn nicht irgendwo ein Lichtschalter?«

»Schon, aber die scheinen an Glühbirnen zu sparen.«

Die drei blieben stehen und steckten sich erst einmal Zigaretten an.

Lena saß bereits seit über einer Stunde auf ihren Kisten. Sie hatte sich ein wenig erwärmt und gar nicht bemerkt, wie sie eingenickt war.

Sie träumte von einem Schulhof voller festlich gekleideter Kinder mit ihren Eltern. Eine Erstkläßlerin mit riesiger Schleife im blonden Zopf hielt Lena an der Hand. Sie sah ihr selbst in jenem Alter zum Verwechseln ähnlich. Sie stand sogar wie Lena auf Kinderfotos – ein Bein hochgezogen wie ein Storch ...

Sie erwachte, weil ihr Tabakrauch beißend in die Nase stieg. Schon als Kind war sie für ihren feinen Geruchssinn bekannt gewesen. »Unser Hündchen«, hatte sie ihr Vater oft geneckt.

Da rauchte nicht nur einer, sondern gleich mehrere. Es war starker Tabak, wahrscheinlich amerikanischer. Zunächst wollte sich Lena einfach hinter den Kisten verkriechen. Die würden doch nicht hinter alles Gerümpel in dem dunklen Keller schauen.

Sie stand leise auf, bemüht, jedes Geräusch zu vermeiden. Sie hielt sogar den Atem an. Aber die Kisten hatte sie selber an die Wand geschoben. Um hinter ihnen Raum zu schaffen, hätte sie die ganze Konstruktion abbauen müssen, was höchst riskant war.

Der Strahl der Taschenlampe wanderte langsam durch den Keller. Noch leuchtete er von ferne, kam aber unerbittlich näher. Offenbar schauten die Kerle tatsächlich in jeden Winkel. Aber der Keller zog sich hin, und das war ihre Chance. Rasch und ohne einen Laut kletterte Lena die Kisten hinauf und kauerte sich direkt unter dem Fenster zusammen, so gut sie konnte. Der Mond schien durch das Fenster, so daß sie ihren Schattenriß sehen mußten, wenn sie nach oben schauten. Lena wartete ab, bis die Kerle mit Getöse den nächsten Stapel alten Krempels beiseite räumten, und öffnete dann das Fenster. Dahinter befand sich eine schmale ausgemauerte Nische von ca. einem Meter Tiefe. In die ließ sie sich gleiten und zog das Fenster von außen zu. Hier war es hundekalt. Bald zitterte Lena so, daß ihre Zähne klapperten. Durch einen Spalt hörte sie, wie die Männer beim Räumen und Suchen lästerlich fluchten. Jetzt standen sie direkt unter dem Fenster und besahen sich das Werk ihrer Hände. Lena konnte jedes Wort verstehen.

»Wieso hat hier einer die Kisten umwickelt? Ob da was Wertvolles drin ist? Vielleicht dealt die alte Sotowa gar mit Drogen?«

»Quatsch, die hat auch so genug.«

»Hör mal, Kolja, schaffst du es bis zum Fenster?«

»Was soll der Blödsinn?«

»Für alle Fälle. Probier's mal.«

Einige Sekunden war es still. Die Taschenlampe zeigte jetzt genau auf das verstaubte Fenster. Lena hielt sich den Mund zu. Noch einen Augenblick, und sie würde vor Angst laut aufschreien.

Was mache ich hier eigentlich? Ich benehme mich wie in einem billigen Krimi, schoß es ihr durch den Kopf. Wenn dieser Kolja durch das Fenster schaut, ist alles vorbei. Was ist vorbei? Bringen sie mich um? Fesseln sie mich und lösen künstliche Wehen aus? Weshalb? Um einen Kunstfehler zu vertuschen? Ist das nicht ein bißchen zuviel der Mühe?

Plötzlich ein ohrenbetäubendes Krachen und Plumpsen. Dann ein gräßliches Fluchen und Stöhnen. Die Kisten hatten Koljas Gewicht nicht ausgehalten, und die ganze Pyramide war in sich zusammengestürzt.

»Mein Bein, mein Bein!« hörte Lena eine Männerstimme jammern.

»Dein Bein ist noch ganz, Dämlack«, antwortete ein anderer. »Brüll nicht so! Los komm, damit dir jemand Erste Hilfe leistet.«

»Ja, in der Gynäkologie«, witzelte der Dritte hämisch.

Auf Amalia Petrownas Schreibtisch lag ein frisches Krankenblatt. Nur die erste Seite war ausgefüllt. Sorgfältig notierte sie sich Namen, Vornamen, Vatersnamen, Geburtsdatum und Adresse. Den Zettel steckte sie in die Tasche ihres Kittels. Dann hielt sie ihr brennendes Feuerzeug an eine Ecke des Krankenblatts.

Den Kopf in die Hand gestützt, sah sie nachdenklich zu, wie das feste weiße Papier sich widerwillig krümmte und schließlich zu Asche zerfiel.

Als es wieder völlig dunkel war, wartete Lena zur Sicherheit noch einige Minuten ab und richtete sich dann vorsichtig auf, um wieder in den Keller zu klettern. Sie war total durchgefroren. Aus dem Keller stieg es warm auf. Dort suchte sie jetzt bestimmt keiner mehr. Morgens wollte sie dann ihr Versteck verlassen und den ersten Menschen, den sie traf, nach der Miliz fragen. Man habe sie ausgeraubt, würde sie sagen oder sich etwas anderes ausdenken. Nachts konnte sie in diesem Aufzug nicht in einer unbekannten Gegend herumlaufen. Außerdem suchten ihre Verfolger sicher im Hof und in der Umgebung des Krankenhauses nach ihr.

Sie schob die Beine durch die Fensteröffnung und schaute hinab. Bis zum Boden, wo Kisten und Wäschebündel wild durcheinander lagen, waren es mindestens drei Meter.

Ich darf doch nicht springen, durchfuhr es Lena.

Da erklangen ganz in ihrer Nähe Männerstimmen. Autoscheinwerfer leuchteten auf und blendeten sie fast. Lena kniff die Augen zusammen, umschlang mit ihren Armen den Bauch, sprang ... und landete auf einem großen Wäschehaufen.

Drittes Kapitel

Als es hell wurde, lugte ein schmutziges, bleiches Gesicht unter einem zerzausten Haarschopf aus dem Kellerfenster. Den Hausmeister Stepanow, der gerade das frisch gefallene Laub zusammenharkte, wunderte das nicht. Im Keller des Krankenhauses übernachteten manchmal Obdachlose. Solche alten Häuser mit warmen, anheimelnden Kellern gab es in der Stadt kaum noch, und die Nächte wurden schon kalt. Irgendwo mußten die armen Schlucker doch bleiben.

Das Tor des Krankenhauses hatte seit kurzem eine Wache – zwei schläfrige, arrogante Schlägertypen im Tarnanzug und mit Maschinenpistolen. Stepanow mochte die Kerle nicht. Er konnte sich auch nicht daran gewöhnen, daß das Krankenhaus jetzt von einer Betonmauer umgeben war, zu allem Überfluß auch noch mit Glasscherben und Stacheldraht obendrauf.

Aber ganz hinten im Hof hatte die Mauer ein Loch, das dichtes Gebüsch verbarg. Wer es wann geschlagen hatte, konnte Stepanow nicht sagen. Durch diese Öffnung kamen die ungebetenen Gäste zuweilen in seinen Keller.

Damit verstießen sie gegen die Ordnung, denn schließlich war dies eine medizinische Einrichtung. Und wenn schon.

Schmutziger als die Ratten waren sie auch nicht. Um die kümmerte sich keiner, sie hatten die Stadt längst im Griff. Aber auf die Obdachlosen hackte jeder ein, wenn er nur konnte ...

Das zerzauste Köpfchen zuckte zurück, als es Stepanows ansichtig wurde.

»Kriech raus, hab keine Angst«, sagte der Hausmeister, »gleich kommen die Ärzte vom Nachtdienst.«

Das Köpfchen lugte vorsichtig wieder hervor. Es gehörte einer Frau. Sie war nicht alt, keine Säuferin, irgendwie merkwürdig.

»Soll ich dir helfen?« Stepanow streckte ihr die Hand entgegen.

Mit seiner Hilfe kletterte der nächtliche Gast heraus. Nun war Stepanow ehrlich verblüfft. Die Frau hatte nichts an außer einem Nachthemd, wie es hier alle Patienten trugen, und einem Operationskittel. An den nackten Füßen waren frische Kratzer zu sehen. Aber am meisten erstaunte Stepanow, daß von ihrer Schulter eine kleine, elegante, offenbar sehr teure Lederhandtasche hing.

Die hat sie bestimmt geklaut. Man müßte sie zur Miliz ..., dachte Stepanow. Da öffnete die Frau den Mund.

»Sagen Sie bitte, wo ist hier die nächste Milizstation?«

Stepanow führte sie zu dem Loch in der Mauer. Als sie draußen war, schaute sie sich noch einmal um.

»Entschuldigen Sie, ist das hier Moskau?«

»Lesnogorsk«, antwortete Stepanow achselzuckend. »Bis Moskau sind es vierzig Minuten mit dem Vorortzug.«

Der diensthabende Milizionär schaute sich die so merkwürdig gekleidete Bürgerin lange an und blätterte in ihrem Paß. Es war sechs Uhr morgens, und er wollte nur noch in sein Bett. Mit einem langen Gähnen gab er ihr schließlich den Paß zurück und meinte: »Ich habe immer noch nicht begriffen, was Sie eigentlich anzeigen wollen, Bürgerin. Hat man Sie ausgeraubt? Oder vergewaltigt? Was ist passiert?«

»Schon gut, danke, entschuldigen Sie. Ich will überhaupt nichts anzeigen ...«

Niedergeschlagen ließ sich die Frau auf eine Bank fallen und begann bitterlich zu weinen. Das brachte den jungen Diensthabenden völlig durcheinander.

»Na, na, was soll denn das?« Er erhob sich und hielt ihr seine Zigaretten hin. »Da, nimm eine und beruhige dich.«

Sie schüttelte den Kopf.

»Danke, ich rauche nicht. Aber vielleicht kann man sich hier irgendwo waschen?«

»Natürlich. Komm. Moment, ich hab' sogar ein Paar Hausschuhe. Nachts tun mir in den Schuhen immer die Füße weh. Schlüpf rein.«

»Vielen Dank.« Lena lächelte schwach.

Als sie zurückkam, gewaschen und gekämmt, sah der Diensthabende, daß sie eine Schönheit war. Und für fünfunddreißig hätte er sie nie gehalten. Langes dunkelblondes Haar, große graue Augen, eine hohe, leicht gewölbte Stirn, auf der man lesen konnte, daß sie gebildet war.

»Ich habe frischen Tee gebrüht, bedienen Sie sich. Und hier sind Papier und Stift. Schreiben Sie doch besser eine Anzeige.«

Lena schlürfte den starken, süßen Tee und begann zu schreiben: »Ich, Poljanskaja, Lena, geboren 1960, wohnhaft Moskau, Nowoslobodskaja Nr. ...«

»An wen soll ich das Schreiben richten?« fragte sie und hob den Blick zu dem jungen Milizionär.

»An den Chef der Milizdienststelle Lesnogorsk des Ministeriums für Innere Angelegenheiten, Hauptmann Sawtschenko.«

Lenas Bericht füllte zwei Seiten. Sie schrieb, daß man sie während der Untersuchung beim Frauenarzt eingeschläfert hatte, daß sie in einem Krankenhausbett aufgewacht war und einem Gespräch der Schwestern entnommen hatte, man wolle bei ihr künstliche Wehen auslösen. Wie sie aus dem Krankenhaus flüchtete, die Nacht im Keller verbrachte, wo sie bei einer Suchaktion durch puren Zufall nicht gefunden wurde.

»Ich weiß nicht, was der Zweck des Ganzen war«, schloß sie, »wer mich und mein Kind haben wollte (ich bin in der 26. Woche schwanger), aber es ist offensichtlich, daß man mich gegen meinen Willen mit Gewalt festgehalten hat.« Datum und Unterschrift.

Der Jeep der Miliz holperte ohne Eile über die Leningrader Chaussee. Lena zitterte, obwohl man ihr eine Wattejacke um die Schultern gelegt hatte. Erst jetzt spürte sie, wie erschöpft sie war. Die Anzeige ließ ihr keine Ruhe. Vielleicht hätte sie sie doch nicht schreiben sollen …

Zu Hause angekommen, warf sie die Krankenhaussachen ab und nahm erst einmal eine heiße Dusche. Sie wusch sich lange und gründlich. Allmählich wurde ihr warm. Nach und nach fielen die Erlebnisse dieser unheimlichen Nacht von ihr ab.

Warum habe ich nicht erwähnt, daß bei der Suche im Keller der Name Sotowa fiel? Bestimmt hat die etwas mit der Sache zu tun. Aber wer weiß, ob überhaupt jemand meiner Anzeige nachgeht. Die haben auch so genug Ärger. Sei's drum. Soll das alles doch verschwinden wie ein schrecklicher Traum. Lena wollte nur noch in ihr sauberes Bett, die Beine ausstrecken, ein paar Stunden schlafen und alles, alles vergessen …

Als sie, in einen flauschigen Bademantel gehüllt, aus dem Bad kam, setzte sie den Teekessel aufs Gas, wählte die Nummer ihres Verlages und sprach dem Chefredakteur auf den Anrufbeantworter, sie komme erst gegen 14.00 Uhr, weil sie sich nicht wohl fühle.

Dann ging sie noch einmal ins Bad, hob die Sachen aus dem Krankenhaus mit spitzen Fingern auf und ließ sie in eine Plastiktüte fallen, um sie sogleich, bis das Teewasser kochte, in den Müllschlucker auf dem Treppenabsatz zu werfen.

Seit ihren Kindertagen war es Lena gewohnt, nach dem Schlüsselbund zu greifen, wenn sie den Müll hinaustrug. Wie schnell konnte die Tür mit dem englischen Schloß hinter ihr zufallen. Die Reserveschlüssel von Wohnung und Briefkasten hingen am Haken des Wandschranks im Korridor. Lena nahm sie ganz mechanisch, wenn sie den Müll entsorgte oder die Zeitung holte, und hängte sie zurück, ohne nachzudenken.

Als sie diesmal wie gewohnt die Hand ausstreckte, griff sie ins Leere. Sie schaltete das Licht im Korridor ein, suchte am Boden des Schranks, schüttelte alle darunter stehenden Schuhe aus. Die Schlüssel waren nicht da.

»Ruhig bleiben«, befahl sich Lena, »du hast einfach vergessen, sie zurückzuhängen. Setz dich hin und denk nach, wo sie liegen könnten. Du mußt nur richtig suchen. Aber zuerst kommt dieses Zeug raus.« Sie stellte plötzlich fest, daß sie laut mit sich selber sprach.

Lena holte also ihr Schlüsselbund aus der Handtasche und öffnete die Tür. Ihre Hände zitterten noch ein wenig, und die Schlüssel schlugen mit einem Klirren auf dem gekachelten Treppenabsatz dicht neben dem Fußabtreter auf. Als sie sich bückte, um sie aufzuheben, erblickte sie neben dem Abtreter eine Zigarettenkippe. Sie war ganz frisch und stank widerwärtig.

Lena stürzte zum Müllschlucker, warf das Päckchen mit den Sachen aus dem Krankenhaus hinein, huschte in die Wohnung zurück, schlug die Tür hinter sich zu und legte die Kette vor. Dann ließ sie sich auf das niedrige Telefontischchen im Korridor sinken. Sie zitterte am ganzen Leib, und ihr Herz schlug zum Zerspringen. Sie suchte sich zu beruhigen, indem sie langsam tief durch die Nase atmete und dabei mitzählte, um die panischen Gedanken aus ihrem Kopf zu verscheuchen.

Aber schon beim zweiten Atemzug fuhr sie hoch und stieß die Toilettentür auf, die nur angelehnt war. Es roch … nach Männerpisse. Sie schaltete das Licht ein. Diese Schweine spülten nicht einmal nach. Wütend kippte Lena fast eine ganze Flasche Spülmittel in das Becken. Dann drehte sie das Gas unter dem Teekessel ab, in dem das Wasser inzwischen kochte, und zwang sich, ihre beiden Zimmer gründlich und ohne Eile zu durchsuchen.

Sie wollte so gern glauben, daß außer den Schlüsseln noch etwas fehlte, daß es gewöhnliche Einbrecher gewesen waren.

Aber die 1500 Dollar, die sie für ein Auto gespart hatte, lagen unberührt in der obersten Schreibtischschublade. Die hätte ein Dieb sofort entdeckt. In einem Holzkästchen zwischen billigem Silberschmuck die goldenen Ohrringe ihrer Urgroßmutter mit echten Brillanten und ein schmaler Ring mit einem Smaragd, den ihr der Vater zum 16. Geburtstag geschenkt hatte. Alles war da, und das Kästchen stand, für jeden sichtbar, mitten auf der Frisiertoilette.

Sollte sie die Miliz anrufen? Aber was wollte sie melden? »Meine Ersatzschlüssel sind weg, vor meiner Tür liegt eine Kippe und in der Toilette riecht es nach Männerpisse?« Das war wohl nichts. Sie brauchte einen guten Anwalt, der ihr raten konnte ... Einen Anwalt. Und zwar sofort.

Lena schaute auf das Telefontischchen, wo ihr altes, abgeschabtes Notizbuch lag. Es enthielt die Telefonnummern aller ihrer Bekannten der letzten fünfzehn Jahre – von Kommilitonen, Kollegen, Freunden, Bekannten, Menschen, die sie irgendwann interviewt, Autoren, deren Werke sie herausgebracht hatte.

Dieses Buch nahm Lena niemals mit aus dem Haus und legte es nie an einen anderen Ort. Es war mit dem Telefontischchen verwachsen, zu einem Teil von ihm geworden, weshalb man es auch kaum bemerkte.

Das Notizbuch war nicht da. In dem Augenblick, als Lena dies feststellte, klingelte das Telefon. Mit einem Ruck hob sie ab. Endlich eine menschliche Stimme, ganz egal, von wem, die sie aus diesem Alptraum aufweckte ...

»Hallo ...!«

Schweigen.

Schweigen am Telefon kann man von einem Schaden in der Leitung durchaus unterscheiden: Es ist lebendig, es atmet, es wirkt unheimlich. Aber Lena sagte, bevor sie auflegte: »Ich kann Sie nicht hören. Wählen Sie bitte noch einmal.«

Jetzt war keine Zeit mehr, um zu sich zu kommen und lange zu überlegen. Lena schlüpfte in ein weites gewirktes Kleid, warf Zahnbürste, Zahnpasta, Shampoo, noch verpackte Strumpfhosen, einige T-Shirts und weitere Kleinigkeiten in ihren kleinen ledernen Rucksack. Sie steckte die noch feuchten Haare auf und wickelte sich einen Wollschal um den Kopf. Stiefel, den langen, warmen Mantel, den Rucksack, die Handtasche … Nach kurzem Überlegen lief sie ins Zimmer und nahm die Dollars aus dem Schubfach. Dann steckte sie sich Papas Ring an den Finger und ließ Urgroßmutters Ohrringe in die Manteltasche gleiten. Den Schal noch einmal abzunehmen und sie anzulegen war keine Zeit. Noch schnell den Presseausweis.

Bevor Lena die Tür zuschlug, schob sie unter den Teppich im Flur und unter den Abtreter vor der Tür je eine kleine Ampulle mit Jod.

Der Fahrstuhl war besetzt. Lena wollte nicht warten und nahm die Treppe. Zwei Stockwerke weiter unten hörte sie, daß der Fahrstuhl auf ihrer fünften Etage hielt. Wie von Sinnen stürzte sie die Stufen hinab.

Vor der Haustür stand ein Krankenwagen, das übliche schmutzigweiße Gefährt mit roten Streifen und einer großen 03 auf beiden Seiten. Der Fahrer, der am Steuer saß und rauchte, nahm von der Frau, die aus der Haustür trat, keine Notiz. Lena ging rasch vorbei, zwang sich dann aber noch einmal zurückzuschauen, um sich die Nummer zu merken. So schnell sie konnte, lief sie zur nächsten Metrostation. Den eisigen Nieselregen spürte sie kaum.

Viertes Kapitel

Als Amalia Petrowna Sotowa morgens gegen halb fünf nach Hause kam, fühlte sie sich völlig zerschlagen. Vor einer Stunde hatte man sie über Handy angerufen und ihr mitgeteilt, die Wohnung sei leer. Sie hatte angeordnet, einen Zweitschlüssel, ein Telefonbuch und, wenn möglich, ein Foto der Besitzerin mitzunehmen, dabei aber keine Spuren zu hinterlassen und ihr im Wagen in der Nähe aufzulauern.

Amalia Petrowna liebte ihre geräumige, klinisch reine und gemütlich eingerichtete Wohnung, in die sie zwei Jahre zuvor aus einer winzigen Einzimmerhöhle gezogen war. Seit der Scheidung von ihrem letzten Mann vor zwölf Jahren lebte sie allein. Kinder hatte sie nicht.

Amalia Petrowna war alles zuwider, was mit Schwangerschaft, Entbindung und quäkenden Säuglingen zu tun hatte. Unter den Wehen wurde jede, auch die stärkste Frau zu einem hirnlosen Weib, das nur noch vor Schmerzen schrie. Wo blieben da Schönheit, Geist und Würde? Amalia Petrowna würde nie verstehen, weshalb eine Frau, die solchen Schmerz und solche Demütigung ertragen hatte, unbedingt zum zweiten oder gar zum dritten Mal gebären wollte. Dieser Fortpflanzungstrieb ekelte sie an.

Allerdings genoß sie die Macht, die sie über das Weib und das kleine, puterrote, glitschige Etwas hatte, das aus deren Leib kroch. Aus diesem Etwas konnte alles werden – ein stumpfsinniger Spießer, ein Genie oder gar ein Mörder. Wenn es jedoch auf diese Welt kroch, waren es selbst und seine Mama ihr hilflos ausgeliefert. Eine falsche Bewegung, ein kleines Zögern, wie es immer wieder passiert ... Steht doch in den medizinischen Lehrbüchern schwarz auf weiß: »Die häufigsten Fehler mit letalem Ausgang kommen in der Praxis von Gynäkologen und Hebammen vor ... Kunstfehler in der ärztlichen Praxis sind keine Verbrechen und daher nicht strafbar.«

Nein, Amalia Petrowna war keine Sadistin. Sie galt als hervorragende, äußerst erfahrene Ärztin. Aber manchmal, sehr selten, erlaubte sie sich solch einen kleinen Aussetzer. Dieses Recht auf den Irrtum, von dem Leben und Tod abhingen, stand ihr zu, gab ihr ein Gefühl der eigenen Macht und Bedeutung ...

Gegen halb acht wurde sie vom Telefon geweckt.

»Guten Morgen, Amalia Petrowna. Hier ist Hauptmann Sawtschenko. Mir liegt eine Anzeige gegen Sie vor.«

»Was für eine Anzeige? Was ist los?« Amalia Petrowna

rieb sich die Augen. Sie war noch nicht richtig wach, und eigentlich erwartete sie einen ganz anderen Anruf.

»Die kann ich Ihnen wohl kaum am Telefon vorlesen. Wenn Sie wollen, komme ich in einer Stunde bei Ihnen vorbei. Einverstanden?«

»Reden Sie doch Klartext, was für eine Anzeige?«

»Regen Sie sich nicht auf, Amalia Petrowna, nichts Schlimmes, irgendwelcher Unsinn. Aber reden müssen wir.«

»Also gut. Ich erwarte Sie.«

Hauptmann Sawtschenko begriff durchaus, daß diese Anzeige kein Unsinn war. Unterleutnant Kruglow hatte nicht umsonst nach seinem Nachtdienst auf ihn gewartet, um Sawtschenko persönlich Meldung zu machen.

Als dieser den in Schönschrift verfaßten Bericht las, dröhnte es in seinem Kopf: Da haben wir's! Jetzt geht's los!

»Das hat doch eine Verrückte geschrieben. Da wäre keine Meldung notwendig gewesen. Was stehst du noch herum? Geh schlafen.«

Als er zu Kruglow aufschaute, begegnete er einem verständnislosen Blick aus den blauen Augen des Unterleutnants.

»Nein, Genosse Hauptmann, die war nicht verrückt, die war ganz normal.«

»Und wo ist sie jetzt, deine Normale?«

»Was heißt, wo? Ich habe Kusnezow gebeten, sie nach Hause zu fahren. Sie war barfuß, völlig erschöpft und durchgefroren.«

»Na, hervorragend, Kruglow. Wirst du jetzt alle barfüßigen Assis mit dem Dienstwagen nach Hause kutschieren lassen? Warum hast du sie nicht hierbehalten?«

»Weshalb hätte ich sie denn festnehmen sollen? Es war keine Obdachlose. Eine ganz normale Frau, dazu noch schwanger. Ihr Paß war in Ordnung.«

»Was soll's, Kruglow, nun ist es halt passiert«, seufzte Sawtschenko. »Du hast diesen Unfug hoffentlich nicht registriert?«

»Doch, hab' ich …«

Sawtschenko verzog das Gesicht.

»Das ist alles, Unterleutnant, wegtreten. Geh nach Hause und schlaf dich aus.«

»Zu Befehl, Genosse Hauptmann!«

Kruglow salutierte und ging.

Hauptmann Sawtschenko überlegte kurz, las die Anzeige noch einmal durch und rief dann Amalia Petrowna an.

Vor diesem Besuch graute ihm. Aber mit der Anzeige mußte etwas geschehen. Er spürte, die Geschichte mit der schwangeren Journalistin aus Moskau würde wohl er, Sawtschenko, auslöffeln müssen.

Es hatte sich so ergeben, daß der Hauptmann seit zwei Jahren in Amalia Petrownas Schuld stand. Damals war seine Tochter, die sechzehnjährige Mascha, schwanger geworden. Man hielt Familienrat. Sein großer Sohn Wolodja brüllte, er werde den Schweinehund, der seiner Schwester einen dikken Bauch gemacht hatte, schon finden und umbringen. Mascha zerfloß in Tränen, erklärte, sie sei selber schuld und wolle das Kind bekommen.

Am Ende fanden sich alle mit der Lage ab und warteten auf den Familienzuwachs. Da stellte sich heraus, daß es bei Mascha ernsthafte Gesundheitsprobleme gab. Die Chance, das Kind auf normalem Wege zur Welt zu bringen, war gering, und auch ein Kaiserschnitt wurde als riskant angesehen. Man ging mit Mascha zu den besten Fachärzten von ganz Moskau. Alle erklärten wie aus einem Munde, garantieren könnten sie für nichts.

Hier kam Amalia Petrowna ins Spiel. Lesnogorsk ist eine Kleinstadt, und das Problem in der Familie des Milizchefs machte die Runde. Daher war es nicht verwunderlich, daß die Leiterin der gynäkologischen Abteilung des Stadtkrankenhauses Sawtschenko zu Hause anrief.

»Bringen Sie Ihre Mascha zu mir, Konstantin Sergejewitsch. Ich schau sie mir mal an.«

Das war Sawtschenkos letzte Hoffnung. Bis zum Entbindungstermin blieb Mascha noch ein Monat.

Die Geburt dauerte drei Tage. Amalia Petrowna ließ ihre Patientin keine Minute allein. Als schließlich Sawtschenkos Enkel um zwei Uhr nachts den ersten Schrei hören ließ, rief Amalia Petrowna den Hauptmann persönlich an.

»Ich gratuliere Ihnen, Hauptmann Sawtschenko. Ein Junge. 3700 Gramm, 54 Zentimeter. Maschas Zustand ist normal, Sie können sie morgen besuchen. Ich lege sie in ein Einzelzimmer und habe selbst ein Auge darauf, wie es ihr nach der Entbindung geht.«

Da rief Sawtschenko, der sich vor Glück kaum fassen konnte, wie von Sinnen in den Hörer: »Amalia Petrowna! Jetzt stehe ich mein Leben lang in Ihrer Schuld!«

In der Zeit danach bedrängten Sawtschenko und Familie die Ärztin immer wieder mit Geschenken – teurem französischem Parfüm, einem Goldkettchen und anderen Sachen. Sie lehnte alles ab:

»Aber Hauptmann Sawtschenko, glauben Sie denn, mir geht es um Geschenke? Sie werden es schon irgendwann wiedergutmachen.«

Einen Monat später tauchte Amalia Petrowna mit einer Torte und einem riesigen Rosenstrauß bei Familie Sawtschenko auf, um »den Kleinen zu besuchen«. Als sie mit dem Hauptmann allein im Treppenhaus stand, um zu rauchen, begann sie nach einigen nichtssagenden Worten: »Ich muß ernsthaft mit Ihnen reden. In unserem Krankenhaus läuft jetzt ein wichtiges Forschungsprojekt an. Wir arbeiten an einer Serie von Medikamenten – völlig neuen Präparaten –, wodurch es zu vielen Kontakten kommen wird. Wichtige Leute werden uns besuchen, die am Ergebnis unserer Forschungen interessiert sind – hohe Geschäftspartner, Abgeordnete, Staatsbeamte, Diplomaten ... In diesem Zusammenhang habe ich eine große Bitte an Sie. Für unsere Arbeit brauchen wir absolute Ruhe. Damit meine ich nicht die allgemeine Lage in der Stadt, die haben Sie im Griff. Aber

Lesnogorsk ist klein, es wird Gerede und alle möglichen Gerüchte geben. Solche Nichtigkeiten dürfen uns nicht von unserer wichtigen Arbeit ablenken. Verstehen Sie, was ich meine?«

»Ehrlich gesagt, nein«, bekannte Sawtschenko. »Was konkret erwarten Sie von mir?«

Amalia Petrowna lächelte.

»Überhaupt nichts Besonderes. Ich meine, wenn irgendwelche Mißverständnisse über unser Krankenhaus entstehen, wenn Sie Anzeigen, Signale oder etwas in der Art erhalten, seien Sie so gut, sagen Sie mir Bescheid. Und noch etwas. Wie Sie wissen, haben wir einen eigenen Objektschutz – zwei Männer von einer privaten Sicherheitsfirma. Dafür haben wir zwei Stellen. Wir können unsere Männer aber selber bezahlen und möchten die Mittel für diese zwei unbesetzten Stellen an die Miliz weitergeben. Das sind keine großen Summen, doch Sie finden Ihr Geld ja auch nicht auf der Straße. Wir überweisen es Ihrer Dienststelle, und Sie entscheiden selbst, was Sie damit anfangen.«

»Verlegen sie sich jetzt auf Wohltätigkeit?« Sawtschenko lachte.

»Keine Sorge«, Amalia Petrownas weiche, aber kalte Finger nahmen Sawtschenkos Hand, »unsere Forschungen laufen streng nach Recht und Gesetz. Ich achte Sie viel zu sehr, um Ihnen ein zweideutiges Angebot zu machen. Unsere Präparate könnten allerdings eine Umwälzung in der Medizin bedeuten. Sie werden unheilbar Kranke retten und tun das bereits ...«

Sawtschenko gab schließlich schweren Herzens seine Einwilligung, wenn er auch nicht genau wußte, wozu.

Je länger er jedoch das Krankenhaus beobachtete, desto mehr tat ihm seine Gutherzigkeit leid. Ihm gefiel das alles nicht: der Stacheldraht und die Glasscherben auf der Mauer, die das Krankenhaus umgab, die Verbrechervisagen der Wachmänner, die ausländischen Wagen, die dort ein und aus fuhren. Sein Gefühl sagte ihm: Etwas war nicht in Ordnung mit dem kleinen Krankenhaus von Lesnogorsk, etwas Unrechtes ging dort vor. Auch Amalia Petrowna wurde ihm immer unheimlicher, seit sie einen nagelneuen Toyota fuhr und sich eine schicke Dreizimmerwohnung gekauft hatte.

Einmal versuchte er, über seine Zweifel mit dem Chefarzt des Krankenhauses, dem greisen, stets etwas verängstigt wirkenden Jakow Syslin zu sprechen.

»Aber, aber, Hauptmann Sawtschenko«, Syslin gestikulierte heftig mit seinen dünnen Ärmchen, »auf der Gynäkologie ruht unser ganzes Krankenhaus. Amalia Petrowna ist unsere Ernährerin. Wir sind doch von Haushaltsmitteln abhängig. Davon kann ich kaum die Gehälter bezahlen. Dieses Forschungsprojekt hat uns Geld und die modernste Technik gebracht. Stellen Sie sich vor, als es anfing, hat ein hoher Beamter aus dem Gesundheitsministerium mir persönlich einen Besuch abgestattet ...«

Syslins Versicherungen waren für den Milizchef jedoch ein schwacher Trost.

Die versprochenen zwei Gehälter gingen mit lobenswerter Pünktlichkeit jeden Monat auf dem Bankkonto der Lesnogorsker Miliz ein.

Zwei Jahre lang war alles ruhig. Wenn der Hauptmann Amalia Petrowna auf der Straße traf, grüßte die stets freundlich, erkundigte sich ausführlich, wie es Mascha und dem kleinen Wanja gehe. Über andere Themen sprach sie mit Sawtschenko nicht.

Und nun diese Anzeige ...

Amalia Petrowna öffnete selbst. Sawtschenko betrat zum ersten Mal ihre Wohnung. Alles hier atmete peinliche Sauberkeit und Wohlstand.

»Treten Sie ein, Hauptmann Sawtschenko, nett, Sie zu sehen.« Mit einem dünnen Lächeln auf ihren exakt geschminkten Lippen führte Amalia Petrowna ihn ins Wohnzimmer, wo er in einem tiefen Ledersessel Platz nahm. Sawtschenko wollte schon die Schuhe ausziehen, um den hellen, flauschigen

Teppich nicht zu beschmutzen, aber das ließ Amalia Petrowna nicht zu. »Bitte keine Umstände. Entspannen Sie sich. Und ich mach' uns erst mal einen Kaffee.«

Einige Minuten später setzte sie ein Tablett mit einem silberglänzenden Kännchen, zwei zarten Porzellantäßchen und einem Teller Gebäck auf dem Couchtisch ab. Sie goß Sawtschenko ein und schob ihm eine noch verschlossene Packung »Camel« nebst Aschenbecher zu.

»Also, worum geht's?«

Der Hauptmann zog aus der Tasche seiner Uniformjacke die doppelt zusammengefalteten, handgeschriebenen Seiten und reichte sie Amalia Petrowna.

Während sie las, rauchte Sawtschenko und beobachtete ihr Mienenspiel. Das gepflegte, sorgfältig geschminkte Gesicht zeigte keinerlei Regung. Als sie fertig war, legte sie die Blätter akkurat zusammen und gab sie Sawtschenko zurück.

»Es war also die 26., nicht die 24. Woche«, murmelte sie vor sich hin und schüttelte den Kopf. »Der alte Gauner!«

Sawtschenko zog erstaunt die Augenbrauen hoch.

»Verzeihung, wovon sprechen Sie?«

»Wie? Ach, das tut nichts zur Sache. Ich habe nur laut gedacht ... Und was gedenken Sie jetzt zu tun?«

Der Blick ihrer eiskalten Augen traf den Hauptmann irgendwo am Kinn, und Sawtschenko fürchtete, er könnte in seiner Haut zwei blutende Scharten hinterlassen.

»Ich wollte erst einmal Sie hören, Amalia Petrowna«, antwortete er und nahm einen Schluck Kaffee.

»Wieso mich hören? Die Behörde sind Sie. Sie müssen entscheiden. Aber wenn Sie mich fragen: Das hat eindeutig eine kranke Frau geschrieben, eine psychisch Kranke, Sie verstehen. Wissen Sie, die Schwangerschaft wirkt zuweilen seltsam auf Frauen, auch wenn sie sonst ganz gesund sind. Davon kann ich ein Lied singen. Der Organismus hat einen wahren Hormonsturm zu bewältigen, der die Psyche stark verändern kann. Doch ich will Sie nicht mit medizinischen Einzelheiten behelligen.«

»Der Unterleutnant, der heute nacht Dienst hatte, meinte aber, die Frau sei ganz normal gewesen.«

»Nun, ein Unterleutnant ist kein Arzt. Wie heißt er übrigens?«

Ohne selbst zu wissen, warum, behielt Sawtschenko den Namen für sich.

»Er hat die ganze Nacht gewacht«, fuhr Amalia Petrowna fort, »und war sicher übermüdet. Bestimmt hat er diesen Schrieb gar nicht registriert.«

»Er hat ihn registriert, das ist es ja gerade. Verstehen Sie? Ich muß innerhalb von drei Tagen darauf reagieren und die Frau von meiner Entscheidung in Kenntnis setzen.«

»Welche Möglichkeiten haben Sie da?«

»Nach dem Gesetz sind es zwei: Ich kann ein Strafverfahren einleiten, oder auch nicht.«

»Hervorragend. Dann leiten Sie keins ein. Sie haben doch keinen Beklagten! Schreiben Sie ihr, wie es sich gehört, mit Briefkopf und allem Drum und Dran. Wo ist das Problem?«

»Bevor ich ihr eine offizielle Mitteilung schreiben kann, wie Sie sagen, muß ich wissen, was tatsächlich passiert ist.«

Das Telefon klingelte. Amalia Petrowna nahm den Hörer ab.

»Ja, ich höre Sie!« Sie schrie fast, entschuldigte sich dann bei Sawtschenko und ging mit dem Telefon ins Nebenzimmer.

Das Gespräch dauerte fast drei Minuten. Der Hauptmann konnte kein Wort verstehen. Als Amalia Petrowna zurückkam, griff sie nach einer Zigarette. Ihre Hände zitterten leicht. Sie sog den Rauch tief ein und erklärte dann in offiziellem Ton: »Sie wollen also wissen, was tatsächlich passiert ist? Das kann ich Ihnen sagen. Die Schnelle Medizinische Hilfe brachte uns eine Schwangere mit einer abgestorbenen Frucht. Wir mußten dringend künstliche Wehen einleiten, um die Lebensgefahr für sie zu bannen. Aber diese Frau ist aus dem Krankenhaus weggelaufen – ohne Kleidung, nur in unserer Nachtwäsche.«

Amalia Petrownas Sätze kamen wie aus einem Maschinengewehr.

»Warum mußte die Frau mitten aus Moskau in unsere Stadt gebracht werden?« fragte Sawtschenko mit düsterem Blick.

»Erstens ist ein Drittel der Moskauer Entbindungskliniken gegenwärtig geschlossen – wegen Renovierung, Desinfektion und was weiß ich. In solchen Fällen sucht man Hilfe bei Spezialkliniken, von denen es nur wenige gibt. Wir haben gute Fachärzte, man hat uns angerufen, und wir hatten Platz. Hier ist das Moskauer Gebiet, nicht Wladiwostok. Also – nichts Besonderes.«

»Aber die Geschädigte behauptet, sie sei eingeschläfert worden.«

»Als man ihr sagte, ihr Kind sei tot, ist sie hysterisch geworden. Da hat man ihr ein Beruhigungsmittel gespritzt. Davon ist sie eingeschlafen. Verstehen Sie, es gibt Situationen, da muß man sofort eingreifen. Offenbar war das hier der Fall.«

»Und wenn die Frucht noch gelebt hat? Ist so etwas möglich? Die Frau ist auf eigenen Beinen zur Miliz gekommen und machte überhaupt nicht den Eindruck, daß sie bald sterben müßte. Sie hat sogar die Kraft gehabt, diese Anzeige zu schreiben.«

»Natürlich sind in unserem Beruf auch Irrtümer möglich. Aber da sollte man sich besser rückversichern.«

»Na schön, die Frau ist aus dem Krankenhaus weggelaufen. Aber warum hat man überall nach ihr gesucht?«

»Niemand hat nach ihr gesucht. Es gibt doch jede Menge Gründe, daß jemand in den Keller geht. Pfleger, Schlosser, Zimmerleute ...«

»Na klar. Die Zimmerleute haben zu zimmern angefangen. Mitten in der Nacht. Vielleicht konnten sie nicht schlafen.« Sawtschenko spürte, wie er langsam die Geduld verlor. Vielleicht hätte er die Sache ja auf sich beruhen lassen und der Frau einen negativen Bescheid gegeben. Wäre da nicht dieser besondere Umstand. Die Poljanskaja war Journalistin und arbeitete bei einer bekannten Zeitschrift. Wenn sie nun andere einschaltete? Und wenn die Nachforschungen anstellten? Was dann in seinem Verantwortungsbereich ans Licht kam, wußte Gott allein. Und Amalia Petrowna. Dazu die Leute in den großen Limousinen ... Nur er in seiner seligen Einfalt war dann der Dumme.

Daß die ganze Sache zum Himmel stank, argwöhnte er seit langem. Aber ihre Gaben hatte er immer angenommen, und nicht nur er allein, sondern seine ganze Behörde. Und jetzt lag er mit der Schnauze im Dreck.

»Ich mach' uns noch einen Kaffee. Oder möchten Sie lieber einen Kognak?« erklang Amalia Petrownas Stimme.

»Danke, da sage ich nicht nein. Ihr Kaffee ist hervorragend. Aber bitte keinen Schnaps.«

Allein geblieben, faßte der Hauptmann einen Entschluß. Als die Hausherrin mit dem Tablett zurückkam, erklärte er: »Also, Amalia Petrowna, einigen wir uns so: Wir gehen davon aus, daß ich die Anzeige überprüft habe. Ihr Wort genügt mir. Sie sind die Fachfrau. Doch mit den Überweisungen muß jetzt Schluß sein. Die bringen mir die Ordnung durcheinander. Natürlich haben meine Jungs nichts gegen eine Prämie, aber die Sache ist nicht ganz korrekt.«

»Gegen dieses Geld hatten nicht nur Ihre Jungs, sondern auch Sie persönlich bisher nichts einzuwenden, mein lieber Hauptmann. Zwei Jahre lang haben Sie es genommen und nichts dabei gefunden. Und jetzt bekommen Sie es mit der Angst zu tun? Ich habe Ihnen doch erklärt, daß alles seine Ordnung hat.«

Sawtschenko spürte, wie ihm das Blut ins Gesicht schoß. Er stand auf. »Ich denke, zwischen uns ist alles geklärt. Für mich ist das Gespräch beendet. Bitte keine weiteren Überweisungen.« Er wandte sich um und schritt zur Tür.

»Einen Augenblick, mein Lieber. Sie haben Ihren Kaffee noch nicht ausgetrunken.« Amalia Petrowna stand auf und nahm seinen Ellenbogen. »Sie wollen wissen, was in unserem Krankenhaus vorgeht? Gut, ich sage es Ihnen.«

Der Hauptmann befreite sich sanft aus ihrem Griff.

»Was kann in einem Krankenhaus vorgehen? Dort macht man die Leute gesund. Ich bin kein Fachmann. Leben Sie wohl.«

»Sie haben also wirklich Angst.« Amalia Petrowna wiegte mitfühlend den Kopf. »Das kann ich sogar verstehen«, fügte sie kaum hörbar hinzu und öffnete ihm die Tür. »Auf Wiedersehen, Hauptmann Sawtschenko. Danke, daß Sie gekommen sind. Hat mich gefreut. Besuchen Sie mich alte Frau doch hin und wieder. Grüßen Sie Mascha, Wanja und Ihre ganze Familie von mir.«

Fünftes Kapitel

Die Redaktion der Zeitschrift »Smart« hatte in dem Hochhaus am Sawelowsker Bahnhof zwei ganze Etagen gemietet. Noch vor kurzer Zeit war dieses riesige verglaste Ungetüm, das bei jedem Vorortzug, der unten vorbeifuhr, klirrte und bebte, die unumstrittene Domäne des Zentralkomitees des Kommunistischen Jugendverbandes gewesen. Es gehörte dessen Verlag »Junge Garde«. In allen Etagen saßen damals Jugendzeitschriften – vom »Jungen Kommunisten« bis zum »Jungen Naturforscher«.

Aus diesem zwanziggeschossigen, durchsichtigen Ameisenhaufen blickte man nach einer Seite auf die Sawelowsker Bahnstrecke und nach der anderen auf graue Lagerhäuser, Kasernen und Garagen.

Als die Komsomolblätter Ende der achtziger Jahre ihr Erscheinen einstellten, machte sich eine Zeitlang die Pornographie im Hause breit. Aber auch sie hatte der freie Markt bald satt. Alles in Maßen …

Jetzt fand man hier ein Gemisch der verschiedensten Redaktionen – reicher und armer, seriöser und übel beleumdeter, faschistischer und rechtgläubiger. Da gab es Etagen mit Computern, modernster Büroeinrichtung und langbeinigen Sekretärinnen. Woanders war es öd und leer, tranken in die Jahre gekommene Journalisten Wodka, rauchten billige Zigaretten und stürzten sich auf jeden, auch den zweifelhaftesten Auftrag, nur, um irgendwie ihr Brot zu verdienen.

Die beiden Etagen, die der Redaktion von »Smart« gehörten, galten als die schicksten im ganzen Haus. Den Geist der kommunistischen Jugend hatte man hier gründlich ausgetrieben. Statt dessen roch es, wie es in den Büros einer florierenden kapitalistischen Firma zu riechen hat – nach Raumspray, klimatisierter Ozonluft und teurem Eau de Toilette.

Leise klapperten die Computer, sanft tönten die Telefone, geräuschlos schwebten die Mitarbeiter über die weichen Teppiche – alle im klassischen Kostüm oder Anzug. Und wenn wirklich einmal einer in Jeans auftauchte, dann waren es solche von der echten, sehr teuren Sorte.

Lena schloß ihr Büro auf, schlüpfte aus dem Mantel und nahm den Schal ab. Als sie vor dem Spiegel die noch feuchten Haare kämmte, sah sie zum ersten Mal, wie sehr ihr Gesicht von dieser Nacht gezeichnet war. Sie hatte nicht geschlafen und seit dem Vortag nicht einen Bissen zu sich genommen.

Die Imbißstuben im Parterre und in der 20. Etage hatten noch geschlossen. Aber bei der Sekretärin des Chefredakteurs konnte man immer einen hervorragenden Tee und einen Snack aus dem Kühlschrank bekommen. Als sie sich etwas hergerichtet hatte, wählte Lena die Nummer des Sekretariats.

»Guten Morgen, Katja.«

»Hallo, Lena, was willst du denn so früh schon hier? Du wolltest doch erst nach zwei hier sein.«

»Es hat sich so ergeben. Kann ich bei dir einen Tee kriegen?«

»Na klar, komm rüber, ich setze ihn gleich auf.«

Als Lena ins Vorzimmer ihres Chefredakteurs trat, brühte Katja, eine füllige Blondine von fünfundzwanzig, bereits den Tee. Auf einem Tischchen stand ein Teller mit belegten Broten.

»Ich habe auch noch nichts gegessen«, erklärte sie. »Möchtest du einen Joghurt? Mein Kühlschrank ist voll davon. Der Chef ißt am liebsten fünf am Tag, aber ich kann das Zeug nicht ausstehen. Das ist mein Problem – ich mag es herzhaft.«

»Dir steht das«, tröstete sie Lena und ließ einen Löffel Joghurt in den Mund gleiten.

Das Telefon klingelte. Katja kaute rasch ein Stück Rauchwurst hinunter und nahm den Hörer.

»Redaktion der Zeitschrift ›Smart‹, Sekretariat des Chefredakteurs.«

»Guten Morgen«, hörte sie eine hohe Männerstimme, »finde ich bei Ihnen Lena Poljanskaja?«

»Mit wem spreche ich?« fragte Katja.

Der Teilnehmer am anderen Ende stockte einen Augenblick und sagte dann: »Hier ist das Fitness-Center ›Storch‹. Kommt sie nun zum Training oder nicht? Sie hat sich angemeldet, zahlt regelmäßig, erscheint aber nicht.«

»Einen Augenblick«, Katja hielt den Hörer mit der Hand zu und flüsterte: »Lena, kennst du ein Fitneß-Center ›Storch‹? Die fragen nach dir.«

Lena nahm den Hörer.

»Hier ist Lena Poljanskaja.« Am anderen Ende wurde es still.

»Na, was ist«, sagte Lena scharf, »wollen Sie nun mit mir reden oder nicht?«

Als Antwort kam nur das Besetztzeichen.

Als sie aufgelegt hatte und wieder zur Teetasse griff, spürte sie, wie Katja sie verwundert anblickte.

»Lena, wer war das?« fragte sie aus irgendeinem Grunde im Flüsterton.

»Ach, Unsinn. Reden wir nicht davon.«

»Und wenn der wieder anruft?«

»Dann schickst du ihn zur Hölle. Und sei dabei nicht zimperlich«, riet ihr Lena.

In ihrem Büro zurück, schaute sie die frisch eingegangenen Manuskripte durch und stieß dabei auf ein Paket aus Washington. Es war eine Erzählung der bekannten amerikanischen Autorin Josephine Wordstar, auf das Lena schon lange wartete. Die siebzigjährige Amerikanerin hatte sie vor fünf Jahren kennengelernt, als sie zum ersten Mal in den USA war. Seitdem stand sie mit ihr im Briefwechsel.

Zwei oder drei von Josephines Romanen waren in Rußland als Raubdrucke in schrecklicher anonymer Übersetzung erschienen. Josephines Empörung kannte keine Grenzen. Sie schickte sogar einen ihrer Anwälte nach Rußland. Aber der konnte niemanden vor Gericht zerren, denn der Piratenverlag hatte sich bereits in Luft aufgelöst.

Lena brauchte viel Zeit, um Josephine zu überreden, der Zeitschrift »Smart« eine ihrer Erzählungen zu überlassen.

In dem beiliegenden Brief erzählte Josephine ausführlich vom tragischen Tod ihrer Siamkatze Linda, von der Scheidung ihres älteren Sohnes James und den Balletterfolgen der zwanzigjährigen Enkelin Sarah. Am Ende bat sie Lena, die Erzählung selbst zu übersetzen.

Die stürzte sich mit Vergnügen auf die solide, anheimelnde amerikanische Prosa. Die Erzählung hieß »Sweetheart« und begann mit den Worten: »Mir reicht's!«

Mir reicht's auch, dachte Lena bei sich. In diese Ganovenspiele lasse ich mich nicht ein ...

Da erschien ihr Mitarbeiter, der 23jährige Taugenichts Goscha Galizyn, in der Tür. Er hatte vor kurzem das Moskauer Fremdspracheninstitut absolviert. Bei »Smart« nahm man ihn, weil er der Filius des Chefredakteurs war. Der wollte seinen ungeratenen Sohn unter Kontrolle haben, was die amerikanische Seite überhaupt nicht gern sah.

Goscha konnte sich tagelang mit Computerspielen beschäftigen, auf den Korridoren herumhängen und mit den

Sekretärinnen auf allen Etagen Tee trinken. Anfangs hatte Lena versucht, ihn mit Übersetzungs- und Redaktionsarbeit einzudecken, wie es der Chef von ihr forderte. Aber schon nach zwei Wochen war ihr klar, daß Goscha am besten überhaupt nichts tat. So richtete er weniger Schaden an.

»Weißt du, Lena, ich arbeite deswegen so schlecht«, erklärte er ungerührt, »weil ich eigentlich Rockmusiker werden wollte, am besten Schlagzeuger. Da bin ich richtig gut. Wir hatten sogar eine eigene Gruppe. ›Mausoleum‹ hieß die. Hast du davon gehört? Nein? Macht nichts, du bist eine andere Generation. Ganz Moskau rannte zu unseren Konzerten zusammen, und selbst aus Petersburg kamen sie. Klar haben wir manchmal auch unter Stoff gearbeitet, das ging nicht anders. Als dann die Altvorderen meine Venen gesehen haben ... Das war vielleicht ein Theater! Papa wurde wild und wollte mich gleich in die Armee stecken. Aber dann hat er sich bald wieder eingekriegt. Ihm ist selber angst geworden – am Ende hätten die mich nach Tschetschenien geschickt. Ich bin schließlich ihr Einziger. So mußte ich auf dieses verdammte Sprachinstitut. Fünf Jahre haben mich meine Alten im Auto hingefahren und wieder abgeholt. Zu Hause habe ich hinter Schloß und Riegel gesessen.«

»Und was willst du jetzt anfangen«, hatte ihn Lena damals gefragt.

»Weiß nicht. Hab' mich noch nicht festgelegt.«

»Hallo, Chefin!« rief Goscha und ließ sich auf den Drehstuhl gegenüber fallen. »Immer fleißig?«

»Hallo, Faulpelz«, gab Lena zurück, ohne ihre Lektüre zu unterbrechen.

Goscha pfiff sich eins und ließ den Sessel kreisen.

»He, Lena, schau mich doch mal an!« rief er. »So sieht einer aus, der zum ersten Mal einen eigenen Wagen fährt!« Er spielte mit den Autoschlüsseln. »Ich habe Papas alten Wolga selber repariert. Drei Jahre hatte er in unserer Garage vor sich hin gerostet. Mit dem bin ich hergekommen.«

»Super, Goscha«, lächelte Lena, »vielleicht wird aus dir noch ein ordentlicher Autoschlosser.«

»Warum nicht?« Goscha drehte sich noch einmal um sich selbst. »Ich bin gefahren, als ob ich das schon zehn Jahre täte. Dabei war es echt das erste Mal. Nur als ich hier vor dem Haus parken wollte, wär' ich fast auf einen Krankenwagen gedonnert.«

»Was für ein Krankenwagen?« entfuhr es Lena.

»Ein ganz gewöhnlicher. Ich hab' mich noch gewundert, wem es in unserem Glaskasten so früh schon schlecht geworden ist. Und überhaupt, dort unten im Laden verkaufen sie diese tollen Dinger, in denen man ein Baby tragen kann. Tragetücher heißen die, glaube ich. Komm mit runter, wir schauen uns die mal an.«

»Danke, Goscha, ich komme gleich«, antwortete Lena bedrückt.

»Los, komm.« Goscha stand auf. »Ich muß dir meine Karre zeigen.«

Gemeinsam fuhren sie in das verglaste Foyer hinunter. In einem der Shops, die mit allem möglichen handelten, waren Goschas Tragetücher in grellen Farben ausgelegt.

»Klasse, nicht wahr? Was für eins willst du, hellblau oder rosa?«

»Ein grünes«, antwortete Lena und schaute auf die Straße. Es war tatsächlich derselbe Krankenwagen. Die Nummer konnte sie nicht sehen, aber es gab keinen Zweifel. Selbst die Silhouette des Fahrers kam ihr bekannt vor.

»Meinen Wolga mußt du dir anschauen!« Goscha zerrte Lena zur Glaswand des Foyers.

In diesem Moment sah sie, wie die Tür des Krankenwagens aufging und der breitschultrige Fahrer in Lederjacke ausstieg. Er lief rasch auf die Tür zu. Die Pförtnerin, die in ihrer Loge strickte, schaute nicht einmal auf.

Im Foyer war es fast leer, und der Fahrer kam mit großen Schritten direkt auf Lena und Goscha zu.

»Hab' ich ihn doch tatsächlich angebumst. Gleich wird er auf mich losgehen«, grinste Goscha.

Lena stand wie angewurzelt, das Paket mit dem Tragetuch an die Brust gepreßt.

»He, gibt es hier einen Imbiß oder so was Ähnliches?« hörte sie eine bekannte Stimme.

Der Klang löste ihre Erstarrung; sie packte Goscha beim Ärmel und rannte mit ihm zu den Aufzügen.

»Was hast du denn?« fragte Goscha erstaunt, als der Lift sich endlich bewegte.

»Gleich«, flüsterte Lena, »gleich erklär' ich dir alles ...«

Der Fahrer sah dem flüchtenden Pärchen einige Sekunden verblüfft nach.

Das war doch der Kerl aus dem Wolga, der beinahe auf uns aufgefahren wäre. Dem hätten wir es geben sollen. Ach, zum Teufel mit ihm, dachte er bei sich.

Da sah er quer durch das Foyer Kolja hinkend auf sich zukommen.

»Das war sie! Kein Zweifel. Ich habe sie nach dem Foto erkannt!«

»Hast du das dem Rotschopf schon gesagt?«

»Hab' ich.«

»Und?«

»Ach, nichts. Geh und kauf uns was zu fressen. Wir passen sie hier unten ab, wie besprochen.«

»Und wenn sie uns erkannt hat und jetzt woanders rausgeht?« fragte der Fahrer.

»Bist du blöd? Die hat uns doch noch nie gesehen! Außerdem muß sie trotzdem hier vorn vorbei. Der Rotschopf hat sich alles angeguckt. Und weggerannt ist nicht sie, sondern der Kerl. Ich hab' auch ihn wiedererkannt. Der hat in dem Wolga gesessen. Als du reingekommen bist, hat er es mit der Angst gekriegt.«

Goscha lief aus der Tür, sprang in seinen Wagen und ließ den Motor an. Er mußte rasch von dem überfüllten Parkplatz runter und um das Gebäude herum zum Ausgang der Druckerei fahren. Als er sich zwischen den wartenden Autos hindurchschlängelte, bemerkte er, daß eine echte Banditenvisage ihn aus dem Krankenwagen beobachtete.

Am Ausgang der Druckerei hielt er kurz, und Lena sprang auf den Rücksitz. Um aber auf die Straße hinauszukommen, mußte Goscha noch einmal über den Parkplatz. Dort stand ihnen ein riesiger LKW im Weg, der vom Lager kam und wenden mußte. Mehrere Minuten lang kamen sie nicht weiter. Als der Weg endlich frei war, sahen sie den Fahrer gerade mit einem Eßpaket in den Krankenwagen steigen.

»Los, hinter dem Wolga her!« rief Kolja.

Am Bahnübergang schlüpfte Goscha gerade noch unter den sich senkenden Schranken hindurch. In der Ferne pfiff bereits die Vorortbahn. Der Krankenwagen schaffte es nicht mehr. Danach kroch ein endloser Güterzug vorbei.

»Die sind wir los, Lena! So einfach geht das! Und wohin jetzt?« fragte Goscha aufgeräumt.

»Zur amerikanischen Botschaft.«

»Du rennst vor denen aber weit weg. Was wollen die eigentlich von dir?«

»Wenn ich es selber weiß, sag' ich es dir.«

»Und wie willst du es rauskriegen?«

»Keine Ahnung.«

»Hör mal, Lena, mir fällt da etwas ein. Mein Alter hat einen Bekannten, der dir vielleicht helfen kann. Ein Sonderermittler. Arbeitet bei der Kriminalpolizei an der Petrowka. Sergej Krotow heißt der Kerl. Ich muß irgendwo seine Telefonnummer haben.«

Als sie an der nächsten Ampel hielten, blätterte Goscha hektisch in einem kleinen, zerschlissenen Büchlein.

»Da ist sie.« Er hielt Lena das Büchlein hin. »Schreib sie ab. Ruf ihn noch heute an und bestell ihm einen Gruß von Papa. Oder von mir.«

Es wurde wieder Grün, aber schon nach wenigen Metern saßen sie hoffnungslos in einem Stau fest.

»Das war's. Hier stehen wir mindestens eine halbe Stunde«, erklärte Goscha. »Was willst du überhaupt in der Botschaft?«

»Meinen Paß mit dem Visum abholen. Ich habe doch wieder eine Einladung von der Columbia University.«

»Dir geht's gut«, seufzte Goscha. »Zum wievielten Mal fährst du jetzt in die Staaten?«

»Zum dritten«, antwortete Lena.

Sie drehte sich um und musterte die Autos ringsum.

»Reg dich nicht auf, die haben uns verloren«, suchte Goscha sie zu beruhigen. »Und wann fliegst du?«

»In einer Woche. Eigentlich wollte ich absagen. Mit meinem Bauch fallen mir Vorträge schon schwer. Man denkt langsamer und ist schneller erschöpft. Und dort geht es immer rund – vom Morgen bis zum Abend. Jetzt will ich aber fliegen. Je weiter weg von diesen Banditen, desto besser. Vielleicht beruhigt sich alles wieder, wenn ich eine Weile fort bin.«

»Vielleicht«, stimmte Goscha ihr zu und schaute zerstreut in den Spiegel. Da sah er den Krankenwagen, der es irgendwie geschafft hatte, sich ihnen in dem Stau zu nähern.

»Bleib ganz ruhig, Lena. Die sind wieder hinter uns. Aber vielleicht auch nicht? Es gibt so viele Krankenwagen in Moskau.«

»Sie sind es«, stellte Lena fest, als sie einen kurzen Blick in die von Goscha gewiesene Richtung warf.

»Wenn wir hier raus sind, schütteln wir sie wieder ab.«

»Nein, ich steig' jetzt aus und nehm' den Bus. Ich will dich da nicht noch mit hineinziehen.«

»Laß dir das nicht einfallen. Hier darfst du gar nicht aussteigen. Sitz still, ich schüttle sie ab. Und worauf ich mich einlasse, das bestimme ich schon selber.«

Aber Lena hatte bereits die Autotür von außen zugeworfen.

Kolja sah, wie sie zwischen den Autos zum Gehweg lief. Er wandte sich um und rief dem Rotschopf zu:

»Los, raus und ihr nach! Sonst verlieren wir sie wieder!«

Dem gefiel es gar nicht, daß dieser Grünschnabel ihn herumkommandierte. Aber er wußte selber, daß er sich jetzt an Lena hängen mußte. Kolja hinkte, und der Fahrer hatte am Steuer zu bleiben.

Lena war an der Bushaltestelle in einer kleinen Menschenmenge untergetaucht und beobachtete von dort den Krankenwagen. Sie sah, wie ein Mann heraussprang und auf die Haltestelle zulief.

Der Bus kam. Der Mann rannte, so schnell er konnte. Ein Milizionär pfiff ohrenbetäubend. Er wollte sich dem Rotschopf in den Weg stellen. Aber im letzten Augenblick schlüpfte dieser durch die sich schließende Tür.

Der Bus schlich träge den Gartenring entlang. Der Krankenwagen hatte ihn bald erreicht und fuhr hinterher. Kurz hinter ihm rollte Goscha mit seinem Wolga.

Als Lena in der amerikanischen Botschaft ihren Paß mit dem Visum in der Hand hatte, trat sie wieder auf den Gartenring hinaus und schaute sich um. Von dem Banditen, der ihr in den Bus gefolgt war, keine Spur. Auch nicht von dem Krankenwagen. Dafür sah sie Goschas Wolga.

Der grinste breit, als er ihr die Tür öffnete.

»Keine Angst, Lena, sie sind weg. Der dir nachgelaufen ist, hat sich hier noch zwanzig Minuten herumgedrückt, dann jemanden mit dem Handy angerufen, ist wieder eingestiegen, und sie haben sich davongemacht.«

»Und warum mischst du dich in solche Sachen ein?« fragte Lena, als sie wieder neben Goscha saß.

»Weil es spannend ist! Und wohin möchte die Dame jetzt?«

»Zur Presnja. Kennst du die Schmidtstraße?«

In einem gediegenen Vorkriegshaus an der Schmidtstraße wohnte Lenas Tante Soja Wasnezowa, die ältere Schwester ihrer Mutter. Lena, die ihre Mutter nur von Fotos kannte, suchte seit ihrer Kindheit im Gesicht von Tante Soja etwas, das ihr helfen konnte, sich ihre Mutter leibhaftig vorzustellen. Aber wie ihr Vater immer sagte, gab es zwischen den Schwestern überhaupt keine Ähnlichkeit. Die jüngere, Jelisaweta, war klein, schlank und zart wie eine Elfe gewesen. Ihr ganzes fünfundzwanzigjähriges Leben hatte sie unbeschwert und fröhlich verbracht.

Soja war zehn Jahre älter als sie. Groß und kräftig gebaut, schritt sie mit langen Männerschritten durchs Leben und erklomm so auch die Höhen einer Parteikarriere.

Soja hatte ihr Leben lang in einem Kreisparteikomitee gearbeitet und es dort bis zum Ersten Sekretär gebracht. Aber als diese Hürde genommen war, segnete die Partei das Zeitliche und ihr Mann, Kaderchef eines Moskauer Großbetriebes, auch. Sie hatten keine Kinder, und so lebte Soja nun einsam und allein in der großen Dreizimmerwohnung. Das einzige, was sie noch aufrechterhielt, war aktive gesellschaftliche Arbeit. Sie griff ins Leben ihrer Straße ein, kritisierte Hausmeister und Ladenbesitzer, brachte die Verkäuferinnen im Milchgeschäft zur Verzweiflung, kanzelte einen Gorilla vor einer Bank oder einem Nachtklub, den ein normaler Bürger nicht einmal anzusprechen wagte, wie einen Schuljungen ab, drang auch mal in eine Bank oder ein Spielkasino ein und schlug dort Lärm, weil der neue Besitzer an seiner frisch renovierten Fassade eine Gedenktafel nicht mehr angebracht hatte, auf der es hieß: »In diesem Haus lebte 1920–1921 der Revolutionär Pupkin«. Außerdem hatte sie noch genügend Kraft, um sich lautstark an Kundgebungen der Kommunisten zu beteiligen und deren Zeitung zu verteilen, ohne auch nur eine Kopeke dafür zu nehmen. Darüber wurde aus Soja, der stattlichen, gebieterischen Walküre, nach und nach eine zerzauste alte Frau, über die man im Kiez den Kopf schüttelte.

Lena aber liebte ihre Tante Soja, denn außer ihr hatte sie keine Verwandten mehr. Und Waise will auch mit fünfunddreißig niemand sein. Sie besuchte Soja mit Taschen voller Lebensmittel, kaufte ihr etwas zum Anziehen und räumte ab und zu in der heruntergekommenen Wohnung auf.

Ihre Telefonnummer wußte Lena auswendig, weshalb sie glaubte, sie stehe gar nicht in ihrem Telefonbuch …

Sechstes Kapitel

Walja war im Schwesternzimmer eingenickt. Sie hatte nun schon die zweite Nacht Dienst und war sehr müde. Ein Alptraum plagte sie. Simakow wollte ein Neugeborenes mit einem Kissen ersticken. Walja wachte von ihrem eigenen Schrei auf. Schwester Oxana beugte sich über sie.

»Was schreist du denn so? Los, komm hoch. Wir haben eine Gebärende.«

»Was für eine Gebärende?«

»Eine ganz gewöhnliche. Geh dir die Hände waschen. Wir fangen gleich mit der Entbindung an.«

»Was – wir beide? Ganz allein?« fragte Walja erschrocken.

»Wer sonst? Simakow ist gestern abend entlassen worden, das weiß du doch. Er hat sich mit Amalia Petrowna überworfen wegen der, die abgehauen ist.«

Wie eine Entbindung ablief, wußte Walja auswendig, aber selbst hatte sie noch nie an einer teilgenommen. Sie war schrecklich aufgeregt. Kein Problem, wenn alles wie im Lehrbuch geht, aber wenn nun plötzlich etwas passiert?

Die werdende Mutter stellte sich als eine völlig aufgelöste Achtzehnjährige heraus.

»Wie heißt du denn?« fragte Walja, als sie dem Mädchen den Blutdruck maß.

Die Frage hatte keine Bedeutung und sollte das Mädchen nur ablenken.

»Nadja«, antwortete diese und schluchzte auf wie ein Kind.

»Was soll es denn werden?«

»Ein Junge«, antwortete Nadja überzeugt.

»Dann wird's auch einer«, versprach Walja und erklärte ihr, wie sie bei der Entbindung zu atmen, zu pressen und sich zu entspannen habe.

Oxana kam und kam nicht. Als Walja aus dem Fenster schaute, sah sie die Schwester auf dem Hof stehen. Sie rauchte und schwatzte angeregt mit einem der Wachmänner. Walja kletterte aufs Fensterbrett und rief durch die offene Lüftungsklappe: »Oxana! Wo bleibst du denn?!«

»Ich komm' ja schon!« Oxana rauchte in aller Ruhe ihre Zigarette zu Ende und ging dann ins Haus zurück. Walja wollte sich das Mädchen noch einmal anschauen, das bereits vor Schmerzen stöhnte. Nun geriet sie selbst in Hektik.

»Los, Nadja, auf den Wagen. Jetzt wird es ernst.«

In diesem Augenblick erschien Oxana mit roten Wangen lächelnd in der Tür.

»Wozu die Umstände – zum Kreißsaal gefahren werden!« rief sie empört. »Bist du vielleicht eine Königin? Du gehst auf deinen eigenen zwei Beinen hin!« fügte sie im Kommandoton hinzu. »Und hör endlich auf zu schreien.«

»Leg die Instrumente zurecht, Oxana«, erklärte Walja. »Ich fahr' sie hin.«

»Ach, wie mitfühlend!« höhnte Oxana.

Der Junge, den Walja zwanzig Minuten später auf dem Arm hielt, pinkelte ihr als erstes auf den Kittel. Als sie dann das Neugeborene und die selig lächelnde achtzehnjährige Mutter anschaute, hätte sie am liebsten losgeheult. Es war das erste Kind, das sie, Walja Schtscherbakowa, entbunden hatte, und alles war gelaufen wie nach dem Lehrbuch.

Bis zum Ende des Nachtdienstes blieb noch eine Stunde.

»Walja, ich geh' nach Hause, ja?« erklärte Oxana und gähnte, was das Zeug hielt. »Ich kann nicht mehr, ich schlafe schon im Stehen ein.«

»Geh nur«, antwortete Walja großmütig.

Den in Windeln verpackten Knirps, der endlich eingeschlafen war, trug sie ins Zimmer der Neugeborenen, legte ihn dort in ein Bettchen und blieb noch eine Weile ganz verzaubert bei ihm stehen. Der Kleine schmatzte und zog lustige Grimassen.

Die restlichen neun Bettchen waren leer. Merkwürdig, dachte Walja, wie wenig Kinder jetzt bei uns in Lesnogorsk geboren werden. Ob die Mütter zur Entbindung alle nach Moskau fahren?

Einen solchen Knirps hätten sie gestern beinahe umgebracht, ging es ihr durch den Kopf. Vielleicht ist es gut, daß hier so wenig entbunden wird.

Zu Hause fiel sie ins Bett und schlief wie tot bis drei Uhr nachmittags. Dann trank sie einen Tee und ging ins nächstbeste Geschäft, damit etwas Eßbares im Hause war, wenn ihre Mutter von der Arbeit kam.

Vor dem Supermarkt stieß Walja auf ihren Schulkameraden Dmitri Kruglow. Sie waren in einem Hof aufgewachsen. Dmitri besuchte die Schule zwei Klassen über ihr. Er hatte immer die besten Zensuren gehabt, niemals geflucht, nicht im Hausflur getrunken oder Klebstoff geschnüffelt. Jetzt war er schon Unterleutnant bei der Miliz. Walja gefiel er sehr, sie war sogar ein wenig in ihn verliebt ...

Dmitri trug keine Uniform, sondern nur Jeans und Jacke und führte gerade seinen alten Schäferhund Shanna aus.

»Hallo, Walja! Wie geht's?« Er lächelte ihr zu.

»Danke, gut. Kannst du dir vorstellen?« stieß Walja plötzlich, völlig unerwartet für sich selber, hervor, »ich habe heute zum ersten Mal im Leben eine Entbindung durchgeführt.«

»Gratuliere. Und was war es?«

»Ein Junge!«

»Bist du jetzt im Praktikum?«

»Ja, hier im Krankenhaus, in der Gynäkologie.«

»Hattest du gestern abend zufällig Dienst?«

»Hatte ich. Die ganze Nacht.«

»Da hat man doch eine Frau mit dem Krankenwagen aus Moskau zu euch gebracht. Hast du davon gehört? Poljanskaja heißt sie, Lena.«

»Woher weißt du davon?« wunderte sich Walja.

»Sie ist frühmorgens auf unser Revier gekommen. Barfuß, im Nachthemd eures Krankenhauses ... Sie hat so eine merkwürdige Anzeige gemacht. Ich habe sie dann noch nach Hause fahren lassen.«

»Ach, Dmitri, das ist eine sehr unangenehme Geschichte.« Und Walja erzählte ihm alles, was in der vergangenen Nacht passiert war.

Dmitri hörte schweigend zu, ohne sie zu unterbrechen. Dann fragte er: »Kann das ein Zufall sein? Hat sich ein Arzt geirrt? Ich kann nicht glauben, daß man so etwas absichtlich ... Wem nutzt das und wieso?«

»Darüber zerbreche ich mir auch schon die ganze Zeit den Kopf«, bekannte Walja.

»Habe ich richtig gehört? Das Präparat für mich ist immer noch nicht fertig?«

»Nein. Aber wir brauchen nur noch ein, zwei Tage.«

»Ihr seid schon eine Woche überfällig. Kannst du mir erklären, wo das Problem liegt?«

»Seit wann interessieren dich unsere Produktionsschwierigkeiten?«

»Die interessieren mich tatsächlich nicht. Ich gebe dir noch vierundzwanzig Stunden.«

Der Besitzer des Arbeitszimmers, in dem dieses Gespräch stattfand, stemmte seinen aufgeschwemmten Körper schnaufend aus dem tiefen Sessel. Er war von riesiger Gestalt und hatte ein tiefrotes Gesicht. Sein Name Burjak – der Aufbrausende – paßte hervorragend zu ihm. Nun blickte er von oben auf seinen Gesprächspartner herab.

»Was sitzt du noch hier rum? Du kannst gehen.«

Der, ein grauhaariger Schönling wie von einem Werbeplakat, zeigte ein strahlendes Lächeln. Sein Name war Weiß. Das war sein Familienname, aber alle Bekannten nannten ihn nur so, weshalb seine Partner in der Unterwelt glaubten, das sei sein Deckname.

»Reg dich nicht auf. Du hättest dich früher bemühen sollen. Bei uns kann man nicht kommen und alles sofort haben wollen. Wir haben unsere eigene Technologie und unsere eigenen Termine«, suchte Weiß den Dicken zur Vernunft zu bringen.

»Aufregen mußt du dich!« schrie Burjak plötzlich mit unerwartet hoher Stimme los.

Als Weiß wieder in seinem Auto saß, war er blaß und blickte besorgt drein.

»Nach Lesnogorsk«, befahl er seinem Chauffeur, schloß die Augen und ließ sich in die weichen Polster sinken.

Der schwarze BMW bog auf den Moskauer Außenring ein. Draußen flog nasser, kahler Herbstwald vorbei. Der Oktober ging zu Ende, das Laub war abgefallen, die Bäume ragten nackt und traurig in den Himmel.

Weiß ging durch den Sinn, wie gut es war, in diesem sauberen, warmen Fahrzeug durch die Landschaft zu fahren, Louis Armstrong zu hören und zu wissen, daß er mit seinen englischen Wildlederschuhen nicht in diesen Schmutz treten, nicht zusammen mit deprimierten alten Weibern, betrunkenen, fluchenden Männern im Eisregen auf den Bus warten und sich mit der dampfenden, übelriechenden Menge in einem solchen Fahrzeug drängen mußte.

Burjak mußte halt warten, nicht einen Tag, sondern mindestens noch eine Woche. Dann gab es frisches Material. Die Hauptsache aber war jetzt, wie man an neue Quellen herankam. Das konnte er nicht der alten Sotowa überlassen. Sie war die Praktikerin, die die Sache ausführte. Aber er, Weiß, war der Theoretiker, der Chef, Herz und Hirn des Unternehmens.

Doch Amalia Petrowna einen kleinen Schrecken einzujagen konnte nicht schaden. Sie allein war schuld an dieser dummen Sache mit dem Weib, das aus ihrer Klinik entschlüpft war. Sie glaubte, alle schwangeren Frauen seien schicksalsergebene, hirnlose Wesen, die jedem Wort des Arztes blind gehorchten und nicht zu eigenem Handeln fähig waren. Weiß imponierte die fremde Frau sogar, die es gewagt hatte, sich der Prozedur zu widersetzen.

Genüßlich stellte er sich vor, wie er der alten Vettel beim Eintreten sagen würde: »Wir arbeiten schließlich nicht mit Tieren, meine Liebe!«

»Wir arbeiten schließlich nicht mit Tieren, meine Liebe!« tönte er, als er ihre Schwelle überschritt, und fügte hinzu: »Das soll Ihnen eine Lehre sein.«

Amalia Petrowna erstattete ihm in allen Einzelheiten Bericht. Voller Zorn gab sie auch das Gespräch mit Hauptmann Sawtschenko wieder. Sie hoffte, Weiß werde verstehen, daß sie keine Schuld traf. Im Gegenteil, sie hatte getan, was sie konnte.

»Drei Ihrer Männer jagen nun schon seit Tagen durch ganz Moskau hinter dieser verdammten Frau her. Sie haben ihr Telefonbuch, ihr Foto und die Schlüssel zu ihrer Wohnung. Aber sie sind offenbar Vollidioten«, schloß sie ihren Bericht. Weiß hatte durchaus verstanden, daß die Betonung auf »drei Ihrer Männer« lag.

»Und was machen wir mit der Poljanskaja, wenn wir sie endlich haben?« preßte er zwischen den Zähnen hervor, als Amalia Petrowna geendet hatte. »Sie ist in der 26. Woche, und was wir brauchen, darf höchstens 25 Wochen alt sein.«

»Erstens kann alles mögliche passieren. Eine Woche spielt da keine so große Rolle. Außerdem kann man den Termin ohnehin nicht auf eine Woche genau feststellen. Mein Mann in der Aufnahme, der die Ultraschalluntersuchung durchgeführt hat, ist ein erfahrener Arzt. Zweitens bin ich der Meinung, daß wir in diesem Fall unbedingt etwas unternehmen müssen. Sie ist Journalistin und kann weitreichende Verbindungen haben. Schon einmal hat sie uns bei der Miliz angezeigt. Vielleicht wendet sie sich weiter.«

»Na und? Soll sie! Ich glaube, Sie verwechseln hier Illusion und Wirklichkeit. Das eigentliche Problem besteht doch darin, an Material heranzukommen. Von wem Sie das beschaffen, von dieser Frau oder von einer anderen, interessiert mich nicht. Ist sie denn in ganz Moskau und im Moskauer Gebiet die einzige Schwangere in der richtigen Woche?«

»Es hat sich nun einmal so ergeben, daß sie die einzige war, die wir hatten. Und sie ist uns weggelaufen. Ich kann doch nicht Jagd auf alle Schwangeren Moskaus und des Moskauer Gebiets machen! Sie hätten eben nicht die ganze Reserve sofort aufbrauchen dürfen.«

Vollkommen unerwartet für sich sprach Amalia Petrowna mit einemmal so, wie sie es sich noch nie erlaubt hatte und auch nicht hätte erlauben dürfen ...

Lena öffnete die Tür mit ihrem eigenen Schlüssel. Der alte Dackel Pinja kam ihr schwanzwedelnd entgegen. Er wollte an ihr hochspringen, schaffte es aber nicht und wieselte nur um ihre Beine, um seiner Freude Ausdruck zu verleihen.

»Grüß dich, Pinja, mein Guter!« Lena streichelte den Hund, der ihr eifrig die Hand leckte.

Vom früheren Glanz der Wohnung der Wasnezows war nicht viel geblieben. Hier hatte vielleicht vor zwanzig Jahren zum letzten Mal jemand renoviert. An manchen Stellen hingen die Tapeten herunter, der Stuck fiel von der Decke. In der Küche stand noch ein riesiges Büfett aus dem vergangenen Jahrhundert, aber alles andere stammte aus den sechziger Jahren – Kisten und Kasten auf wackligen Füßen.

Nach dem Tod ihres Mannes hatte Tante Soja eine merkwürdige Leidenschaft befallen: Sie verkaufte alles, was in ihrem Hause noch von Wert war. Das Tafelsilber, das Porzellan, die Bilder und wertvoller Schmuck nahmen diesen Weg. Sie gab alles für ein Butterbrot weg.

Anfangs versuchte Lena, ihre Tante davon abzuhalten. Sie verdiente genug, um sich und die alte Frau ausreichend zu versorgen. Und auch Tante Sojas Rente war nicht gar so gering. Aber die überzeugte Kommunistin verkaufte ihre Sachen aus Prinzip. »Man muß sich von dem bürgerlichen

Kram frei machen!« erklärte sie. Dem hatte Lena nichts entgegenzusetzen.

Als die Tante gar die Trauringe versetzte, war Lena mit ihrem Latein am Ende. Nun vermutete auch sie, daß es in deren Kopf nicht mehr ganz richtig zuging.

Tante Soja war nicht zu Hause. Lena zog ihre Stiefel aus, ging zum Telefon in der Küche und wählte die gerade von Goscha erhaltene Nummer. Sie hatte Glück. Krotow nahm selbst den Hörer ab.

»Hallo, Sergej Sergejewitsch. Mein Name ist Lena Poljanskaja. Ich arbeite bei der Zeitschrift ›Smart‹. Ihre Nummer habe ich von Goscha Galizyn.«

»Wollen Sie mich interviewen?« fragte eine tiefe, weiche Stimme.

»Nein, ich möchte Sie um Ihren Rat in einer persönlichen Angelegenheit bitten. Vielleicht ist sie auch nicht nur persönlich. Und sie ist sehr dringend.«

Im Vorzimmer waren Stimmen zu hören. Pinja bellte. Lena lauschte angespannt. Ihr Gesprächspartner, der das spürte, fragte nicht lange, sondern verabredete sich mit ihr für denselben Abend.

Lena hatte kaum aufgelegt, da stürzte ihre Tante in die Küche. Hinter ihrem Rücken schauten zwei angeheiterte Gesichter hervor.

»Guten Tag, Kindchen!« Tante Soja hielt ihr die trockene, kalte Wange zum Kuß hin. »Schön, dich zu sehen. Ich habe endlich Käufer gefunden. Wenn ich das alte Ding nur schon los wäre!« Sie schlug mit der flachen Hand auf das Eichenbüfett.

Lena sah betrübt zu, wie die beiden Säufer mit Ächzen und Krächzen versuchten, einen der liebsten Zeugen ihrer Kindheit von der Stelle zu rücken. Als sie klein war und die Tante besuchte, war dieses Büfett für sie wie ein Märchenschloß gewesen. Hinter den Türen standen zahllose Tassen und Dosen. Das bunte Glas verwandelte sie in geheimnisvolle Wesen, Ungeheuer, Drachen, Prinzen und Prinzessinnen. Sie konnte stundenlang in der Küche sitzen, die Bewohner des Büfetts durch die bunten Scheiben betrachten und sich ihre Geschichten ausdenken.

»Tante Soja, das Büfett möchte ich gern haben!«

»Nein.« Die Tante war unerbittlich. »Man darf sein Herz nicht an diesen Kram hängen. Der nimmt nur Platz weg und lenkt von Wichtigerem ab.«

Was ist denn das Wichtigere? wollte Lena fragen, aber sie schwieg lieber. Solche Gespräche regten die Tante nur auf. Und mit ihr streiten wollte sie nicht.

»Tante Soja, ich möchte gern einige Tage bei dir bleiben. Die in der Wohnung gegenüber lackieren ihren Fußboden. Von dem Geruch tut mir der Kopf weh, und ich kann nicht schlafen.«

»Bleib hier, so lange du willst, Kindchen«, antwortete die Tante zerstreut. Die ächzenden Männer erforderten ihre volle Aufmerksamkeit.

»He, Genossen Möbelträger, habt ihr zuwenig Brei gegessen? Ihr bekommt das Ding ja keinen Zentimeter vom Fleck!« konstatierte sie von oben herab.

»Es geht nicht, Großmutter. Das Ding ist alt und gediegen, aus massiver Eiche. Wir kommen morgen früh wieder und bringen noch ein paar Kerle mit. Dafür braucht man mindestens vier Mann, nicht weniger.«

»Was seid ihr bloß für Schlappschwänze!« meinte Soja kopfschüttelnd. »Habt in eurer Demokratie das Arbeiten ganz verlernt. Es reicht, Genossen Möbelträger, dann bis morgen«, ordnete sie an.

»Kommen Sie, ich bringe Sie hinaus.« Lena nickte den beiden zu. Im Vorzimmer nahm sie 500 Rubel aus ihrer Handtasche.

»Männer«, sagte sie leise, »morgen braucht ihr nicht wiederzukommen. Wir verkaufen den Schrank nicht.«

»Das machen Sie richtig«, lächelte der etwas Nüchternere. »So ein gutes Stück, und sie hätte es für ein paar Kopeken weggegeben. Wir wissen schon, Ihre Großmutter ist etwas ...«

Er ließ einen Pfiff hören und legte seinen Finger bedeutungsvoll an die Schläfe.

Als Lena wieder in die Küche kam, lutschte Tante Soja ein Sahnebonbon und las in der Zeitung »Sawtra«, wobei sie mit ihrem Rotstift wichtige Stellen unterstrich und Frage- oder Ausrufezeichen auf die Ränder setzte.

Siebentes Kapitel

Walja beschloß, sich ein wenig die Beine zu vertreten. Die letzte Oktobersonne lugte zwischen den Wolken hervor. Vor ihr lag der trübe, kalte November, der Monat, den sie am wenigsten mochte. Jetzt zeigte sich Lesnogorsk in der ganzen Eintönigkeit seiner Plattenbauten. Kein Laub verhüllte sie mehr. Alles ringsum wurde grau und hoffnungslos bis zum ersten Schnee, zum ersten frostklaren Tag des Dezember. Dann bekam das kleine Lesnogorsk und mit ihm die ganze Welt wieder Farbe. Man lebte auf und wartete auf das neue Jahr.

Vor dem Kaufhaus wurden Zeitschriften feilgeboten. Auf Tischen lagen unter Plastikfolie der »Playboy«, der »Cosmopolitan«, »Burda Moden« und andere bunte Blätter ausgebreitet. Walja strickte gern und suchte daher nach Zeitschriften mit Handarbeiten. Aber diesmal fand sie weder in »Verena« noch in »Anna« etwas, das sie interessierte.

»Schauen Sie doch mal in die ›Smart‹«, riet ihr die durchgefrorene Verkäuferin. »Hinten sind immer ein, zwei Modelle drin. Und überhaupt ist das eine interessante Zeitschrift. Mit Psychologie, Kochen und Kosmetik. Und außerdem ein paar gute Geschichten.«

Auf den letzten Seiten des Hefts fand Walja in der Tat zwei wunderbare Modelle mit einfachen, aber hübschen Mustern.

Zu Hause machte sie es sich in der Küche bei einer Tasse Tee und Keksen mit der Zeitschrift bequem. Nachdem sie Artikel über die Psyche des Mannes, über die Attraktivität der Frau und die Suche nach dem eigenen Stil in Kleidung und Make-Up durchgeblättert hatte, vertiefte sie sich in eine Erzählung von Agatha Christie. Am Ende las sie: Aus dem Englischen von Lena Poljanskaja.

Bei dem Namen gab es Walja einen Stich. Man müßte ihr wenigstens die Sachen zurückbringen, sagte sie sich. So wie man mit ihr umgesprungen ist.

Im Impressum auf der letzten Seite fand sie die Abteilungen der Redaktion mit Namen und Telefonnummer der Verantwortlichen.

Abteilung Literatur und Kunst, Poljanskaja, Lena.

Walja ging sofort zum Telefon und wählte die Nummer der Redaktion. Nach mehreren Anläufen hatte sie die Sekretärin des Chefredakteurs in der Leitung. Als das Gespräch beendet war, zog sie sich sofort an und lief ins Krankenhaus. Bis zu Dienstbeginn blieben noch über vier Stunden, aber sie mußte die Frau in der Aufbewahrung antreffen.

Tante Manja, die dort Dienst tat, kannte Walja seit ihrer Kindheit, denn sie war mit ihrer Großmutter befreundet gewesen.

»Grüß dich, Walja, wie geht's? Möchtest du einen Tee?« Tante Manja trank ihren Tee aus einer riesigen Porzellankanne und knabberte genüßlich Sahnebonbons dazu.

»Danke, Tante Manja, ich hab's eilig. Eine Patientin wird entlassen, und ich soll ihre Sachen holen. Schauen Sie doch bitte nach: Poljanskaja, Lena. Hat bei uns in der Gynäkologie gelegen. Ich habe die Sachen selber hergebracht.«

Tante Manja schraubte sich ächzend in die Höhe.

»Bleiben Sie doch sitzen, ich hole sie, darf ich? Und anschließend unterschreibe ich Ihnen die Quittung«, schlug Walja vor.

»Na meinetwegen, schau selber nach, Kindchen.«

Walja fand rasch den hellen Mantel, den karierten Wollrock und den weißen Pullover aus Alpakawolle. Sie unterschrieb die Quittung und verabschiedete sich von Tante Manja. In dem leeren Schwesternzimmer im Parterre hatte sie bereits eine große Sporttasche bereitgestellt. Walja verschloß die Tür von innen und packte die Tasche. Dann ging sie, als ob nichts wäre, aus dem Krankenhaus.

Am nächsten Tag, wenn sie nach dem Dienst ausgeschlafen hatte, wollte sie die Sachen in die Redaktion der Zeitschrift »Smart« bringen. Dann würde sie endlich wieder ein reines Gewissen haben.

Amalia Petrowna blätterte nachdenklich das dicke, abgeschabte Telefonbuch durch. Was für Nummern es da gab – von berühmten Künstlern, Ministern, Mitarbeitern ausländischer Botschaften, Schriftstellern, Komponisten und Regisseuren. Aber alle diese Leute interessierten Amalia Petrowna nicht. Sie suchte nach Nummern, die nur mit Vornamen bezeichnet waren. So notiert man sich nicht Geschäftspartner, sondern Menschen, die einem nahestehen.

Die Methode bot natürlich keine Garantie. Das Buch war sehr alt, und mancher, der mit Vaters-, Familiennamen und Beruf vorkam, konnte der Besitzerin inzwischen nähergekommen sein. Aber schließlich konnte sie nicht alle anrufen – es waren weit über tausend!

Allein mit Vornamen waren nur vier bezeichnet, wenn man die nicht mitzählte, die Vorwahlnummern in anderen Städten hatten oder in lateinischen Buchstaben geschrieben waren. So engte sich der Kreis erheblich ein.

Der erste war ein gewisser Andrej.

Als Amalia Petrowna gewählt hatte, nahm ein Kind ab. Mit ihrer süßesten Stimme bat sie:

»Ruf doch bitte Onkel Andrej ans Telefon.«

»Er ist nach Deutschland gefahren«, antwortete das Kind verwundert, »schon vor einem Jahr.«

»Dann hätte ich gern Tante Lena.«

»Tante Lena, Telefon!«

Amalia Petrownas Handflächen wurden feucht. Nach endlosem Warten erklang eine uralte Stimme: »Hallo, wer ist dort ...?«

Die nächste Nummer gehörte einer gewissen Olga. Die war längst umgezogen und hatte keine neue Nummer hinterlassen. Dann gab es da noch eine Regina, bei der niemand abnahm. Schließlich blieb als letzter ein gewisser Juri.

Der kam selbst an den Apparat. Er hatte einen angenehmen rauchigen Bariton.

»Wer hat Ihnen diese Nummer gegeben?« wunderte er sich, als Amalia Petrowna ihm mitteilte, sie suche Lena Poljanskaja.

»Die ist mir per Zufall in die Hände gefallen«, murmelte Amalia Petrowna. »Ich bin eine alte Bekannte von Lena und muß sie dringend sprechen.«

»Da kann ich Ihnen nicht helfen«, antwortete Juri kalt. »Rufen Sie hier bitte nicht wieder an.«

Amalia Petrowna blätterte weiter nachdenklich in dem Telefonbuch herum, bis sie schließlich auf der Innenseite des Einbandes auf eine fast verblichene Notiz stieß. Vor allem fiel ihr auf, daß sie nicht Lena Poljanskaja geschrieben hatte, deren Handschrift Amalia Petrowna inzwischen genauestens kannte.

»Lena! Ruf bitte Tante Soja an. Vergiß es nicht. Sie hat am 7. Mai Geburtstag.«

Daneben ein Datum von vor zehn Jahren, eine Telefonnummer und unter dem Ganzen eine grinsende Fratze.

Diese Nummer probierte Amalia Petrowna nun aus. Eine junge Frau antwortete.

»Sei so lieb und ruf Tante Soja ans Telefon«, mümmelte Amalia Petrowna, als sei sie ihre eigene Großmutter.

»Einen Moment«, hieß es am anderen Ende, und dann: »Tante, Telefon!«

»Und wer bist du eigentlich, Kindchen?«

»Tante Sojas Nichte.«

»Bist du etwa die Lena?«

»Ja.«

Dann schnarrte eine strenge Stimme: »Ich höre.«

Amalia Petrowna legte auf.

»Unterbrochen«, zuckte Soja mit den Schultern. »Die ruft sicher gleich noch mal an.«

Aber das Telefon blieb stumm.

Sergej Krotow bestellte Lena zu acht Uhr abends ins MacDonald's am Puschkinplatz. Dort wollte er nach der Arbeit sowieso einen Happen essen.

Nachdem sich Krotow vor einem Jahr von seiner Frau getrennt hatte, nahm er ziemlich rasch die Gewohnheiten eines Junggesellen an.

Lena Poljanskaja erkannte er nicht sofort, obwohl sie sich ziemlich genau beschrieben hatte. Er hatte eine Business-Lady in vollem Make-up und vollendeter Frisur, mit kaltem, scharfem Blick und offiziellem Lächeln erwartet. Solchen Frauen konnte man überall auf den Pressekonferenzen des Innenministeriums oder im Fernsehen begegnen. Ob jung oder alt, ob blond oder braun – sie unterschieden sich kaum voneinander.

Lena Poljanskaja war anders. Als er sie endlich in der Ecke des Restaurants entdeckte, in der sie sich verabredet hatten, krampfte sich ihm aus einem unerfindlichen Grund das Herz zusammen. Er konnte gar nicht sofort sagen, ob sie schön war oder nicht. In ihrer ganzen Gestalt, in den feinen Zügen des schmalen Gesichts erblickte er etwas unbeschreiblich Weibliches, rührend Schutzloses.

Nach der Scheidung von Larissa, nach all den hysterischen Szenen, die er erlebt hatte, konnte er sich Frauen nur noch schreiend, schluchzend und wilde Beschimpfungen ausstoßend vorstellen. Sah er ein hübsches Gesicht, dachte er immer: Jetzt gibst du dich so zärtlich und romantisch, aber wenn du erst meiner sicher bist …

Diese Frau, Lena Poljanskaja, konnte er sich beim besten Willen nicht kreischend und schimpfend vorstellen. Das passierte ihm zum ersten Mal. Sollte es für mich wie für einen grünen Jungen Liebe auf den ersten Blick geben? fragte sich Krotow. Und antwortete sich sofort, daß das wohl möglich sei.

Was sie ihm dann berichtete, wollte ihm gar nicht so richtig in den Kopf. Hätte eine andere Frau vor ihm gesessen, wäre er wohl von Einbildung und Übertreibung ausgegangen. Aber bei Lena Poljanskaja konnte er das nicht. Er sah sofort, daß sie die Geschehnisse vollkommen exakt wiedergab, nichts übertrieb, sonder sich eher noch einzureden versuchte, so schlimm sei das alles gar nicht gewesen.

Als sie geendet hatte, fragte Krotow: »Die Nummer des Krankenwagens haben Sie?«

»Ich habe sie mir gemerkt. 7440 MJ.«

»Und wie war der Name des Diensthabenden, dem Sie Ihre Anzeige übergeben haben?«

»Ich glaube, Kruglow. Ja, Unterleutnant Kruglow. Er war sehr mitfühlend, hat mir Tee vorgesetzt, aber ich glaube, begriffen hat er überhaupt nichts.«

»Das kann ich mir denken. Sehen Sie, Lena, Ihnen ist etwas sehr Merkwürdiges und Unangenehmes passiert. Aber ich kann darin kein Verbrechen und kein Motiv erkennen. Überlegen Sie doch einmal selbst, wem könnte so etwas von Nutzen sein und warum? Haben Sie Feinde? Wollte sich vielleicht jemand auf diese Weise an Ihnen rächen?«

»Nein, Sergej, das schließe ich aus. Solche Feinde habe ich nicht.« Lena nippte an ihrem Milchshake und fuhr dann fort: »Ich habe den Eindruck, daß das alles mit mir persönlich gar nichts zu tun hat. Die haben offenbar nicht mich, Lena Poljanskaja, persönlich gebraucht, sondern eine schwangere Frau.«

»Das ist möglich.« Krotow nickte. »Nehmen wir mal an, der Arzt hätte bei der Untersuchung wirklich festgestellt, daß Ihr Kind nicht mehr lebt? Wir müssen einfach alle möglichen Varianten durchgehen.«

Lena wollte etwas Spitzes erwidern, beherrschte sich aber.

»Mein Kind lebt. Es bewegt sich, ich kann es spüren. Und wenn meine Beobachtungen nicht ausreichen – ich habe Ihnen doch gesagt, daß eine der Krankenschwestern mich abgehört hat.«

»Sie haben mich mißverstanden, Lena. Ich habe keinen Zweifel, daß mit Ihrem Kind alles in Ordnung ist.«

»Danke.« Lena lächelte.

»Ich meine nur, der Arzt hat sich vielleicht wirklich geirrt, ohne Ihnen etwas Böses antun zu wollen.«

»Also gut«, Lena seufzte, »nehmen wir mal an, die Diagnose war falsch. Er hat sich wirklich geirrt. Und anschließend hat er irrtümlicherweise festgestellt, daß ich in furchtbarem Zustand bin, daß man mich nicht auf die Straße lassen darf und mir unbedingt ein Beruhigungsmittel spritzen muß?«

»Das kann man in der Tat nicht mehr als Irrtum ansehen«, stimmte Krotow zu. »Aber andererseits kann ich mir auch eine Frau schwer vorstellen, die auf eine solche Nachricht völlig ruhig reagiert.«

»Ich habe seine Worte nicht ernst genommen. Mir war sofort klar, daß er sich irren muß. Ich bin zwar keine Ärztin, aber ich denke, so etwas stellt man auch nicht nach einer einzigen Untersuchung fest, und sei es mit Ultraschall. Und wenn man es feststellt, dann teilt man es der Betroffenen nicht sofort mit. Man überprüft es noch einmal, fragt Kollegen. Wenn bei einem Menschen Krebs gefunden wird, konfrontiert man ihn doch auch nicht gleich damit. Man bereitet ihn darauf vor, spricht zuvor mit den Angehörigen.«

»Also gut. Lassen wir den Doktor mal beiseite. Nehmen wir an, die Leute, die Sie da im Keller gesucht haben, waren Pfleger. Sie sollten Sie finden, denn Ihr Zustand schien den Ärzten kritisch, ja lebensgefährlich zu sein.«

Lena mußte lachen.

»Überlegen Sie doch mal, in welchem normalen Krankenhaus schickt man nachts Pfleger aus, um eine entlaufene Kranke einzufangen? Wenn sie weg ist, haben die eine Sorge weniger. Wenn es sich natürlich um eine Kranke handelt und nicht um eine gemeingefährliche Irre. Aber dafür hat man mich dort nicht gehalten. Das paßt also auch nicht zusammen. Weder mit dem Doktor noch mit den Pflegern.«

»Gehen wir doch mal der Reihe nach vor«, meinte Krotow. »Fangen wir bei den Schlüsseln an. Die können Sie bereits früher irgendwo verloren oder vergessen haben. Was haben wir noch? Die Kippe. Das ist ganz einfach: Die kann beim Saubermachen von der Nachbartür zu Ihrer gefegt worden sein. Weiter – der Geruch in der Toilette. Das ist nun wirklich kein Indiz. Bleibt der Krankenwagen. Den überprüfe ich. Aber wiederum – was kann man den Männern vorwerfen? Die werden sich empören und erklären, sie hätten Sie nie gesehen, Ihnen nicht nachgestellt, sondern ihre Arbeit gemacht. Und auch der Arzt, der Sie untersucht hat, wird sagen, daß er sich geirrt hat und auf Nummer sicher gehen wollte. Das ist nicht strafbar.«

Lena schwieg. Sie hatte den Kopf tief gesenkt und rührte mit ihrem Strohhalm gedankenverloren im Rest des Milchshakes herum. Schließlich sagte sie ohne jede Hoffnung: »Daß mein Telefonbuch verschwunden ist und ein Foto, zählt natürlich auch nicht.«

»Nein, Lena« – Krotow seufzte tief auf –, »im Moment zählt das wirklich nicht. Sagen wir es so: Es gibt bislang keine Anhaltspunkte, die auf ein Verbrechen hindeuten.«

»Und wenn sie bei mir nun wirklich künstliche Wehen ausgelöst hätten? Wenn sie mein Kind umgebracht hätten? Ich bin immerhin 35 Jahre alt. Ich habe noch keine Kinder. Nur dieses, und das ist noch nicht einmal geboren.«

»Leider könnten wir auch dann nichts machen. Bei einem ärztlichen Irrtum Absicht zu unterstellen ist im Grunde unmöglich. Es gäbe eine lange, für Sie äußerst demütigende Ermittlung, die im besten Falle mit einer Disziplinarstrafe, wahrscheinlich aber ergebnislos enden würde.«

»Na toll!« meinte Lena sarkastisch. »Was kann ich in meiner Lage überhaupt tun? Ich traue mich nicht mehr in meine Wohnung, ich habe Angst, ins Büro zu gehen. Was soll ich denn machen?«

Krotow blickte einige Sekunden lang schweigend in die dunkelgrauen Augen seiner Gesprächspartnerin. Vor ihm saß eine Frau, die ihm gefiel wie keine andere bisher. Vielleicht drohte ihr wirklich Gefahr. Aber er konnte nichts Greifbares finden, was die ganze Geschichte zumindest ein wenig erhellt hätte.

Lena stand auf.

»Vielen Dank, Sergej. Entschuldigen Sie, daß ich Ihnen so viel Zeit geraubt habe.«

»Aber, Lena! Ich muß mich bei Ihnen entschuldigen.«

»Wofür denn?«

»Zumindest dafür, daß mir im Moment nicht einfällt, wie ich Ihnen helfen kann. Vielleicht machen wir es so ... Haben Sie meine private Telefonnummer?«

»Ja, Goscha hat mir alle Ihre Nummern gegeben.«

»Wenn Sie nichts dagegen haben, notiere ich mir auch Ihre – im Büro und zu Hause. Falls wieder etwas passiert, was wir nicht hoffen wollen, dann rufen Sie mich bitte sofort an. Ich werde inzwischen einige Erkundigungen einziehen und mit ein paar Fachleuten reden.«

Sie traten auf die Twerskaja hinaus. Es war inzwischen völlig dunkel geworden. Nachts fror es bereits, und der Straßenschmutz knirschte unter ihren Schritten. Lena glitt aus, und Krotow konnte sie gerade noch auffangen. Durch den dünnen Lederhandschuh spürte er ihre zarten Finger, die er am liebsten auf jeden Nagel geküßt hätte.

»Ich habe mein Auto in der Nähe. Wohin soll ich Sie fahren?«

»Danke. Wenn es Ihnen nichts ausmacht, zur Schmidtstraße.«

»Wohnen Sie dort?«

»Nein. Das ist die Wohnung meiner Tante. Im Moment übernachte ich bei ihr.«

Sie stiegen ein. Krotow überlegte, daß es bis zu der angegebenen Adresse kaum fünfzehn, zwanzig Minuten Fahrt waren. Dann würde sie sich wohl verabschieden und verschwinden. Vielleicht sah er sie nie wieder. Und er würde sich quälen, nach Vorwänden suchen, um sie anzurufen. Und wenn ihm zehn einfielen, würde er es nicht tun, sich nicht dazu entschließen. Er war vierzig, sie fünfunddreißig Jahre alt. Er wußte nicht einmal, ob sie verheiratet war. Sie fürchtete sich in ihrer Wohnung und übernachtete bei der Tante? Das mußte nicht heißen, daß sie keinen Mann hatte. Der konnte auf Dienstreise sein. Das kam doch vor. So eine Frau war bestimmt nicht allein. Das gab es nicht.

Also, sagte sich Krotow, sei kein Idiot. Das verzeihst du dir nie. Frag sie wenigstens ...

»Sind Sie verheiratet, Lena?«

»Nein«, antwortete sie.

»Und der Vater Ihres Kindes ...« Krotow schwieg verlegen, aber sie kam ihm zu Hilfe.

»Mein Kind hat keinen Vater. Natürlich hat es einen, aber der wird nie von ihm erfahren.«

So ist das Leben, dachte Krotow bei sich. Ich habe mit meiner Frau zwölf Jahre zusammen gelebt und mir so sehr ein Kind gewünscht, aber Larissa wollte nicht. Sie wurde schon hysterisch, wenn ich das Thema nur erwähnte. Natürlich bekommen Ballerinen selten Kinder, aber manche doch und bleiben sogar beim Ballett. Und Larissa tanzte nur im Corps de ballet.

»Sergej, wir sind da«, hörte er Lenas Stimme.

»Sie wollten mir doch Ihre Telefonnummern aufschreiben – in der Wohnung, im Büro und bei Ihrer Tante.« Krotow parkte den Wagen und hielt Lena Telefonbuch und Stift hin.

Die leere Einzimmerwohnung wurde davon nicht gemütlicher, daß dort manchmal die hübsche Olga, ein zufälliger kurzfristiger Zeitvertreib von Oberstleutnant Krotow, übernachtete. Jetzt aber würde er wohl kaum mehr Lust haben, Olga zu sich einzuladen ...

Er setzte den Teekessel aufs Feuer, machte es sich auf dem Küchensofa bequem und zündete eine Zigarette an.

Vor acht Jahren hatte Krotow einmal in der Sache einer

illegalen Abtreibungsklinik ermittelt, wo man Schwangerschaften in einem späten Stadium unterbrach. Manchmal kam es vor, daß eine Patientin die Reue packte, wenn sie das winzige Wesen vor sich sah, das noch lebte, leise wimmerte, Händchen und Füßchen bewegte und vor ihren Augen sein Leben aushauchte. Aber da war nichts mehr zu ändern.

Eine solche Frau, die ihr Gewissen plagte, erstattete Anzeige.

Der Fall erregte riesiges Aufsehen. Es stellte sich heraus, daß in der Genossenschaft »Krokus«, so hieß dieses Etablissement, sehr respektable Ärzte mit tadellosem Leumund dazuverdienten. Einige wanderten damals hinter Gitter.

Das war 1987. Kooperativen, darunter auch im Gesundheitswesen, waren gerade erst zugelassen worden, und es gab für sie noch keine klare rechtliche Grundlage. Krotow erinnerte sich, daß er damals mit einem Berater aus dem Gesundheitsministerium zusammengearbeitet hatte, einem lustigen und sehr geselligen Dicken. Wie hieß der nur? Burjak! Mit dem mußte er sprechen.

In seinem Telefonbuch fand Krotow tatsächlich die private Telefonnummer dieses Mannes.

Ilja Burjak war zu Hause und nahm selbst den Hörer ab.

Lena ging mit Pinja Gassi und räumte danach noch in der Küche auf. Tante Soja schlief schon, was ihr sehr zupaß kam. Sie wollte jetzt mit niemandem reden. Sie wollte allein sein und nachdenken.

Nun war dieser schreckliche Tag zu Ende – 24 Stunden Angst, Anspannung und das Gefühl völliger Hilflosigkeit. Erst im Gespräch mit Krotow hatte sie sich etwas entspannt. Merkwürdigerweise hatte dieser schnurrbärtige Oberstleutnant beruhigend auf sie gewirkt.

Seine Worte waren wohl als höfliche Absage zu verstehen. Und in der Tat – wie sollte er ihr helfen? In seiner Arbeit hatte er gewiß genug Probleme. Sie rechnete auch nicht auf seine Hilfe. Sie hatte ihn nur aufgesucht, um zu erfahren, ob es einen Sinn hatte, sich an höhere Instanzen zu wenden. Er hatte ihr erklärt, daß kein Verbrechen vorlag. Folglich brauchte sie sich nicht weiter zu bemühen. Seine Worte beim Abschied fielen ihr wieder ein: »Als Ermittler des Innenministeriums kann ich Ihnen nicht helfen, aber als Privatperson können Sie immer mit mir rechnen.«

Lena mußte lächeln, als sie an ihn dachte: eine Privatperson mit Schnurrbart, blauen Augen und einem hellblonden Bürstenschnitt, schon etwas kahl über der hohen Stirn ...

Lena ertappte sich dabei, daß sie in Krotow nicht den Sonderermittler und auch nicht den Oberstleutnant sah, sondern einfach einen Mann. Das wunderte sie sehr. Sie hatte sich an ihr Alleinsein gewöhnt. Nach der zufälligen und ziemlich törichten Begegnung mit dem sogenannten Vater ihres künftigen Kindes hatte sie sich endgültig verboten, irgendeine neue Beziehung einzugehen.

Natürlich mußte eine Frau in ihrem Alter wenigstens einen Liebhaber haben, wenn es schon zum Ehemann nicht reichte. Alle, die sie kannten, waren sicher, daß es ihn gab. Aber sie irrten sich. Die Erfahrungen mit zwei mißglückten Ehen und einer kurzen Affäre hatten ausgereicht, daß sie in dieser Hinsicht nichts mehr vom Leben erwartete. Und nun dieser Krotow ...

Warum dachte sie überhaupt an ihn? Vielleicht war sie ihm nur dankbar für seine Anteilnahme und seine Hilfsbereitschaft?

Ohne diese Fragen beantworten zu können, schlummerte Lena ein.

Achtes Kapitel

Sie erwachte davon, daß der Dackel Pinja die Vorderpfoten auf ihre Bettkante stützte und ihr das Gesicht leckte.

»Na, mein Kleiner, willst du raus?« fragte Lena und streckte sich.

Der Hund wedelte aus aller Kraft mit dem Schwanz.

Tante Soja trank bereits in der Küche ihren Tee und las die »Sowjetskaja Rossija«.

Lena wusch sich, putzte die Zähne, musterte ihr Spiegelbild und sagte hörbar zu sich selbst: »Du siehst heute gar nicht schlecht aus, gar nicht schlecht!« Und lächelte sich selber zu.

»Was redest du da, Kindchen?« rief Tante Soja aus der Küche.

»Ich sage, daß ich gar nicht schlecht aussehe!« erklärte ihr Lena.

»Du bist eine wahre Schönheit.« Tante Soja hatte unerwartet die Zeitung weggelegt und war in der Tür des Badezimmers erschienen. »Unserer Lisa, deiner Mutter, wie aus dem Gesicht geschnitten.«

Lena umarmte die Tante und flüsterte ihr ins Ohr: »Ich hab' dich sehr lieb.«

Als sie aus der Haustür trat, schaute sich Lena um. Von einem Krankenwagen war weit und breit nichts zu sehen. Das konnte auch nicht sein. Wahrscheinlich hatten sie genug von der Verfolgungsjagd und ließen von ihr ab. Letzten Endes gab es gar kein Motiv.

Pinja zerrte sie mit aller Kraft, die er in seinem Alter noch besaß, in den Nachbarhof. Dort ging wahrscheinlich seine späte Liebe, die junge Pudelin Klara, spazieren. Er winselte vor Leidenschaft, und Lena ließ sich fortziehen. Im Nachbarhof angekommen, machte sie den Hund los und setzte sich auf eine Bank. Sie wußte, daß Pinjas Morgenspaziergänge länger dauerten, und hatte sich daher vorsorglich das Manuskript von Josephine Wordstars Erzählung mitgenommen, um es noch einmal zu lesen und schon ein wenig an der Übersetzung zu arbeiten.

Soja hörte nicht, daß sich ein Dietrich in ihrem Schloß drehte und Männerstimmen auf ihrem Korridor ertönten. Das Küchenradio dröhnte mit voller Lautstärke. Von ihrer Zeitung schaute sie erst auf, als in der Küchentür ein junger

Mann in kurzem weißem Kittel auftauchte, den er über eine Lederjacke geworfen hatte.

Soja erschrak nicht, sie wunderte sich nicht einmal. Sie glaubte, das seien die Träger, die ihr Küchenbüfett abholen wollten, und Lena, vom Spaziergang zurück, habe ihnen die Tür geöffnet. Auch an dem weißen Kittel fand sie nichts Außergewöhnliches. Was die Leute heutzutage alles anzogen …

Als der Fahrer und Kolja feststellten, daß in den Zimmern niemand war, kamen auch sie in die Küche. Dort stand der Rotschopf und blickte auf die Alte.

»Was steht ihr herum, Genossen, fangt an«, befahl Soja.

Als erster reagierte der Fahrer.

»Erst einmal guten Morgen, Großmutter«, sagte er.

»Guten Morgen, guten Morgen«, gab Tante Soja ungeduldig zurück. »Worauf wartet ihr? Nehmt ihr das Büfett nun mit oder nicht?«

Nun kapierte der Rotschopf endlich.

»Natürlich, Großmutter, keine Sorge, deswegen sind wir ja hier. Und wo ist die junge Frau?«

»Wozu braucht ihr die? Macht euch an die Arbeit!«

»Ist sie nun hier oder nicht?« warf der Fahrer gereizt ein.

»Natürlich ist sie hier, wer hat euch denn die Tür aufgemacht? Aber jetzt Schluß mit der Diskussion, fangt endlich an, Genossen!« Soja wurde langsam unwirsch. Sie begriff überhaupt nichts. Aber als sie sah, daß die drei jungen Männer sich nicht von der Stelle rührten, wurde es ihr langsam unbehaglich. Mit lauter Stimme rief sie: »Lena! Lena! Wo bist du denn?«

Keine Antwort.

»Wie seid ihr überhaupt hier hereingekommen?« Die alte Frau stand auf, legte ihre Zeitung beiseite und funkelte die drei mit ihrem strengsten Funktionärsblick an.

»Die Tür stand offen«, meinte der Rotschopf, als wollte er sich entschuldigen, und trat dabei ganz dicht an Soja heran. »Was ist denn nun mit Lena?« Die alte Frau wurde blaß und wich zurück.

»Was wollt ihr von ihr?«

Der Fahrer trat hinter sie.

»Hör mal, du alte Schachtel. Wenn du uns jetzt nicht sofort sagst, wo sie ist, reiß' ich dir den Kopf ab.«

Kolja sah, daß der Fahrer eine Schnur in der Hand hielt. Ihm wurde angst. Gleich würde er der Alten den Garaus machen. Ja, sie hatten es satt und waren stinksauer, daß sie nun schon fast 48 Stunden lang dieses elende schwangere Weib nicht greifen konnten. Aber er, Kolja, war kein Verbrecher. Er wollte nur schnell ans große Geld ...

Die alte Frau machte eine Handbewegung zum Telefon auf dem Küchentisch, aber der Rotschopf packte sie und preßte ihr Handgelenk zusammen.

»Wo ist sie?« fragte er noch einmal und verdrehte der alten Frau den Arm.

Sojas Gesicht wurde kreidebleich.

»Aus mir bekommt ihr kein Wort heraus!« Soja stöhnte unter Schmerzen und blickte dem Rotschopf gerade ins Gesicht.

»Du wirst schon singen, du alte Vettel.« Mit einer schnellen Bewegung legte der Fahrer der Frau die Schlinge um den Hals.

»Sie ist weggefahren«, flüsterte Soja, nach Luft ringend, »schon vor zwei Stunden.«

»Wieso hast du dann nach ihr gerufen?« fragte der Rotschopf einschmeichelnd und blickte die alte Frau drohend an.

»Ich hatte es vergessen«, antwortete sie so leise wie noch nie.

Hoffentlich kommt das Mädchen jetzt nicht zurück, ging es ihr durch den Kopf wie eine Beschwörung. Lieber Gott, mach, daß Lena jetzt nicht zurückkommt, lieber Gott, hilf ihr!

Dem Rotschopf wurde plötzlich vor Wut ganz schwarz vor Augen. Wie von Sinnen rammte er der Greisin sein Knie in die Brust. Die krümmte sich und fiel direkt auf ihn. Der

Fahrer ließ die Schnur nicht los, die sich tief in den faltigen Hals einschnitt. Der Rotschopf aber war nicht mehr zu halten. Mit seiner Fußspitze drehte er sie auf den Rücken und trat dann wild auf sie ein, wo er sie gerade traf – in den Bauch, in die Brust, ins Gesicht.

Der Schmerz war so schrecklich, so unglaublich grausam, daß Soja glaubte, das alles geschehe nicht mit ihr.

Der Rotschopf kam erst zur Besinnung, als der Fahrer ihn anbrüllte: »Bist du verrückt geworden?! Sie ist tot!«

Schwer atmend hielt er inne.

»Los, Kolja«, kommandierte er nun wieder ganz sachlich, »hol ein Bettlaken aus dem Schrank.«

Kolja blickte erschrocken von einem zum anderen.

»Warum habt ihr sie umgebracht? Was machen wir denn jetzt?«

»Tu, was ich dir sage, Blödmann. Hol ein Laken!«

»Woher denn?« Kolja konnte nicht klar denken.

Der Fahrer lief ins Schlafzimmer und riß das Laken aus dem noch ungemachten Bett. Die Decke legte er ordentlich darüber.

»Das wird eine Trage. Hebt sie hoch! Legt sie auf das Laken!« kommandierte der Rotschopf.

»Was? Wohin?« murmelte Kolja, faßte die gekrümmte Gestalt dann aber doch an und legte sie auf das Bettuch.

Mit einem Küchenhandtuch, das er vom Haken riß, wischte der Rotschopf mit raschen Bewegungen der Toten das Blut aus dem Gesicht und einige Blutspritzer vom Linoleum. Das Handtuch stopfte er unter das Laken, mit dem der Leichnam jetzt bis zum Kinn bedeckt war. Der Rotschopf ließ den Blick prüfend durch die Küche gleiten und sagte dann vollkommen ruhig:

»Das wäre erledigt, Brüder. Verduften wir.«

Sie warfen die Tür hinter sich zu und warteten in aller Ruhe auf den Fahrstuhl. Wenn sie jemandem begegneten, konnte der sie durchaus für Männer des Medizinischen

Dienstes halten, die auf einen Notruf herbeigeeilt waren. Der Frau ist schlecht geworden, sie bringen sie, so schnell es geht, ins Krankenhaus. Wem sollten da Zweifel kommen?

Lena blieb fast eine Stunde mit Pinja draußen. Der verspielte Hund wollte absolut nicht nach Hause. Schließlich ließ er sich doch wieder an die Leine nehmen. Lena lief rasch in den Supermarkt, der jenseits der Straße lag.

Als sie an der Kasse kurz warten mußte, schweifte ihr Blick durch die großen Glasfenster über die Schmidtstraße. Hier fuhr noch die Straßenbahn, die man fast völlig aus Moskau verbannt hatte. Sie klingelte, stand noch ein Weilchen und zog dann langsam an. Ihr folgte ein Krankenwagen.

Während Lena mit ihrer Einkaufstüte zu ihrem Haus ging, mit dem Lift nach oben fuhr und die Tür aufschloß, sagte sie sich immer wieder: Hör jetzt auf und beruhige dich endlich. Sonst wirst du noch verrückt. Es gibt nicht nur einen Krankenwagen in Moskau!

Tante Soja war nicht da. Pinja reagierte sehr merkwürdig: Er bellte, fletschte die Zähne, rannte wie wild durch die Wohnung und hielt immer wieder in der Küche inne, wo er den Boden intensiv beschnupperte und dann jämmerlich aufheulte. Lena meinte, der Hund sei von dem ausgiebigen Spiel mit der Pudelin Klara so aufgedreht.

Der Krankenwagen bog in die Dmitrowsker Chaussee ein. Kolja zitterte wie im Fieber. Sie hatten eine alte Frau umgebracht, die ihnen in die Quere gekommen war. Jetzt war er an einem Mord beteiligt. Er konnte die entmenschte Visage des Rotschopfs nicht vergessen, der die am Boden Liegende mit Fußtritten bearbeitete hatte, als das Leben schon aus ihr gewichen war.

Schwerverbrecher sind das. Von denen muß ich weg, schoß es ihm durch den Kopf. Aber wie? Entweder sie erledigen auch mich, oder wir wandern alle zusammen in den Knast.

Der Wagen nahm Kurs auf den Dolgoprudnenski-Friedhof, wo der Rotschopf Totengräber kannte. Für ein geringes Entgelt konnte man die dazu bewegen, eine doppelte Beerdigung vorzunehmen, eine »Leiche mit Füllung«, wie sie es nannten. Dabei ließ man in einem bereits ausgehobenen Grab eine Leiche verschwinden und bedeckte sie mit einer Schicht Erde. Darauf wurde dann der Sarg des »rechtmäßigen« Verstorbenen gesetzt. Die Rechnung ging fast immer auf. Der Miliz war diese Methode zwar bekannt, aber schließlich konnte man nicht alle frischen Gräber auf den Friedhöfen durchwühlen. Und ohne Leiche kein Mord.

»Na, was guckst du so bedeppert?« fragte der Rotschopf aufgeräumt. »Wirst dich schon noch dran gewöhnen. Gras gefällig?«

»Keinen Bock«, brummte Kolja.

Der Rotschopf klickte mit dem Feuerzeug und nahm einen tiefen Zug.

»Laß mich auch mal!« rief der Fahrer nach hinten.

»Du fährst doch!« wandte Kolja ein, als der Rotschopf ihm den Glimmstengel reichte.

Der nahm gierig gleich mehrere Züge. Der Rotschopf klopfte Kolja auf die Schulter und grinste.

»So sind wir schneller da.«

Das Auto raste über die Chaussee. Weit vor ihnen war die Ampel noch grün, dann wurde sie gelb. Der Fahrer meinte, mit etwas mehr Gas könnte er noch über die Kreuzung schlüpfen. In diesem Augenblick schob sich ein riesiger Tankwagen langsam quer über die Straße. Es war glatt, denn der Nieselregen, der unablässig fiel, gefror am Boden.

Der Schreckensschrei der drei in dem Krankenwagen ging in einer gewaltigen Explosion unter. Es gab eine riesige Stichflamme, die selbst beim trüben Licht dieses ersten Novembertages weithin zu sehen war.

Neuntes Kapitel

Als Lena nach dem Gespräch mit dem Chefredakteur in ihr Büro zurückkam, fand sie dort Goscha Galizyn vor, der sich angeregt mit einem unbekannten jungen Mädchen unterhielt. Sie hatte kurzgeschnittenes blondes Haar, strahlend blaue, etwas schräg stehende Augen, eine Stupsnase und frische rote Wangen.

»Guten Tag, Lena Nikolajewna.« Das Mädchen wirkte sehr verlegen. Sie stand auf, und eine große Sporttasche fiel auf den Boden. »Ich heiße Walja Schtscherbakowa und habe Ihre Sachen gebracht. Ich bin Praktikantin im Krankenhaus von Lesnogorsk.«

Mit hochrotem Gesicht verstummte sie.

»Setzen Sie sich doch wieder, Walja.« Lena blieb stehen und blickte das Mädchen ruhig an.

»Es war richtig, daß Sie weggelaufen sind«, fuhr Walja fort. »Ihr Kind lebt und ist gesund. Ich habe es selbst abgehört, als Sie noch schliefen.«

»Ich weiß« – lächelte Lena –, »daß mein Kind lebt und auch, daß Sie mich abgehört haben.«

»Dann haben Sie gar nicht mehr geschlafen?« Waljas blonde Brauen fuhren in die Höhe. »So etwas Ähnliches habe ich mir schon gedacht. Als Sie weg waren, hatte ich nur Angst, die könnten Sie wieder einfangen.«

»Wovor hatten Sie Angst, Walja?« fragte Lena freundlich.

»Was heißt, wovor? Man hatte Sie doch eingeschläfert, um Sie zu uns zu bringen. Mir war sofort klar, daß das gegen Ihren Willen geschehen sein mußte. Und die Hauptsache: Ihr Kind war quicklebendig. Richtig klargeworden ist mir das Ganze aber erst gestern abend, als wieder eine Schwangere eingeliefert wurde. Kein Arzt weit und breit. Ich mußte die Entbindung selbst vornehmen. Stellen Sie sich vor, das erste Mal im Leben! Es ist ein Junge, ein gesunder, hübscher Kerl. Ich habe ihn ins Kinderzimmer gebracht, das im Moment ganz leer ist. Er liegt dort als einziger. Da habe ich mir gedacht: Irgend etwas stimmt nicht in unserer Klinik.«

»Sie haben gesagt, daß Ihnen etwas richtig klargeworden ist«, warf Lena ein. »Was ist Ihnen klargeworden?«

»Im Grunde genommen nichts. Ich grüble noch heute darüber nach, wem das nutzen sollte und wozu.«

»Hat Sie jemand beauftragt, mir die Sachen zu bringen?«

»Nein, wo denken Sie hin. Das war meine Idee. Ich habe zufällig Ihre Zeitschrift gelesen und bin dabei auf Ihren Namen gestoßen. Als Sie nicht abgenommen haben, habe ich die Chefredaktion angerufen. Die Sekretärin hat mir gesagt, daß Sie heute wieder im Büro sind. Ihre Sachen hatte ich selbst abgegeben, und so wurden sie mir auch ausgehändigt. Der Frau in der Aufbewahrung habe ich gesagt, daß Sie heute entlassen werden. Sie hat das nicht nachgeprüft.«

»Haben Sie etwas dagegen, wenn ich mein Diktiergerät einschalte und Sie noch einmal ausführlich erzählen, was Sie in jener Nacht erlebt haben?«

»Ich habe nichts dagegen«, antwortete Walja. »Die Sache muß aufgeklärt werden. Ich weiß, daß Sie bei der Miliz Anzeige erstattet haben. Das haben Sie richtig gemacht. Sie hätten es nur nicht auf unserem Revier, sondern bei einer höheren Instanz tun sollen.«

Als Lena Waljas stockenden Bericht noch einmal hörte, überzeugte sie sich endgültig davon, daß das Ganze kein Zufall sein konnte. Außer vielleicht der Tatsache, daß sie weggelaufen war. Die würden keine Ruhe geben. Auch der Krankenwagen, den sie aus dem Supermarkt auf der Schmidtstraße beobachtet hatte, war derselbe und nicht irgendein anderer. Bisher hatte sie einfach Glück gehabt. Das mußte nicht so bleiben. Wenn sie nicht länger Zielscheibe sein, sondern das Spiel mitspielen wollte, mußte sie etwas unternehmen.

»Vieles verstehe ich einfach nicht«, hörte sie wie aus weiter Ferne Waljas Stimme. »Na schön, es ist ein Irrtum passiert, eine Unachtsamkeit. Keiner will die Verantwortung dafür übernehmen. Aber warum haben sie dann nach Ihnen gesucht? Und warum wurde Simakow entlassen?«

»Einen Moment, meine Damen!« Es war Goscha, der ihnen mit großer Geste Schweigen gebot. »Etwa vor einem Jahr habe ich im Fernsehen eine Sendung gesehen. Irgendein hohes Tier, den Namen habe ich vergessen, berichtete von Präparaten, die aus ungeborenen Kindern hergestellt werden. Das heißt, aus Embryos, die bei einer Schwangerschaftsunterbrechung abgehen. Auch dieses Ding soll dafür verwendet werden – wie heißt es doch gleich? Na, der Sack, in dem das Kind liegt.«

»Die Gebärmutter!« warf Walja ein.

»Richtig, die Plazenta. Auf diese Live-Sendung komme ich deshalb, weil der Moderator die moralische Seite der Sache besprechen wollte und die Zuschauer aufforderte, ihre Meinung zu sagen. Das war natürlich interessant. Es gab jede Menge Anrufe, und wißt ihr, was die meisten gesagt haben? Der Preis des Präparats sei unmoralisch, weil für den Normalbürger zu hoch. Außerdem wurde gefragt, gegen welche Krankheiten es hilft und wo man es bekommen kann. Aber nicht einem einzigen verdammten Anrufer ist eingefallen, daß es eine Niedertracht ist, ungeborene Kinder zu Medikamenten zu verarbeiten.«

»Du meine Güte!« rief Walja aus. »Wieso bin ich nicht gleich darauf gekommen? Davon habe ich auch schon gehört. Früher wurden mit solchen Präparaten ZK-Mitglieder und Popstars behandelt. Heute bekommen sie wahrscheinlich die superreichen Neuen Russen.«

»Lena, hast du Krotow angerufen?« fragte Goscha.

»Ich habe mich gestern abend mit ihm getroffen. Er sagt: Kein Hinweis auf ein Verbrechen.«

»Na prima! Da greifen sie sich eine Frau, geben ihr Schlafmittel, jagen sie durch ganz Moskau« – Goscha ließ einen gellenden Pfiff hören –, »und bitteschön: Kein Hinweis auf ein Verbrechen!«

»Um so ein Präparat herzustellen, braucht man ein Laboratorium«, meinte Lena nachdenklich. »Es wäre nur logisch, wenn es sich direkt im Krankenhaus befindet. Dort ist es ruhig, und es braucht nichts hin und her transportiert zu werden. Walja, was meinen Sie, unterscheidet sich das von einem gewöhnlichen Labor, das jedes Krankenhaus hat?«

»Das kann ich nicht sagen«, antwortete Walja achselzukkend. »Aber es müßte einen Kühlschrank haben, an den nicht jeder rankommt. Und irgendwelche besonderen Geräte bestimmt auch. Obwohl ... Wenn davon offen im Fernsehen gesprochen und dafür sogar geworben wird, dann ist es legal. Es wird wohl in der ganzen zivilisierten Welt verboten sein, aber bei uns in Rußland ist es erlaubt.«

»Wenn das alles legal wäre«, warf Goscha ein, »dann würden sie es in einer seriösen Moskauer Klink machen und niemanden mit Gewalt dorthin schleppen.«

»Ich habe ihnen die Suppe gründlich versalzen«, resümierte Lena nachdenklich. »Die lassen das nicht auf sich beruhen ...«

Gegen halb sechs Uhr abends hielt der weiße Wolga von Goscha Galizyn vor einem Kiosk. Goscha, mit kurzer Lederjacke und langem weißem Schal sprang aus dem Wagen und erstand eine Schachtel Importpralinen.

Nur wenige Meter weiter bog der Wolga ab und fuhr in den Hof eines langen Gebäudes mit zahlreichen Aufgängen.

»Setz dich auf den Rücksitz und wart auf mich«, sagte Goscha zu Lena.

Mit den Pralinen unter der Jacke bog er um das Haus und nahm den ersten Eingang mit der Aufschrift »Gynäkologie«.

Die betagte Dame an der Anmeldung las einen Liebesroman. Ihre Brille war ihr bis auf die Nasenspitze gerutscht.

»Guten Tag«, sagte Goscha, so freundlich er konnte, und trat ganz nahe an die Scheibe ihres Schalters heran. Die Dame, die sich nur sehr ungern von ihrer Lektüre trennte, sah den jungen Mann böse an.

»Was gibt's?«

»Entschuldigen Sie vielmals, daß ich Sie störe. Immerhin ..., der Arbeitstag ist schon fast zu Ende ...«

»Fassen Sie sich kurz!« Die Frau hinter dem Schalter warf Goscha einen strengen Blick aus ihren kurzsichtigen Augen zu.

»Meine Frau, Sie verstehen, ist ...«, flüsterte Goscha geheimnisvoll, »in anderen Umständen. Vor kurzem hatte sie hier eine Ultraschalluntersuchung und kam danach völlig aufgelöst nach Hause. Dauernd bricht sie in Tränen aus. Aber mir will sie nicht sagen, was passiert ist. Ich möchte gern mit dem Arzt sprechen, der die Untersuchung vorgenommen hat.«

»Die Ärzte machen jetzt Schluß. Sie hätten eher kommen sollen. Versuchen Sie es morgen früh wieder.«

»Morgens kann ich überhaupt nicht«, erklärte Goscha niedergeschlagen und ließ den Kopf hängen. »Ich arbeite von sieben Uhr morgens bis zehn Uhr abends. Heute habe ich mich mit großer Mühe einmal loseisen können. Ich bitte Sie, helfen Sie mir. Ich wäre Ihnen von Herzen dankbar.« Goscha schob die Schachtel Pralinen durch das Schalterfenster.

»Ach, das wäre aber nicht nötig gewesen!« Die Pralinen verschwanden blitzschnell in einer Schublade. »Wie war doch der Name?«

»Des Arztes?«

»Nein, Ihrer Frau. Ich kann ihre Karte ziehen und Ihnen das Untersuchungsergebnis zu lesen geben.«

»Ach, da verstehe ich doch kein Wort!« Goscha schüttelte den Kopf. »Besser wäre es schon, ich könnte den Doktor sprechen. Meine Frau hat gesagt, er ist schon älter, so ein Intellektueller mit einem Bärtchen. Sieht aus wie ein Professor.«

»Das ist Dmitri Sacharowitsch Kurotschkin«, erklärte die Dame von der Anmeldung auf Anhieb. »Seine Sprechstunde geht jetzt zu Ende. Aber ein paar Leute sitzen noch im Wartezimmer.«

»Vielen, vielen Dank. Im Moment will ich ihn nicht stören. Besser, ich warte vor der Tür auf ihn. Außerdem wäre es mir unangenehm, dort im Wartezimmer zwischen all den Frauen.«

Die Dame zeigte ein verständnisvolles Lächeln und wandte sich wieder ihrem Roman zu.

»Alles bestens«, meldete Goscha, als er wieder im Auto saß. »Dein Doktor heißt Dmitri Kurotschkin. Er ist da und macht gegen halb sieben Schluß.«

Goscha öffnete das Handschuhfach und nahm einen schweren Gegenstand heraus, der in einer Plastiktüte steckte. Er zog das Ding heraus und steckte es in seine Jackentasche.

»Was soll denn das?« fragte Lena erschrocken. »Ist das eine Pistole?«

»Keine Angst, es ist nur eine Gaspistole, und sie ist nicht mal geladen.«

»Aber das ist doch kriminell!«

»Macht nichts, ich habe sie nur für alle Fälle mitgenommen. Mal sehen, wie das Gespräch läuft. Keine Angst, ich werde schon nicht im Auto losballern!«

Nach und nach verließen Schwestern und Ärzte die Klinik. Kurotschkin war einer der letzten. Lena erkannte ihn sofort.

Goscha stieg aus.

»Guten Abend, Dr. Kurotschkin.«

Der Arzt blieb stehen. Der junge Mann flößte Vertrauen ein – ein nettes, intelligentes Gesicht, ein schüchternes Lächeln.

»Dr. Kurotschkin«, fuhr Goscha höflich fort, »verzeihen Sie, daß ich Ihnen die Zeit stehle. Nur Sie können mir helfen.«

»Ich höre«, antwortete Kurotschkin lächelnd.

»Meine Frau ist in anderen Umständen …« Und Goscha wiederholte Wort für Wort die herzergreifende Geschichte, die er vor einer halben Stunde bei der Anmeldung hergebetet hatte.

»Wie heißt Ihre Frau, und wann war sie bei mir?«

»Grinjowa, Maria Iwanowna«, erklärte Goscha, ohne mit der Wimper zu zucken. »Sie war vor zwei, drei Tagen bei Ihnen.«

»Grinjowa? Kommt mir bekannt vor … Aber machen Sie sich keine Sorgen. Wenn es etwas Ernsthaftes wäre, wüßte ich es. Wären Sie doch etwas früher gekommen und hätten sich zur Sprechstunde angemeldet.«

»Verzeihung, Dr. Kurotschkin, ich halte Sie auf. Da steht mein Wagen. Wenn Sie erlauben, fahre ich Sie nach Hause oder wohin Sie wollen, und wir können unterwegs miteinander reden.«

Das Wetter war abscheulich. Kurotschkin mußte auf den Bus warten, der nur in großen Abständen fuhr. Danach das Geschubse in der U-Bahn und schließlich noch ein Fußweg von 20 Minuten durch Matsch und Schnee. Und der junge Mann machte einen so netten Eindruck. Kurotschkin überlegte kurz und willigte ein.

»Vielen Dank, aber ich wohne ziemlich weit draußen – in Tscherjomuschki.«

»Ich habe zu danken«, lächelte der junge Mann, »steigen Sie ein.«

Goscha riß die Beifahrertür auf. Erst jetzt bemerkte Kurotschkin die Frau auf dem Rücksitz. Er wollte ihr Gesicht sehen, denn er glaubte, das sei die Ehefrau des netten jungen Mannes.

Die Frau trug eine große Brille mit dunklen Gläsern und hatte sich eine Strickmütze tief ins Gesicht gezogen.

»Das ist meine Schwester Lena«, erklärte der junge Mann. »Schnallen Sie sich bitte an, Dr. Kurotschkin, wenn es Ihnen nichts ausmacht.«

Goscha beugte sich über Kurotschkin und verriegelte dabei unauffällig die Beifahrertür von innen.

Draußen fielen dicke Schneeflocken. Kurotschkin, ein

von Natur aus vorsichtiger Mann, wollte den Fahrer zunächst nicht mit Reden ablenken. Aber der junge Ehemann drang in ihn, was denn seine Frau in der Sprechstunde so verstimmt haben konnte.

»Sagen Sie, Herr Doktor, kommt es nicht immer wieder vor, daß ein Kind während der Schwangerschaft stirbt? Diese unruhigen Zeiten, dazu das Ozonloch, die Umwelt und all das.«

»Natürlich treten jetzt häufig Probleme auf«, seufzte Kurotschkin, »und als Arzt leide ich jedesmal mit, wenn ich sehe, daß mit dem Kind etwas nicht in Ordnung ist.«

»Teilen Sie so etwas der werdenden Mutter sofort mit, oder prüfen Sie es noch einmal nach, beraten sich mit anderen Ärzten? Schließlich ist so etwas eine schwere Erschütterung für die Frau, ein großer Kummer. Und wenn Sie sich nun irren und alles ist normal? Vor Irrtümern ist doch niemand gefeit.«

In Kurotschkin erwachte das Mißtrauen. Es gefiel ihm überhaupt nicht, welche Wendung das Gespräch nahm. Aber der junge Mann, der seine Reaktion offenbar spürte, wechselte sofort das Thema.

Nun standen sie schon seit fünf Minuten in einem hoffnungslosen Stau.

»Oje«, meinte Goscha kopfschüttelnd, »vor uns ist offenbar ein Unfall passiert. Das wundert mich nicht – bei dem Schnee und dem dichten Verkehr.«

Der junge Mann hat auf nichts Bestimmtes angespielt, suchte sich Kurotschkin zu beruhigen. Ich sehe schon Gespenster. Besonders nach der Sache mit der Frau … Wie hieß die doch gleich? Es will mir nicht einfallen … Das erste Mal, daß ich eine Frau mit einem völlig gesunden Kind zu Amalia geschickt habe. Bisher fuhren sie immer freiwillig hin, wußten, worum es geht, und bekamen Geld dafür. Aber so – im Schlaf …

Kurotschkin ertappte sich dabei, daß er Angst hatte. Zum ersten Mal, seit er mit Amalia Petrowna zusammenarbeitete, fürchtete er nicht sie, sondern sich selbst. Es war eine Sache, künstliche Wehen bei Schwangeren mit behinderten, nicht lebensfähigen Babys auszulösen oder bei jungen Hüpfern, die die ersten Monate der Schwangerschaft verpaßt hatten und nun heilfroh waren, die unerwünschte Last loszuwerden. Und dafür noch Geld einzustreichen. Oder bei mehrfachen Müttern, die am Rande der Armut dahinvegetierten. Es gab jede Menge Situationen, die es einem Arzt ermöglichten, das gewünschte Honorar zu bekommen und dabei ein reines Gewissen zu behalten ... Da kam Bewegung in den Stau, und Goscha scherte aus.

»Ich kenne einen Schleichweg«, erklärte er. »Das ist zwar etwas weiter, aber dafür umgehen wir die Staus.«

»Also, meine Frau, Maria Grinjowa, war Mittwochabend bei Ihnen. Wir sind erst kurze Zeit verheiratet, und sie hat sich noch nicht recht an den neuen Familiennamen gewöhnt. Manchmal benutzt sie noch ihren Mädchennamen – Mironowa. Maria Iwanowna Mironowa oder Grinjowa – nach mir. Erinnern Sie sich?«

»Irgendwie kommt mir der Name bekannt vor«, meinte Kurotschkin stirnrunzelnd, »aber genau weiß ich es nicht.«

Die dicken Schneeflocken klebten an den Scheiben fest, und man konnte kaum noch etwas erkennen. Sie fuhren schon eine Ewigkeit. Als Kurotschkin einen Blick auf den Tachometer warf, stellte er verwundert fest, daß der Zeiger sich jenseits der Hundert bewegte. Und nun griff ganz unerwartet die Schwester des jungen Mannes, die bisher schweigend im Fond des Wagens gesessen hatte, in das Gespräch ein.

»Natürlich kennen Sie Maria Iwanowna Mironowa*. Aber die war nicht bei Ihnen zur Untersuchung, denn sie hat im 18. Jahrhundert zur Zeit von Katharina der Großen gelebt.«

Kurotschkin gab es einen Stich ins Herz. Diese Stimme ... Wo hatte er die schon einmal gehört?

* Hauptgestalt aus Puschkins Novelle »Die Hauptmannstochter«.

»Ihre Schwester hat ja einen merkwürdigen Humor«, gab er zurück, nachdem er sich gefaßt hatte. »Wohin fahren wir überhaupt?«

»Wir sind schon da«, lachte der junge Mann.

»Halten Sie sofort an! Was wollen Sie von mir!« rief Kurotschkin.

Der Wagen bremste, und der alte Arzt sah ringsum nur verschneiten Wald. Er wollte den Gurt öffnen, fand aber den Knopf nicht, riß an der Tür und bekam sie nicht auf.

»Bleiben Sie ruhig, Dr. Kurotschkin«, sagte der junge Mann und wandte sich ihm voll zu. »Wir sind keine Räuber oder Mörder. Ich schalte jetzt das Licht ein, Sie schauen nach hinten, und Ihnen wird sofort alles klar.«

Kurotschkin hatte einen trockenen Mund. Beim schwachen Licht der Innenleuchte blickte er auf die Frau, die jetzt Brille und Mütze abnahm.

»Sie brauchen uns nur einige Fragen zu beantworten. Wir zeichnen Ihre Antworten auf und bringen Sie dann sofort nach Hause«, erklärte die Frau. Aus einem kleinen Diktiergerät nahm sie eine Kassette heraus und legte eine neue ein. »Den ersten Teil Ihrer Aussage haben wir bereits. Das waren indirekte Antworten auf indirekte Fragen. Jetzt wird es konkret. Ich frage Sie nicht, ob Sie mich erkannt haben. Das ist ohnehin klar. Ich frage Sie: Wer ist Ihr Auftraggeber?«

»Ich zeige Sie bei der Miliz an«, flüsterte Kurotschkin.

»Damit erleichtern Sie uns die Arbeit nur.«

»Schalten Sie das Diktiergerät ab«, stöhnte Kurotschkin, »mein Herz macht das nicht mit.«

»Was möchten Sie: Validol, Nitroglyzerin oder Valokardin? Es ist alles da. Ihre Reaktion habe ich vorhergesehen.«

»Geben Sie mir ein Validol, und schalten Sie endlich das Ding ab.«

»Das Diktiergerät bleibt an. Sonst verliert unser Gespräch jeden Sinn.« Lena seufzte. »Ich glaube nicht, daß Sie uns viel erzählen können, was wir noch nicht wissen. Vielleicht einige technische Details. Aber um die geht es nicht. Ich werde Ihnen helfen, sich zu erinnern, was vor zwei Tagen passiert ist.«

Kurotschkin schwieg und lutschte seine Validoltablette.

»Man hat Sie dafür bezahlt, daß Sie mich einschläfern und ins Krankenhaus von Lesnogorsk bringen lassen«, fuhr Lena fort. »Auf das Schlafmittel sind Sie gekommen, als Ihnen klar wurde, daß ich Ihnen kein Wort glaube und jeden Augenblick gehen werde. Im Krankenhaus von Lesnogorsk arbeitet eine Dr. Sotowa. Sie brauchte nicht unbedingt mich, sondern Material zur Herstellung einer Wundermedizin. Ich bin Ihnen zufällig in die Hände gefallen. Wahrscheinlich war es ein Eilauftrag. Es mußte also Gewalt angewandt werden.«

»Was phantasieren Sie sich da zusammen?!« entfuhr es Kurotschkin. »Ich verstehe, Sie haben Ihr Kind verloren«, sagte er schon ruhiger. »Das ist eine schwere Erschütterung. Aber ich versichere Ihnen, es war bereits tot. Und wenn Sie mich jetzt entführen, holen Sie es nicht wieder zurück.«

Nun mußte Lena laut lachen. Sie war nicht hysterisch. Sie lachte froh und so ansteckend, daß Goscha einfiel. Dieses einträchtige Lachen machte Kurotschkin nur noch mehr Angst.

»Ich lache über Ihre stupide Selbstgefälligkeit«, erklärte Lena und wischte sich die Tränen ab. »Sie sind so überzeugt, daß ich mein Kind nicht mehr habe, nur weil Sie, Dr. Kurotschkin, es für tot erklärt haben. Ihre Auftraggeber jagen mich durch ganz Moskau, um es zu töten, und jetzt natürlich auch mich. Ich muß Sie leider enttäuschen: Mein Töchterchen lebt und ist gesund, fühlt sich ausgezeichnet und kommt dann auf die Welt, wenn es soweit ist, also Ende Februar oder Anfang März.«

Sie hat sich woanders untersuchen lassen, dachte Kurotschkin entsetzt, woher wüßte sie sonst, daß es ein Mädchen ist? Und wieso ist das Kind noch ... Der Kopf schwirrte ihm, und das Herz schmerzte wieder.

»Woher wissen Sie, daß Sie ein Mädchen erwarten?« fragte er mit schwacher Stimme.

»Das spüre ich«, antwortete Lena. »Und Sie wissen es genau. Zu diesem Zeitpunkt kann ein erfahrener Arzt wie Sie das Geschlecht des Kindes zweifelsfrei feststellen. Und ein totes Kind von einem lebenden unterscheiden kann sogar ein Laie. Das haben Sie selbst gesagt.«

»Ich behaupte weiterhin, daß Ihr Kind nicht mehr lebt«, erklärte Kurotschkin kaum hörbar, »und ich verstehe nicht, wieso man bei Ihnen bisher keine künstlichen Wehen eingeleitet hat. Sie bringen sich in ernste Gefahr.«

»Jetzt reicht's aber! Meine Geduld ist zu Ende!« Lena griff flink zwischen den Sitzen hindurch in Goschas Jackentasche, und binnen einer Sekunde spürte Kurotschkin kaltes Metall in seinem Nacken.

»Jetzt ist Schluß mit lustig«, herrschte Goscha Kurotschkin an. »Lena scherzt nicht. Sie drückt ab, und das wäre nur gerecht! Weil Sie, Doktor, ein Hundsfott sind – trotz Ihres würdigen Alters!«

»Und meine Frau, meine Kinder und Enkel tun Ihnen nicht leid?« fragte Kurotschkin in gleichmütigem Ton. Ihm war auf einmal alles gleich. Wer brauchte ihn denn schon? Einen alten, einsamen und auch noch gewissenlosen Mann. Seine Frau war seit fünf Jahren tot, und seine Tochter hatte sich noch im selben Jahr mit Mann und Kind nach Australien davongemacht. Vor kurzem war sie zu Besuch gekommen – eine fremde Vierzigjährige, die ihm einen Sack voll gebrauchter Sachen mitbrachte und ihm Farbfotos von ihrem glücklichen Leben in Australien zeigte. Mit diesem Besuch hatte sie seine Einsamkeit nur endgültig besiegelt.

»Ihre Verwandten tun mir leid«, hörte er Lenas Stimme, »aber für Sie selber kann ich kein Mitgefühl empfinden, entschuldigen Sie schon.«

»Also gut«, seufzte Kurotschkin, »ich sage Ihnen, was ich weiß. Aber nicht deshalb, weil Sie mir Angst gemacht haben. Ich bin einfach total erschöpft und will nach Hause.«

Damit belog er sie und sich selbst. Er hatte furchtbare Angst. Sein Hemd klebte am Körper, und der Pullover stach und kratzte entsetzlich durch den dünnen, feuchten Stoff. Aber das abscheulichste war diese Pistole im Nacken. Gehalten von einer festen Hand, die kein bißchen zitterte.

»Meine Auftraggeberin ist Amalia Petrowna Sotowa, die Leiterin der Gynäkologie im Krankenhaus von Lesnogorsk. Ich bekomme Geld von ihr – nach heutigen Maßstäben nicht viel, aber ich brauche es.«

»Wofür bezahlt sie Sie?« fragte Goscha.

»Unterbrechen Sie mich bitte nicht. Ich muß von Anfang an erzählen, damit Sie mich verstehen.«

»Wir hören Ihnen aufmerksam zu, Dr. Kurotschkin. Möchten Sie einen Schluck Wasser?« Goscha hielt eine Flasche Mineralwasser in der Hand.

Nachdem er gierig einen großen Schluck des leicht salzigen Getränks genommen hatte, fuhr Kurotschkin fort: »Amalia und ich haben zusammen studiert – im Ersten Medizinischen Institut. Im sechsten Semester fingen wir eine Affäre miteinander an. Sie war sehr hübsch ... Das war zu Beginn der fünfziger Jahre. Zu der Zeit, als jene schreckliche Kampagne gegen die ›Mörder in weißen Kitteln‹ lief. Sicher haben Sie davon gehört. Sie können sich vorstellen, was damals in unserem Institut los war. Ein Lehrer nach dem anderen wurde verhaftet.

Zu dieser Zeit gab mir einmal ein alter Professor, ein Embryologe, bei einer Prüfung ein ›Unbefriedigend‹. Ich war ein guter Student, aber diese Zensur hatte ich verdient. Und der Professor war eine weltberühmte Kapazität. Außerdem ein guter Mensch. Er war bei den Studenten sehr beliebt, und auch ich mochte ihn. Die Prüfung mußte ich wiederholen.

Danach rief mich der Kaderchef des Instituts zu sich und fragte mich lange nach meinem Verhältnis zu dem Professor aus. Dann zwang er mich, etwas zu schreiben ... Sie können sich sicher denken, was ... Zwei Tage später wurde der Professor abgeholt. Mir war klar, daß sie ihn sowieso auf der Liste hatten. Aber ich machte mir Vorwürfe, quälte mich und erzählte alles Amalia. Sie zeigte sich mitfühlend und erklärte: ›Dich trifft keine Schuld.‹ Doch seit der Zeit brachte sie immer wieder die Rede auf diesen Professor.

Nach dem Studium sahen wir uns nur noch selten. Aber wenn wir uns trafen, erinnerte sie mich stets an diese Geschichte. Es machte ihr Spaß, mich in Angst und Schrecken zu halten.

Vater und Mutter meiner Frau sind in Stalinschen Lagern umgekommen. Wenn sie erfahren hätte, daß ich in eine solche Sache verwickelt war, hätte sie mich sofort verlassen. Keine Chance für eine Rechtfertigung. Aber ich liebte sie sehr … Wenn Amalia später zu uns zu Besuch kam, konnte sie den ganzen Abend um dieses Thema kreisen, und ich litt Höllenqualen bei der Vorstellung, sie könnte sich verplappern.

Die Jahre sind vergangen, meine Frau ist gestorben, und ich bin ein alter Mann. Aber die Angst vor Amalia ist geblieben. Nicht unbedingt Angst, eher ein Gefühl, daß ich ihr etwas schuldig bin. Sie weiß etwas von mir, für das ich mich schrecklich schäme.

Vor drei Jahren ist Amalia wieder in mein Leben getreten. Sie sagte, sie wollte mir helfen, das Geld für ein würdiges Alter zu verdienen. Sie erklärte, sie könnte mich dafür bezahlen, daß ich ihr Frauen in der 20. bis 25. Schwangerschaftswoche schicke. Natürlich nur solche, bei denen eine Unterbrechung der Schwangerschaft angeraten sei. Davon gibt es heute nicht wenige. Oder wenn eine Frau in einer frühen Phase der Schwangerschaft zu mir kommt und eine Abtreibung vornehmen lassen will, ich aber sehe, daß sie arm, einsam oder einfach eine Nutte ist, die alles leichtnimmt, dann deute ich ihr vorsichtig an, daß sie eine Menge Geld verdienen kann, wenn sie noch zwei, drei Monate mit der Unterbrechung wartet. Viele gehen darauf ein, im Grunde jede zweite. Es ist auch vorgekommen, daß Frauen nach mehreren Monaten Schwangerschaft das Kind behalten wollten. Darauf bin ich natürlich eingegangen. Nur – wenn sie einen Vorschuß genommen hatten, mußten sie den zurückzahlen. Das lief mit einem ganz normalen Schuldschein: ›Ich, soundso, habe bei soundso geliehen …‹ Aber das war nicht meine Aufgabe. Ich führte nur die Gespräche, machte das Angebot, gab Ratschläge.

Mit der Zeit wurde immer mehr Material verlangt. Amalia Petrowna begann Druck auf mich auszuüben, anfangs eher indirekt. Nun bezogen wir auch die sogenannten Risikogruppen ein – Frauen mit Diabetes, Bluthochdruck oder Herzproblemen.

Denen mußte ich Angst einjagen: ›Sie könnten bei der Entbindung sterben.‹ Das ist natürlich wesentlich komplizierter. Schließlich geht es dabei nicht um Pathologie, sondern um Psychologie. Wenn eine Frau das Kind will, dann bringt sie es zur Welt, und sollte sie dabei ihr Leben riskieren. Wenn sie es nicht will, dann wird sie es los, und wenn sie dabei ihr Leben riskiert … Verzeihen Sie, junger Mann, haben Sie nicht zufällig eine Zigarette?«

»Natürlich.« Goscha zückte eine Schachtel Marlboro.

»Darf ich das Fenster ein wenig öffnen?« Kurotschkin sog gierig an der Zigarette, blies den Rauch zum Fenster hinaus und fuhr dann fort: »Mit Ihnen, Lena, hat wahrscheinlich nun die dritte Etappe begonnen. Amalia brauchte dringend Material, und wir hatten keinerlei Reserven mehr. Sie stand unter Druck. Deshalb drängte sie ihrerseits mich und wahrscheinlich noch einige Lieferanten, wie ich einer bin.«

»Danke, Doktor.« Lena atmete tief durch. Sie fuhren Kurotschkin nach Hause. Auf dem Rest des Weges nach Tscherjomuschki sprach keiner ein Wort. Vor dem Aussteigen sagte der alte Arzt: »Sie haben recht, Lena. Sie werden eine Tochter bekommen. Denken Sie an das Kind. Die bringen Sie um, wenn Sie weiter so vorgehen wie bisher. Je mehr Lärm Sie schlagen, desto sicherer ist Ihr Tod. Und das Recht wird Sie nicht schützen.«

Ohne eine Antwort abzuwarten, stieg er aus und schloß sachte die Tür.

Zehntes Kapitel

Lida Gluschko war die fünfte Patientin, die auf die Ultraschalluntersuchung wartete. Sie strickte konzentriert an einem blauen Pullover für ihren Sohn Wassja. Lida hatte drei Söhne. Der älteste, Mischa, war acht, der mittlere, Wassja, fünf und der jüngste, Danilka, erst zwei Jahre alt.

Nun war Lida wieder schwanger.

Als rechtgläubige Christin kam eine Abtreibung für sie nicht in Frage. Das war eine Todsünde. Schlimm genug, daß sie das Kind nicht wollte.

Lida mußte jede Kopeke zweimal umdrehen. Als Meister in einer Uhrenfabrik verdiente ihr Mann Georgi gar nicht so wenig, aber bei der Familie!

Lida strickte eifrig an dem Pullover für Wassja und dachte dabei, daß Mischa neue Schuhe haben mußte. Seine Füße wuchsen nicht täglich, sondern stündlich. Außerdem waren die alten Schuhe nicht nur zu klein, sondern ausgetreten und löchrig, konnten also auch nicht von Wassja abgetragen werden. In dessen Kindergarten wiederum hatten alle Kinder Legosteine. Wassja wollte natürlich auch welche, denn die anderen ließen ihn nicht mitspielen. Wenn sie nur an den Preis dachte, den dieses Plastikzeug kostete, wurde ihr übel ... Und zu allem Überfluß hatte die Erzieherin gestern auch noch zu ihr gesagt: »Entschuldigen Sie schon, aber Ihr Wassja hat gestern während des ganzen Mittagschlafs geweint. ›Assi‹ haben sie ihn genannt. So böse können Kinder sein. Ziehen Sie ihn doch etwas besser an, er läuft ja wirklich nur in geflickten Sachen herum.«

Und jetzt auch noch ein viertes Kind. Der einzige Trost: Vielleicht wurde es endlich ein Mädchen. Sie hoffte sehr, das heute beim Ultraschall zu erfahren. Immerhin war sie in der 22. Woche, da konnte man so etwas schon feststellen.

Die Ärztin, eine elegante junge Frau, schaute stumm auf den flimmernden Monitor. Dann ging sie zum Schreibtisch und kritzelte rasch etwas auf ein Blatt Papier.

»Kann ich mich anziehen?« fragte Lida schüchtern.

»Ja, natürlich«, antwortete die Ärztin und warf ihr einen raschen Blick aus ihren schwarz umrandeten hellgrauen Augen zu.

Die ist bestimmt nicht jünger als ich, dachte Lida. Wie gut sie aussieht. Und ich ...

»Nehmen Sie bitte noch einmal Platz. Wie fühlen Sie sich? Übelkeit, Schwindel?«

»Eigentlich alles normal«, meinte Lida achselzuckend.

»Jetzt messen wir noch rasch Ihren Blutdruck, und dann reden wir.« Die Ärztin hatte eine tiefe Bruststimme. Sie blickte Lida aufmerksam an.

»Und was wird es? Etwa wieder ein Junge?« Lida wollte der Ärztin in die Augen sehen, als die ihr die Manschette anlegte.

»Das ist jetzt Ihre vierte Schwangerschaft? Und die anderen drei sind gesund?«

»Gesund und quicklebendig.« Lida nickte.

Der herbe Duft des teuren Parfüms der Ärztin stieg ihr in die Nase. Etwas daran war ihr plötzlich unangenehm und machte ihr Angst.

»Ist bei mir etwas nicht in Ordnung?«

»Ihr Blutdruck ist normal.« Die Ärztin nahm die Manschette ab und packte das Gerät ein.

»Und was ist mit dem Kind?«

»Ihr Kind, Lida Wsewolodowna, ... hat keine Herztöne mehr.«

Als man sie zum Krankenwagen brachte, brach Lida in Tränen aus. Sie liefen und liefen. Lida achtete nicht darauf. Ihr fiel nicht einmal auf, daß der Wagen ein gewöhnlicher grüner Lada war.

Nun machte sie sich bittere Vorwürfe: Was habe ich nur getan? Warum habe ich dieses Kind nicht gewollt? Herr, vergib mir!

Dann fuhr sie plötzlich zusammen. Die Tränen versiegten

auf der Stelle. Sie spürte, wie sich das Kind in ihrem Bauch regte.

»He, Sie!« rief sie dem jungen Pfleger ins Ohr, der neben ihr saß. »Mein Kind lebt! Ich brauch' nicht ins Krankenhaus!«

»Was sagen Sie da?« Der Bursche starrte sie entgeistert an.

»Hören Sie doch, mein Kind lebt. Die Ärztin hat sich geirrt. Lassen Sie mich irgendwo an der U-Bahn raus, ich fahre nach Hause.«

»Das geht nicht«, antwortete der Junge verlegen, »ich bringe Sie ins Krankenhaus, und dort wird man weitersehen.«

»In welche Klinik fahren Sie mich?« fragte Lida schon ganz sachlich. Sie war sich absolut sicher. Sollten sie sie noch einmal untersuchen. Dann würden sie sie ohnehin gehen lassen.

»In eine gute«, brummte der Junge.

Im Krankenhaus nahm sie eine Schwester im weißen Kittel in Empfang.

»Mein Kind lebt!« erklärte ihr Lida froh. »Eigentlich müßte ich so schnell wie möglich nach Hause, und Ihre Klinik liegt hinter den sieben Bergen.«

»Wenn Sie schon einmal hier sind, schauen wir Sie erst mal an«, erklärte ihr die Schwester lächelnd. »Machen Sie sich frei.«

Lida hatte nur eine Sorge: Jetzt mußte sie mit dem Vorortzug zurückfahren. Das wurde teuer.

Bald lag sie in einem Zimmerchen am Tropf, wartete auf den Arzt und gab sich Mühe stillzuliegen. Die freundliche Schwester hatte ihr beim Hinausgehen gesagt:

»Liegen Sie ruhig, keine Bewegung.«

»Was geben Sie mir da?« fragte Lida und schielte auf die Flasche, die hoch über ihr hing.

»Vitamine«, antwortete die Schwester.

Lida lag ganz ruhig und schlummerte dabei unmerklich ein. Ein heftiger Schmerz in der Kreuzgegend riß sie aus dem Schlaf. Anfangs begriff sie überhaupt nichts.

Was dann kam, erschien ihr später wie ein schrecklicher Alptraum. Darin hörte sie ein schwaches, klägliches Piepsen wie von einem neugeborenen Kätzchen. Sie erhob sich auf die Ellenbogen und sah, wie eine große, kräftige Frau einen emaillierten Trog in der Hand hielt. Aus dem schaute ein winziges Beinchen heraus. Es zitterte und zuckte.

»Ein Mädchen«, hörte Lida sie wie durch Watte sagen. Dann wurde der Trog an die lächelnde Schwester weitergegeben.

Lidas Brust entrang sich ein wilder, fast tierischer Schrei. Die ältliche Ärztin fuhr herum.

»Was schreien Sie denn so? Sie haben es doch schon überstanden.«

»Was überstanden? Es lebt! Geben Sie es mir, ich bringe es durch!«

»Beruhigen Sie sich bitte. Ja, die Frucht hat noch gelebt. Aber sie war nicht gesund, nicht lebensfähig. Sie hatten eine Fehlgeburt. Gut, daß es hier im Krankenhaus passiert ist.«

»Ich zeig' Sie an«, erklärte Lida leise und entschlossen.

»Das ist Ihr Recht«, erwiderte Amalia Petrowna und zuckte mit den Schultern.

Mit raschem Schritt ging sie in ihr Arbeitszimmer zurück, schloß sich ein, nahm den Hörer ab und wählte eine Nummer.

»Alles in Ordnung. Material ist da«, meldete sie.

Boris Simakow konnte schon die zweite Nacht nicht schlafen. In seiner Situation hätte wohl auch nur ein Mensch mit eisernen Nerven Ruhe gefunden. Dieser alten Vettel alles ins Gesicht zu sagen, ihr die Kündigung auf den Tisch zu knallen und die Tür hinter sich zuzuwerfen war eine Sache. Mit dem Ergebnis fertig zu werden eine ganz andere.

Wie erleichtert hatte Boris Amalia Petrownas Büro verlassen! Er war durch die stillen Straßen nach Hause gegangen und hatte gedacht, jetzt werde alles gut. In einem Jahr war er Facharzt, fand Arbeit in einer der neuen Kooperativen oder, wenn er Glück hatte, vielleicht auch in einer Privatklinik. Warum nicht? Ein hervorragender Fachmann wie er wurde überall gebraucht. Ja, jetzt mußte alles gut werden!

Aber seine Hochstimmung war wie weggeblasen, als er am Morgen mit seiner Frau sprach. Regina fuhr hoch.

»Bist du verrückt geworden? Und wovon werden wir jetzt leben?«

»Weißt du überhaupt, was ich da machen mußte?«

»Das weiß ich nicht und will ich auch nicht wissen. Du hast die Familie ernährt. Wenn ihr – du und die Sotowa – euch etwas in die Tasche gesteckt habt – das machen heute alle. Man darf sich nur nicht erwischen lassen.«

»Hast du überhaupt eine Vorstellung, was dort vorgeht?«

»Das interessiert mich nicht.«

Damit war das Gespräch beendet.

Simakow hatte seine Arbeit verloren. Nun konnte er durchaus auch noch seine Familie verlieren. Nach seiner edlen Geste konnte er sie nicht mehr ernähren, ja nicht einmal ihre Sicherheit garantieren. Amalia Petrownas Drohung war kein Bluff. Er hatte jetzt die Wahl: Entweder er kroch auf allen vieren zu ihr zurück und bat sie um Verzeihung, oder er mußte den Kampf aufnehmen. Das erste war schier unmöglich. Er würde jede Selbstachtung verlieren. Blieb das zweite – sich mit der Sotowa anzulegen. Warum eigentlich nicht? Das war der einzige Weg, seine Würde zu bewahren.

Als er sich entschieden hatte, konnte Simakow endlich wieder schlafen.

Die Tür, die zu dem geheimen Labor führen konnte, fand Walja hinter einer Ecke ganz am Ende des Korridors. Die hatte sie vorher nie bemerkt. Als sie genauer hinschaute, fiel ihr auf, daß sie sich von den anderen unterschied: Sie war aus Stahl, hatte ein besonderes Schloß und trug kein Namenschild. Walja hatte sie noch nie offenstehen sehen.

Dort mußte es sein. Aber was hatte sie von dieser Erkenntnis? Da komme ich nie hinein, dachte sie. Nun galt es festzustellen, wer dort ein und aus ging, ob man etwas hinein- oder heraustrug.

Während Walja betont langsam zum Schwesternzimmer schlenderte, kam ihr in den Sinn, daß ihr Herumspionieren wohl wenig Sinn hatte. Sollte in ihrem Krankenhaus wirklich etwas so Schlimmes vorgehen, war das sicher kaum zu beweisen. So dumm waren die nicht ...

Die Tür zu dem kleinen Einzelzimmer, in das man Patienten nach einer Operation legte, stand offen. Walja glaubte von dort leises Schluchzen zu hören. In dem Zimmer war es dunkel und stickig. Die Frau in dem Krankenbett weinte bitterlich.

»Was ist passiert?« fragte Walja leise. »Ist Ihnen nicht gut?«

»Ja«, antwortete die Frau. »Mir ist schlecht. Ich wollte doch so gerne ein Mädchen. Es hat noch gelebt, ich hätte es durchgebracht.«

»Hat man bei Ihnen künstliche Wehen ausgelöst?« fragte Walja und ließ sich auf die Bettkante nieder.

»Ja. Aber sie haben gesagt, es war eine Fehlgeburt.«

Walja nahm die Hand der Frau. Sie war eiskalt.

»Soll ich Ihnen heißen Tee bringen?«

»Sagen Sie mir vor allem, wie spät es ist.« Die Frau setzte sich auf.

»Zehn vor elf.«

»Wenn ich Ihnen eine Telefonnummer sage, können Sie bitte meinen Mann anrufen?«

»Natürlich.«

Georgi Gluschko starrte auf das Telefon. Als er abends von der Schicht gekommen war, hatte ihm seine Schwiegermutter, die auf die Kinder aufpaßte, gesagt: »Vom Frauenarzt haben sie angerufen. Lida ist zur Untersuchung ins Krankenhaus gebracht worden. In welches, haben sie nicht verraten.«

Georgi wurde immer unruhiger. Die Schwiegermutter bereitete für ihn und die Kinder noch das Abendessen und fuhr dann nach Hause.

»Wenn du was hörst, ruf mich sofort an«, legte sie ihm ans Herz, als sie ging. »Egal, wie spät es ist.«

Um zehn Uhr brachte Georgi die Kinder ins Bett, las ihnen das nächste Kapitel aus »Pippi Langstrumpf« vor, löschte im Kinderzimmer das Licht und setzte sich in die Küche. Als der Teekessel auf dem Feuer stand, zündete er sich eine Zigarette an und grübelte darüber nach, was mit Lida passiert sein könnte.

Auf dem Korridor hörte er das Getrappel nackter Füße. In der Tür erschien der zweijährige Danilka.

»Wo ist Mama?« fragte er gähnend.

»Mama ist ein bißchen krank, man hat sie ins Krankenhaus gebracht. Dort macht man sie gesund, und dann kommt sie wieder.«

»Ich will zu Mama!« erklärte Danilka entschlossen.

»Schlaf erst ein wenig. Morgen früh fahren wir hin und holen Mama nach Hause.«

»Können wir nicht gleich fahren? Ich will zu Mama.«

Georgi trug Danilka wieder ins Bett und blieb ein wenig bei ihm sitzen. Er strich ihm über die weichen, seidigen Löckchen, wie es Lida tat, wenn der Junge nicht einschlafen konnte.

Als er schließlich ruhig und gleichmäßig atmete, schlich Georgi auf Zehenspitzen in die Küche zurück.

Es muß doch eine zentrale Auskunft geben, wo man erfahren kann, in welchem Krankenhaus ein Mensch liegt, dachte er bei sich. Aber er hatte kein Telefonbuch im Haus, und die Auskunft zu erreichen konnte Stunden dauern. Dort war immer besetzt. Inzwischen versuchte vielleicht Lida selbst aus dem Krankenhaus anzurufen und kam nicht durch.

Der Teekessel brodelte schon lange vor sich hin. Georgi brühte sich einen Tee auf und nahm noch eine Zigarette. Da schrillte das Telefon.

»Lida?« rief Georgi aufgeregt in den Hörer.

»Guten Abend, Georgi Iwanowitsch«, hörte er eine unbekannte junge Stimme, »ich bin Walja. Ihre Frau hat mich gebeten, bei Ihnen anzurufen.«

»Wo ist sie? Was ist passiert?«

»Ihre Frau liegt im Krankenhaus von Lesnogorsk, in der Gynäkologie.«

»In Lesnogorsk? Das ist ja 40 Kilometer von Moskau entfernt! Was ist mit ihr?«

»Georgi Iwanowitsch, regen Sie sich bitte nicht auf. Bei Ihrer Frau wurden künstliche Wehen ausgelöst.«

»Weshalb?«

»Dazu kann ich Ihnen nichts sagen.« Walja seufzte. »Ich bin Studentin und nur zum Praktikum hier. Kommen Sie sie morgen besuchen, bringen Sie etwas Obst oder Fruchtsaft mit. Vor allem aber sollten Sie sie beruhigen.«

»Wie geht es ihr?« fragte Georgi niedergeschlagen.

»Insgesamt nicht schlecht. Aber sie weint die ganze Zeit.«

»Sagen Sie Lida, daß zu Hause alles seinen Gang geht. Die Kinder schlafen.«

Die werden ihn wohl nicht zu ihr lassen, dachte Walja, als sie den Hörer aufgelegt hatte.

Im Schwesternzimmer kochte das Teewasser. Walja goß zwei Gläser auf, steckte sich ein paar Bonbons und Kekse in die Tasche und ging zu der Patientin zurück.

Georgi Gluschko holte sich aus dem Kühlschrank eine Flasche Wodka, öffnete sie, goß sich ein halbes Wasserglas voll, kippte das Zeug auf einen Zug hinunter und aß ein Stück Schwarzbrot nach.

Wir werden also kein viertes Kind haben, dachte er. Das ist keine Katastrophe, drei haben wir schon. In der heutigen Zeit ist das viel. Aber warum ist mir so übel? Und wie wird Lida sich jetzt fühlen? Warum haben die sie wohl nach Lesnogorsk gebracht? Gibt es in Moskau zuwenig Krankenhäuser?

Georgi wollte sich noch einmal einschenken, überlegte es sich dann aber anders. Am nächsten Tag brauchte er einen klaren Kopf. Dann fiel ihm ein, daß er die Schwiegermutter noch anrufen mußte.

Die sah das Ganze ziemlich nüchtern.

»Das kommt vor. Ich habe zwei Kinder zur Welt gebracht und hatte drei Fehlgeburten. Das ist Frauenlos. Und was hättet ihr mit einem vierten Kind anfangen wollen? Vielleicht ist es besser so.«

Nach diesem Gespräch fühlte sich Georgi noch schlechter. In solchen Situationen rief er seinen alten Freund Sergej an, den er seit der Schule kannte. Sie trafen sich selten und sprachen auch am Telefon nicht oft miteinander. Aber jeder wußte, da gibt es immer einen Freund, wie das Leben auch spielt. Es hatte sie weit auseinandergetragen: Georgi war nur Meister in einer Uhrenfabrik, Sergej dagegen Oberstleutnant der Miliz.

Sergej Krotow war zu Hause und nahm selbst den Hörer ab.

Boris Simakow saß nun schon den zweiten Tag auf einer Bank in einem Hof mitten in Moskau und beobachtete unablässig die drei Aufgänge des alten, gediegenen Hauses. Die Eingänge waren mit Sprechanlagen versehen, und jede Wohnung nahm mindestens eine halbe Etage ein, manche sogar zwei übereinanderliegende Stockwerke. Der Mann, dem Boris hier auflauerte, war Besitzer einer solchen Wohnung.

»Boris? Hallo! Schön, dich zu sehen!« hörte er eine Stimme in seinem Rücken. »Wartest du hier etwa auf mich?«

»Guten Tag, Andrej Iwanowitsch. Ich warte in der Tat auf Sie.«

»Warum hast du nicht angerufen? Wir hätten uns doch verabreden können. Ich komme rein zufällig hier vorbei. So hättest du bis in die Nacht hier sitzen können. Ist was passiert?«

»Ja, Andrej Iwanowitsch.« Boris seufzte. »Ich arbeite nicht mehr im Krankenhaus.«

»Bist du selber gegangen, oder hat man dich rausgeworfen? Gut, warte im Auto. Ich muß nur mal kurz nach oben.«

Der vierschrötige Fahrer in Lederjacke öffnete Boris eine Tür des neuen schwarzglänzenden Saab.

Exakt zehn Minuten später war Andrej Iwanowitsch wieder zur Stelle. Er setzte sich vorn neben den Chauffeur.

»Zum Klub, Wowa. Und du« – er wandte sich zu Boris um – »entschuldige, daß wir im Auto nicht reden können. Ich muß rasch noch ein paar Papiere durchsehen.«

Zwanzig Minuten später hielt der Wagen vor einer altmodischen Villa in einer stillen Gasse an der Taganka.

Der Türsteher in Livree eilte zum Wagen und riß den Schlag auf.

»Herzlich willkommen, Andrej Iwanowitsch!«

Drinnen sah es so aus, wie sich Simakow einen echten englischen Klub vorstellte: dunkel getäfelte Wände, schwere, zugezogene Vorhänge aus dunkelblauem Samt, riesige Ledersessel. Es roch nach gutem Tabak und teurem Herrenparfüm.

In seinen von der Straßenlauge gebleichten alten Schuhen und der abgeschabten Schaffelljacke fühlte sich Boris hier gar nicht wohl. Ungerührt nahm sie ein Lakai entgegen, der lautlos hinter ihnen aufgetaucht war, und trug sie fort. Ebenso lautlos erschien ein tadellos gekleideter älterer Herr und fragte Andrej Iwanowitsch lächelnd nach Gesundheit und Familie. Dann führte er sie ins Restaurant, wo ganze fünf Tische standen, die voneinander durch holzgeschnitzte Zwischenwände getrennt waren.

Sie nahmen an einem der Tische Platz, eine altmodische Tischlampe erstrahlte.

Simakow hatte davon gehört, daß es in Moskau exklusive Klubs gab. Daß er selber einmal in einem solchen sitzen sollte, hatte er als einfacher Arzt nicht zu träumen gewagt.

Als er den ersten Happen fein gesalzenen Lachs auf der Zunge zergehen ließ und ein Eckchen Roggentoast mit Kaviar belegte, vergaß Simakow für einige Augenblicke alles auf der Welt.

»Also heraus mit der Sprache, was ist geschehen?« Andrej Iwanowitsch lächelte Boris freundlich zu, aber seine grauen Augen blickten ernst und kalt.

»Ich habe im Krankenhaus gekündigt, weil dort merkwürdige Dinge vor sich gehen.«

Er legte den Fall Lena Poljanskaja in aller Ausführlichkeit dar und ließ nur die Einzelheiten weg, aus denen sein Gegenüber schließen konnte, daß ihm, Simakow, die Hintergründe durchaus klar waren.

Als er zum Abschluß seines Berichts Amalia Petrownas Zornausbruch sehr dramatisch beschrieben hatte, atmete er erleichtert auf und steckte endlich die Zigarette in den Mund, die er bisher zwischen den Fingern gedreht hatte. Sofort kam Feuer, das ihm ein unsichtbarer Kellner reichte.

Andrej Iwanowitsch wartete ab, bis dieser sich entfernt hatte, und fragte dann nachdenklich: »Hat es solche Fälle schon früher gegeben?«

»Künstliche Wehen, Fehlgeburten – ja, sogar ziemlich oft. Vielleicht häufiger als in anderen Kliniken. Aber ich habe mir darüber keine Gedanken gemacht. Diese unruhigen Zeiten, die Umweltveränderungen ...«

»In welcher Phase waren die Schwangeren in der Regel?«

Simakow zögerte mit der Antwort, als ob er gründlich nachdenken müsse.

»Ich glaube, meist in einer späten Phase«, sagte er langsam, »zwischen der 20. und 25. Woche.«

Andrej Iwanowitschs Miene verdüsterte sich leicht.

»Und was hältst du von alledem, Boris?«

»Mir geht vor allem durch den Kopf, daß ich jetzt ohne Arbeit dastehe und eine Familie zu ernähren habe.«

»Gut. Da mach dir mal keine Sorgen. Wir werden schon etwas finden. Wenn du auch Frauenarzt bist und wir uns mit Pharmazeutika beschäftigen.«

»Es muß ja nicht unbedingt in Ihrer Firma sein«, meinte Simakow verwirrt, »aber bei Ihren Beziehungen ...«

»Deine Chefin hat sich furchtbar aufgeregt? Wie war doch gleich ihr Name?«

»Sotowa, Amalia Petrowna.«

»Und wie heißt die kluge Frau, die euch durch die Lappen gegangen ist?«

»Poljanskaja, Lena Nikolajewna.«

»Was sie tut, weißt du nicht zufällig?«

»Zufällig weiß ich es. Es stand auf ihrem Krankenblatt. Sie ist Journalistin, Abteilungsleiterin in der Redaktion von ›Smart‹.«

»Von diesem Magazin habe ich schon gehört.« Andrej Iwanowitsch nickte. »Möchtest du, daß ich mich mal umhöre, was deine Sotowa so treibt?«

»Ehrlich gesagt, ja«, bekannte Simakow. »Wissen Sie, ich bin bestimmt kein Held, aber irgendwo gibt es doch so etwas wie eine Berufsehre ...«

»Na, jetzt übertreibst du aber, Boris!« Andrej Iwanowitsch schüttelte belustigt den Kopf. »Nennen wir doch die Dinge beim Namen: Du hast Angst gekriegt, denn schließlich willst du keine Babys umbringen. Das verstehe ich.«

Als sie auf die Straße traten, fiel nasser Schnee. Ein eisiger Wind wehte. Nach der anheimelnden Atmosphäre im Klub war das besonders widerwärtig.

»Du willst nach Hause?« fragte Andrej Iwanowitsch.

»Erraten.«

»Und hast nach diesem Abendessen keine Lust auf den Vorortzug? Wowa setzt mich ab und bringt dich dann in dein Lesnogorsk. Mit allem Komfort.«

»Wo denken Sie hin, Andrej Iwanowitsch«, erwiderte Simakow verlegen, »ich komm' schon selber zurecht. Vielen Dank.«

»Schon gut! Du kannst dir gar nicht vorstellen, was für eine gute Tat du soeben vollbracht hast. Steig ein, fahren wir.«

Elftes Kapitel

»Wohin fahren wir?« fragte Goscha, als die gebeugte Gestalt Dr. Kurotschkins in der Tür verschwunden war.

»Nach Hause!«

»Hast du keine Angst?«

»Ich bleib' dort nicht über Nacht. Ich will nur nachschauen, ob sie noch mal da waren.«

»Und wenn sie dir in der Wohnung auflauern?«

»Hast du eine Gaspatrone für deine Pistole?«

»Natürlich, aber ich habe sie noch nie benutzt.«

Seinen Wolga ließ Goscha unweit von Lenas Haus zwischen zwei Garagen stehen.

»Hier kommt man nicht so gut weg, aber der Wagen ist nicht zu sehen. Immerhin kennen sie ihn«, erklärte er.

Weder im Hof noch im Aufgang fiel ihnen etwas auf. Lena trat an ihre Wohnungstür und schlug mit einer heftigen Bewegung den Fußabtreter zurück. Darunter fand sie einen dunkelbraunen Fleck, in dem winzige Glassplitter glitzerten. Vorsichtig berührte sie ihn mit der Fingerspitze. Er war schon trocken, aber der scharfe Jodgeruch hatte sich noch nicht verflüchtigt.

»Vielleicht gehen wir lieber nicht rein?« flüsterte Goscha.

Aber Lena hatte bereits den Schlüssel im Schloß gedreht.

»Laß mich zuerst«, bat Goscha und schob sie beiseite. Seine Hand umkrampfte die Pistole.

Drinnen war es dunkel und still. Nur im Bad hörte man den defekten Hahn tropfen. Einige Sekunden später erklärte Lena laut: »Es ist niemand da. Du kannst die Kanone wegstecken.«

»Was soll das?« flüsterte Goscha erschrocken und hielt die Waffe weiter im Anschlag. »Woher willst du das wissen?«

»Ich rieche es. Ich hab' eine Spürnase wie ein Hund.« Lena lachte und schaltete das Licht im Flur ein. Unter dem Läufer war der gleiche dunkelbraune Fleck wie draußen vor der Tür.

Auch als sie sich genauer in der Wohnung umschauten, fanden sie nichts Außergewöhnliches. Lena warf einige Kleinigkeiten, die sie bei ihrer überstürzten Flucht vergessen hatte, in den Rucksack. Dann schaltete sie den Kühlschrank aus und umfing beide Zimmer mit einem letzten Blick. Vor dem Abflug nach New York würde sie sich wohl kaum entschließen, noch einmal hier vorbeizuschauen. Lieber blieb sie die letzten Tage bei ihrer Tante.

Ihr Blick streifte den Schreibtisch. Darauf lag ein doppelt zusammengefaltetes Blatt Papier, das ihr bisher nicht aufgefallen war.

Lena griff vorsichtig danach, faltete es auseinander und pfiff vor Überraschung.

Goscha, der ihr über die Schulter schaute, verschlug es den Atem.

Es war die Kopie einer Illustration aus einem medizinischen Lehrbuch; nach der antiquierten Orthographie zu urteilen, entstammte es einer Ausgabe der Zarenzeit. Die Bildunterschrift lautete: »Längsschnitt durch die gefrostete Leiche einer Schwangeren in der 25. Woche.«

»Die Sotowa scheint die Nerven zu verlieren«, murmelte Lena nachdenklich.

»Woraus schließt du, daß sie das war?«

»Denk doch nach. Wer nur mit der Absicht in meine Wohnung kommt, eine solche Botschaft zu hinterlassen ... Das ist hysterisch, sinnlos und riskant.«

»Sie wollte dir Angst einjagen ...«

»Man muß schon ein ziemlicher Idiot sein, um zu glauben, nach dem, was ich durchgemacht habe, könnte man mich mit so einem Fetzen Papier erschrecken. Die Sotowa ist allerdings keine Idiotin. Ich denke, daß ihre Emotionen mit ihr durchgegangen sind. Ein solches Papier kann man glatt einen Erpressungsversuch nennen. Dafür gibt es einen Artikel im Strafgesetzbuch. Die Drohung wurde nicht einmal anonym in den Briefkasten geworfen, sondern bis in die Wohnung gebracht. Dafür kann ich Amalia Petrowna nur dankbar sein. Gleich morgen früh ruf' ich Krotow an.«

In Tante Sojas Wohnung war es dunkel und still. Lena wußte, daß ihre Verwandte oft zeitig schlafen ging. Pinja machte nach wie vor einen merkwürdigen Eindruck. Er leckte ihr nur matt die Hand. Auch als sie ihn ausführte, folgte er ihr, ohne die geringste Freude zu zeigen.

Auf dem Hof ließ sie ihn von der Leine, aber er blieb dicht neben ihr.

Am Sonnabend wollte Lena die Übersetzung der Erzählung abschließen. Bis zu ihrem Abflug mußte sie druckreif sein. Die Arbeit ging vor, selbst wenn man sie jagte und bedrohte. Aber Krotow wollte sie anrufen, ihn um eine zweite Unterredung bitten, um ihm die Kassetten und das in der Wohnung gefundene Papier zu übergeben.

Amalia Petrowna ging es gut. Sie hatte wieder Material, und es war alles glatt gelaufen, wenn man den unangenehmen Satz dieser Gluschko nicht zählte: »Ich zeig' Sie an.«

Das bekam sie schon wieder hin. Sie wollte sich öfter bei der Patientin sehen lassen, Mitgefühl zeigen und sie für sich einnehmen. Darin war sie Meisterin.

Etwas anderes beunruhigte sie ein wenig: Was war nur in sie gefahren, auf diese kindische Aktion mit der Illustration aus dem medizinischen Lehrbuch zu verfallen? Aber als sie davon hörte, daß der Krankenwagen explodiert und die drei Burschen ums Leben gekommen waren, mußte sie ihren Haß auf die Poljanskaja einfach loswerden. Jetzt, da dieser etwas abgeklungen war, begriff sie, daß sie eine riskante Dummheit gemacht hatte.

Amalia Petrowna schalt sich noch ein wenig wegen ihres Leichtsinns, klopfte eine leichte Nachtcreme in die zuvor mit Gesichtswasser gereinigte Haut, löschte das Licht und schlief beruhigt ein.

Am Sonnabend um zehn morgens fuhr Krotows Lada am Tor des Lesnogorsker Krankenhauses vor. Auf dem Beifahrersitz saß Georgi Gluschko.

Aus dem Wärterhäuschen trat träge ein Wachmann in Tarnanzug mit Maschinenpistole und Gummiknüppel.

»Wo wollen Sie hin?« fragte er schläfrig.

»Meine Frau liegt hier. Ich möchte sie besuchen«, erklärte Georgi aus dem Auto.

»Abteilung?«

»Gynäkologie.«

»Name?«

»Gluschko, Lida.«

Ohne ein Wort verschwand der Mann in seinem Häuschen. Einige Minuten später trat ein anderer heraus, der sich vom ersten kaum unterschied, aber etwas lebendiger wirkte.

»Ihre Frau liegt noch auf der Intensivstation«, erklärte er. »Sie können jetzt nicht zu ihr.«

»Kann ich wenigstens mit dem behandelnden Arzt sprechen?« fragte Gluschko ruhig und höflich.

»Heute ist Sonnabend. Es ist nur ein diensthabender Arzt da, und der hat zu tun. Der behandelnde Arzt ist am Montag von zehn bis achtzehn Uhr zu sprechen.«

»Danke. Und am Montag darf ich rein?«

»Ja.«

»Kann ich etwas für sie abgeben?«

»Her damit«, der Wachmann streckte seine Hand aus, »aber schreiben Sie den Namen auf das Päckchen.«

Wohl oder übel mußten sie wieder abfahren. An der nächsten Bushaltestelle bremste Krotow und fragte einen Passanten nach dem Weg zur Milizstation.

»Kann ich mitkommen?« bat Georgi, als sie vor dem Gebäude hielten.

»Meinetwegen.« Krotow nickte. »Ist sogar besser so.«

Milizchef Sawtschenko war trotz des Wochenendes anwesend. Der unerwartete Besuch eines Oberstleutnants der

Moskauer Kriminalpolizei von der Petrowka überraschte und erschreckte ihn ein wenig.

»Das hier ist kein Krankenhaus, sondern ein Geheimobjekt«, hub Krotow lächelnd an. »Die Frau meines Freundes Georgi ist gestern dort eingeliefert worden. Ich finde es schon merkwürdig, daß sie überhaupt von Moskau nach Lesnogorsk gebracht wurde. Sind hier irgendwelche besonderen Spezialisten am Werk?«

»Unsere Fachleute sind in der Tat sehr gut«, bestätigte Sawtschenko.

»In Moskau sind sie sicher auch nicht schlechter«, bemerkte Krotow. »Und die Jungs im Tarnanzug passen auf, daß man sie nicht klaut? Und die hohe Mauer mit Stacheldraht und Glasscherben hat auch damit zu tun?«

Sawtschenko zwang sich zu einem Lächeln.

»Bitte verstehen Sie«, versuchte er zu erklären, »dieses Krankenhaus hat ein Versuchslabor. Dort werden neue Medikamente entwickelt. In sehr kleinen Mengen für märchenhafte Summen. Genau weiß ich es auch nicht, aber es heißt, sie helfen sogar gegen Krebs. Daher die Wache und die Mauer.«

»Die Anzeige von Lena Poljanskaja haben Sie erhalten?«

Die Frage kam unerwartet, und Krotow bemerkte, wie der Hauptmann blaß wurde.

»Habe ich«, antwortete er nach einer kleinen Pause.

»Kann ich sie mal sehen?«

»Hm ...«, ließ Sawtschenko hören. »Ist schon im Archiv.«

In Wirklichkeit steckte sie nach wie vor in seiner Jackentasche. Aber da konnte er sie vor diesen Leuten doch nicht einfach hervorholen!

»Wieso im Archiv? Sie haben sie doch gerade erst bekommen.« Krotow wunderte sich.

»Vor kurzem«, bestätigte Sawtschenko. »Aber ich habe alles überprüft und der Betreffenden eine offizielle Antwort geschickt.«

»Die lautet?«

»Es wird kein Strafverfahren geben. Ich kann Ihnen die Kopie zeigen.«

»Nicht nötig.« Krotow griff nach seinen Zigaretten, bot Sawtschenko und Gluschko eine an. Alle drei rauchten. »Können Sie mir kurz sagen, worum es in der Anzeige der Bürgerin Poljanskaja ging?« fragte Krotow, nachdem er einen tiefen Zug genommen und Ringe in die Luft geblasen hatte.

»Irgendein Schwachsinn«, winkte Sawtschenko ab. »Von künstlichen Wehen. Ehrlich gesagt, ich habe nicht ganz kapiert, was das Ganze sollte.«

»Aber eine Antwort haben Sie geschrieben«, erinnerte ihn Krotow.

»Ich habe die Ärzte aufgesucht. Sie haben mir erklärt, die Poljanskaja sei mit der Diagnose und der Behandlung nicht zufrieden gewesen und deshalb aus dem Krankenhaus fortgelaufen. Da geht es um rein medizinische Dinge, und ich bin kein Arzt. Aber etwas Strafbares konnte ich an der ganzen Sache nicht entdecken.«

»Aber seltsam ist es doch«, sagte Krotow nachdenklich, als spräche er zu sich selbst. »Sehr seltsam. Zwei Fälle mit künstlichen Wehen, und beide Frauen sind aus Moskau. Merkwürdig. Finden Sie nicht?« Er blickte Sawtschenko scharf an.

Der Hauptmann wandte den Blick ab und fragte: »Entschuldigen Sie, ist das ein offizielles Gespräch, oder wie?«

»Oder wie.« Krotow lächelte und erhob sich. »Danke für die Gastfreundschaft.«

Georgi war schon draußen, da wandte sich Sergej noch einmal um und blickte Sawtschenko fest ins Gesicht.

»Hab trotzdem ein Auge auf das Krankenhaus, Hauptmann. Sonst entgeht dir noch ein krummes Ding in deinem Verantwortungsbereich. Das könnte dir schwer zu schaffen machen.«

Auf dem Rückweg schwiegen beide. Vor Gluschkos Haus angekommen, meinte Krotow: »Deine Lida muß dort weg. Montag früh fahren wir beide hin und holen sie ab.«

»Und wenn die sich weigern?« fragte Georgi verängstigt.

»Das sollen sie mal versuchen.«

»Hör mal, Sergej, die Poljanskaja, nach der du gefragt hast, wer ist das?«

»Eine Bekannte. Nichts weiter.«

»He, Oberstleutnant, hast du dich etwa auf deine alten Tage verliebt?«

»Wie kommst du denn darauf?« Krotow schaute Georgi erstaunt an.

»Weiß nicht. Du bist irgendwie anders. Seit wir uns vor drei Monaten das letzte Mal gesehen haben, hast du dich verändert.«

»Wie denn?«

»Wie soll ich das erklären ...? Du bist irgendwie lebendiger geworden.«

»War ich vorher etwa tot?«

»Beinahe. Die letzten zwei Jahre mit deiner Larissa ... Also, wer ist diese Poljanskaja?«

»Ich hab' sie doch erst einmal gesehen«, gestand Krotow.

Amalia Petrowna erwachte spät. Heute hatte sie nichts weiter vor. Den verdienten freien Sonnabend wollte sie ganz sich selber widmen.

Sie genoß ihre Morgengymnastik und nahm dann die gewohnte Wechseldusche. Zum Frühstück gestattete sie sich außer dem üblichen Joghurt noch eine Scheibe Weißbrot mit schwarzem Kaviar.

Eineinhalb Stunden später hielt ihr silberfarbener Toyota vor dem Schönheitssalon »Jacques de Sange«. Dort ließ sich Amalia Petrowna zwei Stunden lang massieren, mit den zartesten Cremes behandeln, die Haare schneiden und tönen. Nach all diesen angenehmen Behandlungen trank sie, rundum verjüngt, ein Täßchen Kaffee an der kleinen Bar des Salons. Von dort rief sie den Mann an, mit dem sie heute zu Abend essen wollte.

Ihren Wagen ließ sie auf dem bewachten Parkplatz des Salons stehen und ging zu Fuß zur Passage an der Petrowka.

Nach der Sanierung war in diesem alten Moskauer Viertel ein elegantes Handelszentrum entstanden, wo die bekanntesten französischen, italienischen und deutschen Marken ihre Boutiquen unterhielten. Die Preise dort waren astronomisch – doppelt bis dreifach so hoch wie in anderen Ländern. Gewöhnliche Sterbliche konnten hier nichts kaufen, weshalb in der Passage auch sonnabends andächtige Stille herrschte.

Amalia Petrowna probierte unzählige Blazer, Röcke und Kleider an. Erst nach drei Stunden erstand sie bei »Bosco di Cilegi« ein strenges dunkelblaues Kostüm, ein cremefarbenes Kleid aus fester Naturseide und eine Garnitur seidener Unterwäsche. Mit ihren Einkaufstüten beladen, stieg sie ins Café hinunter.

Die hochgewachsene Blondine mit kurzgeschnittenem Haar, die schon drei Stunden lang die gleichen Shops und Boutiquen aufsuchte wie Amalia Petrowna, wo sie gelangweilt die dort angebotenen Blusen, Kleider und Mäntel betrachtete, atmete erleichtert auf. Im Café streifte Amalia Petrowna sie mit einem flüchtigen Blick und dachte dabei: Ein hübsches Mädchen. Das Gesicht kommt mir bekannt vor … Natürlich, wie auf einem Werbeplakat für Kaugummi oder Shampoo. Könnte Ausländerin sein, vielleicht eine Deutsche.

Die Blondine war keine Deutsche. Auch für Kaugummi oder Shampoo hatte sie noch nie Werbung gemacht. Sie hieß Sweta. Sie hatte ein schönes Standardgesicht, was bei ihrem Job sehr hilfreich war. Es war ein Gesicht, das man sich schwer merken konnte. Wer sie mehrmals sah, erkannte sie selten wieder.

Wie viele solcher Schönheiten es jetzt doch gibt, ging es Amalia Petrowna durch den Sinn. Als hätte man eine neue Rasse gezüchtet. Immer die gleichen Gesichter. Noch vor zwanzig Jahren sahen hübsche Mädchen anders aus. Es waren weniger und alle verschieden. Und erst zu meiner Zeit ... An ihre Jugend erinnerte sie sich gut. Ihr Name hatte sie damals sehr geärgert – Amalia. Der paßte überhaupt nicht zu ihr. Denn sie war damals ... genauso eine schlanke, langbeinige Blondine wie das Mädchen am Nachbartisch ...

Dmitri Kurotschkin, ein kleiner, unscheinbarer Kerl, war wahnsinnig in sie verliebt gewesen. Und nicht nur er. Aber er gab ihr einen sehr schönen Namen – Li. Wahrscheinlich war er auch der einzige, der sie wirklich liebte. Die kurze Studentenaffäre mit ihm war die rührendste Erinnerung an ihre Jugendzeit geblieben.

Mit Dmitri Kurotschkin wollte Amalia Petrowna den heutigen Abend verbringen, einfach mit ihm in einem gemütlichen georgischen Restaurant sitzen und einmal nicht an geschäftliche Dinge denken. Denn Dmitri war der einzige Mensch, mit dem sie nicht nur Geschäftsbeziehungen, sondern auch gemeinsame Erinnerungen verbanden.

Als sie ihn heute aus dem Schönheitssalon angerufen hatte, hörte er sich merkwürdig an. Er sagte, er sei müde und fühle sich nicht gut. Aber ihr einen Korb zu geben, wagte er dann doch nicht.

Zwölftes Kapitel

In die Schule von Kunzewo gelangte Sweta Kowaljowa an einem Tiefpunkt ihres Lebens. Sie hatte gerade das Pädagogische Institut absolviert. Als einzige Aussicht winkte ihr, Sportlehrerin an einer Schule zu werden.

Bei ihrem Aussehen hätte Sweta sofort eine Anstellung in irgendeiner Firma gefunden. Wenn sie sich jedoch auf Annoncen meldete, wo eine Sekretärin gesucht wurde, gab man ihr fast überall deutlich zu verstehen, daß sie ihrem Chef auch über das rein Berufliche hinaus zu Diensten zu sein hätte. Das aber wollte sie nicht.

Einige Monate verbrachte sie so ohne Arbeit und fast

ohne Geld. Ihre Mutter, mit der sie sich die Einzimmerwohnung teilte, sah sie fast nur noch betrunken. All das löste bei Sweta eine schwere Depression aus.

Als sie sich wegen einer Nichtigkeit auch noch mit ihrem Freund zerstritten hatte, warf sie die Tür zu und ging. Der Weg zur nächsten Metro-Station führte durch einen Park. Dort zerrten sie drei Unholde ins Gebüsch, stopften ihr einen schmutzigen Lappen in den Mund, fesselten sie, vergewaltigen sie lange und schmerzhaft, zogen sie dann bis auf die Unterwäsche aus, rammten ihr dreimal ein Messer in den Bauch und ließen sie einfach liegen – nackt, gefesselt, geknebelt und mit drei blutenden Wunden. Als sie weg waren, reichte Swetas Kraft gerade noch aus, um bis zu einer Allee zu kriechen, wo Menschen sie finden konnten. Dann verlor sie das Bewußtsein. Erst auf der Intensivstation eines Krankenhauses kam sie wieder zu sich.

Man sagte ihr, es grenze an ein Wunder, daß sie noch lebte. Die drei Messerstiche hatten rein zufällig kein wichtiges Organ getroffen. Kinder würde sie allerdings nie haben können.

Als Sweta wieder aufstehen konnte, rief sie ihren Turntrainer an, den sie kannte, seit sie acht Jahre alt war.

»Ich will schießen und kämpfen lernen, damit mir so etwas nie wieder passiert«, erklärte sie, als der Trainer mit Blumen und Obst im Krankenhaus erschien.

»Ich werde mein Bestes tun, aber versprechen kann ich nichts«, antwortete der Trainer.

Am Tag nach der Entlassung aus dem Krankenhaus klingelte bei Sweta das Telefon. Die Schule, in die sie nach vielen komplizierten Tests und Untersuchungen kam, hatte keinen Namen und stand in keinem Telefonbuch. Sie gehörte dem Sicherheitsdienst der Russischen Föderation FSB.

In einem Waldstück am Rande von Moskau war ein größeres Gelände mit einer Betonmauer umgeben worden, wo unter Bäumen zwei völlig unscheinbare doppelstöckige

Plattenbauten standen. Die Ausbildung war kostenlos und völlig anonym. Fünfzig Schüler – fünfunddreißig Männer und fünfzehn Frauen – zwischen zwanzig und dreißig Jahren wurden dort zwei Jahre lang ausgebildet. Ihre wahren Namen kannten sie nicht. Sie sprachen einander nur mit Decknamen an.

Eine der Bedingungen war die ununterbrochene Anwesenheit in der Schule. Freie Wochenenden oder Ferien gab es nicht.

Die Schüler wohnten paarweise in einem Zimmer mit Dusche und Toilette. Der Tagesablauf war auf die Minute eingeteilt.

Als der Lehrgang zu Ende war, beherrschte Sweta alle denkbaren Waffen, kannte eine ganze Reihe östlicher und westlicher Kampftechniken, sprach fließend Englisch und konnte jedes Fahrzeug führen – vom Motorrad bis zum Hubschrauber. Sie hatte gelernt, zu tauchen, tagelang nicht zu essen und zu schlafen, Alkohol zu sich zu nehmen, ohne betrunken zu werden, jeden Unbekannten auf der Straße anzusprechen, Verfolger zu entdecken und abzuschütteln. Und noch vieles andere, was sie bei ihrer künftigen Arbeit brauchen konnte.

Die Arbeitgeber kamen in die Schule, waren bei den Prüfungen anwesend und schauten sich die Absolventen an. Von den fünfzehn Frauen wählte Andrej Iwanowitsch Sweta aus.

»Ich gebe Ihnen eine Woche frei«, sagte er. »Schauen Sie sich in Moskau um. Immerhin haben sie zwei Jahre lang in völliger Abgeschiedenheit verbracht. Sonntagabend erwarte ich Ihren Anruf.« Dann gab er Sweta einen Umschlag mit den Worten: »Das sind tausend Dollar. Kaufen Sie sich was zum Anziehen.«

Andrej Iwanowitsch gefiel Sweta. Er war zurückhaltend und sehr höflich. Andere Arbeitgeber wählten ihre Angestellten aus wie eine Ware ...

Zur Personenüberwachung wurde Sweta selten eingesetzt. Als Andrej Iwanowitsch ihr den Auftrag gab, Amalia Petrowna zu beschatten, seufzte er tief auf.

»Meine besten Kräfte verschwende ich für diese triviale Person. Aber was soll ich tun? Sie ist der Anfang einer ganzen Kette. Es geht nicht in erster Linie um sie, sondern um die, mit denen sie sich trifft.«

Der erste erschien am frühen Abend in dem kleinen georgischen Restaurant am Miusski-Platz. Sweta hatte sich rasch im Auto umgezogen, Jeans und Pullover gegen ein schmales schwarzes Minikleid eingetauscht und sich anders geschminkt. Das Restaurant betrat sie mit einem breitschultrigen Begleiter. Der wortkarge Kostja, ihr heutiger Partner, zog sich statt der Lederjacke ein edles Jackett über und setzte sich eine Brille mit Drahtgestell und Fensterglas auf die Nase, was ihn auf der Stelle in einen smarten jungen Geschäftsmann verwandelte.

Im Restaurant war noch nicht viel los. Auf den Tischen brannten Kerzen.

»Du bist so steif, Dmitri. Entspann dich. Wir reden heute nicht übers Geschäft.« Amalia Petrowna strich Kurotschkin leicht über die Wange.

Sie saß ihm an einem runden Tischchen gegenüber. Zwischen ihnen zitterte das Flämmchen der Kerze und warf bizarre Schatten. Amalia Petrownas Gesichtszüge wechselten: Bald glaubte Kurotschkin darin das junge, hübsche Oval seiner Studentenliebe Li zu entdecken, dann wieder war sie alt und häßlich.

Er stocherte unlustig im Essen herum und schwieg.

»Dmitri, sag doch was.«

»Ich bin müde geworden, Amalia«, murmelte er, ohne den Blick zu heben.

»Auch ich bin müde. Heute abend wollen wir uns gemeinsam entspannen. Die letzten Tage waren nicht einfach, aber jetzt wird alles gut. Und wenn wir in den nächsten ein, zwei Monaten gemeinsam genügend Material beschaffen, dann können wir uns eine Woche irgendwo in der Sonne gönnen, in Ägypten oder Thailand. Was meinst du?«

Kurotschkin blickte verwundert auf.

»Du willst mit mir in Urlaub fahren?«

»Warum nicht? Ich habe das Alleinsein satt. Du bist Witwer, und ich bin alleinstehend. Warum sollten wir uns auf die alten Tage nicht mal eine kleine gemeinsame Freude gönnen?«

»Aber wir haben doch heute ein ganz anderes ...« – Kurotschkin räusperte sich –, » ...ein ganz anderes Verhältnis zueinander ...«

»Warum nennst du mich nicht wieder Li? Diesen wunderbaren Namen hast du mir gegeben.«

Der Kellner brachte den nächsten Gang. Als er sich entfernt hatte, kam es leise von Kurotschkin: »Ich wollte dich fragen: Habt ihr bei der Frau, die ich dir geschickt habe, künstliche Wehen ausgelöst?«

»Bei welcher Frau?«

»Poljanskaja heißt sie.«

»Poljanskaja? Ach, die ... Natürlich.«

»Und wo ist sie jetzt?«

»Wo? Wahrscheinlich noch bei uns im Krankenhaus. Warum fragst du?«

Endlich entschloß sich Kurotschkin, ihr offen in die Augen zu sehen. Aber beim flackernden Licht der Kerze entglitt sie seinem Blick.

»Sag mir ehrlich, Amalia: Hast du keine Angst?«

»Was ist nur heute mit dir los, Dmitri?« fragte Amalia Petrowna lächelnd. »Wovor soll ich Angst haben? Bei uns geht alles mit rechten Dingen zu, das weißt du doch.«

»Nein. Vom Recht will ich hier nicht reden. Wir sind beide nicht mehr jung. Bald werden wir uns verantworten müssen. Nicht hier, sondern dort.«

»Wir müssen uns vor niemandem verantworten, Dmitri. Dort« – sie hob den Blick bedeutungsvoll zur Decke – »ist nichts. Ich bin Atheistin, wie du weißt.«

»Ich nicht«, bekannte Kurotschkin. »Je älter ich werde, desto mehr Angst bekomme ich.«

Er goß sich ein volles Glas Kognak aus der Karaffe ein und stürzte es auf einen Zug hinunter.

»Gut. Du bist Atheistin. Aber tun sie dir nicht manchmal leid?«

»Wer – sie?«

»Das weißt du ganz genau. Die Frauen, die Kinder ...«

»Du solltest nichts mehr trinken, Dmitri.« Amalia Petrowna lehnte sich zurück und maß ihr Gegenüber mit einem eisigen Blick. »Das war mir schon im Institut klar. Gleich kommen dir die Tränen. Du wirst noch mal drin ersaufen.«

»Warum lügst du mich an, Amalia?« fragte Kurotschkin, und sein Blick wirkte sehr nüchtern. »Die Poljanskaja ist euch in jener Nacht entwischt. Sie hat ihr Kind gerettet. Und ich alter Esel werde deswegen ruhiger sterben.«

»Woher weißt du das?« fragte Amalia Petrowna scharf. »War sie bei dir? Hast du mit ihr gesprochen?«

Kurotschkin stand auf, zückte seine Brieftasche und warf ein paar Geldscheine auf den Tisch. »Ruf mich nie wieder an!« Damit schritt er zum Ausgang.

Sweta und Kostja sahen dem Alten nach. Mit einer raschen Bewegung stopfte Amalia Petrowna die Banknoten in ihre Handtasche.

»Ich muß Sie dringend sprechen.« Amalia Petrownas Stimme klang ruhig, aber Weiß spürte sofort, daß wieder etwas passiert war.

Der Münzfernsprecher hing vor den Türen zu den Toiletten. Die große Blondine, die am Nachbartisch gesessen hatte, kam aus der Damentoilette und blieb stehen. Sie wühlte lange in ihrer Tasche, offenbar suchte sie einen Chip. Amalia Petrowna bemerkte sie gar nicht.

»Woher rufen Sie an?« fragte Weiß.

»Kennen Sie das kleine georgische Restaurant am Miusski-Platz?«

»Ja. Ich bin in zwanzig Minuten da. Bleiben Sie, wo Sie sind.«

Der Kellner wunderte sich gar nicht, als anstelle des Professors mit dem Bärtchen am Tisch der älteren Dame ein ergrauter Schönling von etwa fünfzig Jahren auftauchte.

Amalia Petrowna gab das Gespräch mit Kurotschkin in allen Einzelheiten wieder.

»Wir müssen diese Frau stoppen! Die läßt nicht locker.« Amalia Petrowna ließ sich Feuer geben. »Wegen ihr haben wir schon drei Männer verloren. Und jetzt den vierten, meinen besten Lieferanten.«

Weiß hüllte sich in Schweigen.

Der junge Geschäftsmann am Nachbartisch zückte sein Handy und reichte es seiner Begleiterin, die eine Nummer wählte und dann rasch und leise ein paar Worte sprach. Wäre Amalia Petrowna aufmerksamer gewesen, hätte sie sich jetzt wundern müssen. Warum hatte die Blondine wohl so lange nach einem Chip für den Automaten gesucht, wenn ihr Begleiter ein Handy bei sich trug? Aber Amalia Petrowna war so von ihren Problemen in Anspruch genommen, daß sie die Welt um sich herum vergaß.

Fünfzehn Minuten später fuhr ein neuer roter Moskwitsch vor dem Restaurant vor.

Als Amalia Petrowna um die Rechnung bat, hatten Sweta und ihr Begleiter bereits gezahlt. Ihr klappriger Lada folgte dem silberfarbenen Toyota Amalia Petrownas. Eine halbe Stunde später verließ auch Weiß das Restaurant, nachdem er sich ordentlich gestärkt hatte. Die Spur seines schwarzen BMW nahm der rote Moskwitsch auf.

Auf dem Weg nach Hause mußte Weiß an Lena Poljanskaja denken. Diese Frau nötigte ihm trotz allem Respekt und sogar Sympathie ab. Aber Amalia Petrowna hatte recht. Sie mußte aus dem Weg geräumt werden. Ebenso Kurotschkin. Mit ihm war es einfacher: Er war ein alter einsamer Mann.

Die Poljanskaja aber erwies sich als harte Nuß. Wegen ihr hatten sich drei seiner besten Leute totgefahren, und der Krankenwagen war auch zum Teufel. Einen neuen aufzutreiben war gar nicht so einfach. Nun mußte er vor dem Hexer, einem der großen Mafia-Bosse, einen Kniefall machen. Sehr unangenehm …

Es war eine Sache, sich seiner Kanäle zu bedienen, um die Präparate ins Ausland zu schaffen, aber etwas ganz anderes, ihn um einen Killer zu bitten.

Das würde den Hexer wohl ins Grübeln bringen. Aber da war nichts zu machen. Weiß mußte sich eingestehen: Mit seinen Kräften war er der Poljanskaja nicht gewachsen. Der einzige Ausweg, der noch blieb, war ein gut inszenierter Unfall, an dem es nichts zu deuteln gab.

Weiß parkte seinen Wagen vor der nächsten U-Bahn-Station und ging zu den Münztelefonen, die dort in langer Reihe hingen. Merkwürdigerweise durfte man in Notfällen wie diesem den Hexer nicht über Handy anrufen. Weiß wußte die Nummer auswendig. Auch das unscheinbare Bürschchen in Jeansjacke, das aus dem roten Moskwitsch ausstieg und sich bei den Telefonen herumdrückte, merkte sie sich.

Tief in der Nacht trat Sweta bei Andrej Iwanowitsch zum Rapport an. Als sie geendet hatte, goß er für beide noch einmal Tee ein und sagte dann nachdenklich:

»Ich wußte, daß wir illegale Konkurrenz haben, bekam sie aber bisher nicht zu fassen. Ich wollte auch keine schlafenden Hunde wecken. Du kennst mein Prinzip: Dreck kommt von selbst nach oben.

So ist es auch geschehen. Überraschend erschien ein ehemaliger Student bei mir und erzählte mir alles. Sie bewegen sich inzwischen ziemlich ungeniert, fangen die Frauen beinahe auf der Straße weg und schläfern sie ein. Wenn sie so weit gehen, müssen sie dringend Material brauchen. Das heißt, der Handel mit dem Präparat blüht, und – was besonders unangenehm ist – wahrscheinlich blüht er auch schon im Ausland.

Bisher hatten sie wenig Leute und waren schlecht organisiert. Aber jetzt steigen Profis in das Geschäft ein. Weiß, dieser Schönling, hat dem Hexer einen Notruf gesandt. Er will von ihm einen Killer haben. Weißt du, wofür? Um eine einzige unbewaffnete und noch dazu schwangere Frau zu beseitigen, die den Mut besaß, ihnen wegzulaufen. Seit Donnerstag sind sie hinter ihr her und haben dabei schon drei Mann eingebüßt.

Ich brauche diese Frau aus zwei Gründen. Erstens, am Mittwoch fliegt sie nach New York. Wenn sie sie hier nicht aus dem Wege räumen, dann werden sie es mit ihren Kräften dort versuchen. Wahrscheinlich werden ihre amerikanischen Kunden Jagd auf sie machen. Und die interessieren mich ganz besonders.

Zweitens, wenn diese Frau umkommt und die ganze Geschichte auffliegt, kann das unserem Ruf sehr schaden. Sie heißt Lena Poljanskaja. Hier ist ihr Foto. Und das sind Aufnahmen von Leuten, die in der nächsten Zeit mit ihr Kontakt aufnehmen werden, aber keine Gefahr für sie darstellen.«

Er legte Sweta drei Aufnahmen vor – von Lena, von Goscha Galizyn und von Sergej Krotow.

»Lena Poljanskaja wohnt zur Zeit bei ihrer Tante. Hier ist ihre Adresse. Du fliegst mit ihr nach New York. Du reist allein. Dort wirst du abgeholt, aber davon später.«

»Kann ich mit ihr direkt Kontakt aufnehmen?« fragte Sweta.

»Wenn es unbedingt notwendig wird, ja. Aber nur dann.«

»Alles klar, Andrej Iwanowitsch.« Sweta lächelte. »Soll ich sofort zur Schmidtstraße fahren, oder kann ich mich erst ausschlafen?«

»Mach dich wieder fit, dort haben wir bereits jemanden postiert. Ich kann mir vorstellen, wie müde du bist.«

Als er Sweta zur Tür begleitete, sagte er: »Zum Glück können sie sie nicht einfach abschießen. Sie hat schon so viel

Staub aufgewirbelt, daß ein einfacher Mord zu sehr auffiele. Das macht dir die Sache leichter. Andererseits werden Unfälle beim Hexer nur von erstklassigen Killern inszeniert. Vielleicht ist ihm so einer aber auch für Weiß zu schade.«

Dreizehntes Kapitel

Als Lena morgens feststellte, daß Tante Soja nicht zu Hause war, und das gemachte Bett sah, wunderte sie sich nicht. Die Tante ging früh schlafen, stand morgens zeitig auf und hatte ständig irgendwelche politischen Dinge zu erledigen. Nachdem sie Pinja ausgeführt hatte, saß Lena bis gegen 17.00 Uhr an ihrer Übersetzung. Um halb sechs wurde sie doch ein wenig unruhig.

Als Tante Soja bis neun Uhr abends immer noch nicht aufgetaucht war, machte sie sich ernsthaft Sorgen. Sie kramte das Telefonbuch der Tante hervor und rief nacheinander alle ihre Freundinnen an, die sie seit ihrer Kindheit kannte. Keine hatte Tante Soja in den letzten zwei Tagen gesehen. Mehr noch, am selben Tag hatte eine wichtige Kundgebung der Kommunisten stattgefunden, wo Soja eigentlich hatte sprechen sollen. Aber sie war dort nicht erschienen. Schließlich stieß Lena neben der Garderobe im Flur auf die Stiefel der Tante. Sie besaß für jede Jahreszeit nur ein Paar Schuhe. Alles andere hielt sie für überflüssig. Das bedeutete, seit zwei Tagen hatte sie das Haus nicht verlassen. Dazu paßte auch, daß ihr Wintermantel im Schrank hing.

Lena verriegelte die Wohnungstür mit allen vorhandenen Schlössern und rief sofort Krotow an. Er war zu Hause.

»Sergej, meine Tante ist weg. Ich denke, die waren hier. Ich weiß nicht, was ich machen soll. Ich habe große Angst.«

»Ich bin gleich da. Sagen Sie mir die Wohnungsnummer«, antwortete er.

Krotow hatte am Abend zuvor im Moskauer Polizeibericht von dem Unfall auf der Dmitrowsker Chaussee gelesen, die Nummer des Krankenwagens ermittelt und in Erfahrung gebracht, daß dabei vier Personen umgekommen waren – drei junge Männer und eine Frau von etwa sechzig bis fünfundsechzig Jahren.

Der Wagen gehörte der Firma »Medservice«. Obwohl die Leichen stark verbrannt waren, hatte man die drei Männer identifizieren können. Sie waren tatsächlich alle drei bei dieser Firma beschäftigt – einer als Fahrer und die anderen beiden als Sanitäter. Die Frau war bislang unbekannt.

Der Gerichtsmediziner hatte festgestellt, daß sie bereits eine Stunde vor dem Unfall an einem Herzinfarkt verstorben war. Spuren von Gewaltanwendung fand man nicht. Allerdings konnte man das aufgrund des Zustandes der Leiche nicht mehr mit absoluter Sicherheit sagen.

Aus alledem ergaben sich zwei Fragen: Wie kam eine Frau, die einem Herzinfarkt erlegen war, in einen Krankenwagen, der in der Regel keine Noteinsätze fuhr? Und warum stimmte die Nummer des Wagens mit der überein, die Lena Poljanskaja ihm angegeben hatte?

Krotow wollte am Montag die Firma aufsuchen und dort seine Fragen stellen. Als Lena nun am Samstagabend anrief, ertappte er sich dabei, daß ihn sogar ein so schrecklicher Anlaß freute, sie wiederzusehen. Gegen 23.00 Uhr traf Krotow an der Schmidtstraße ein. Zunächst schaute er sich im Hof um. Dort war alles ruhig. Für alle Fälle entschied er sich, zu Fuß hinaufzugehen, um die Treppe zu kontrollieren. Zwischen der fünften und der sechsten Etage saßen zwei junge Burschen auf dem Fensterbrett, rauchten und redeten leise miteinander. Als sie Schritte hörten, verstummten sie. Einer stand auf, beugte sich über das Geländer und erkundigte sich nach der Uhrzeit.

»Und was machen Sie hier, wenn man fragen darf?« gab Krotow zurück.

»Nichts weiter«, antwortete der Junge achselzuckend. »Wir trinken was und reden dabei.«

»Macht euch nach Hause, Jungs. Es ist spät.«

»Na so spät ist es auch wieder nicht«, meldete sich der vom Fensterbrett. »Unsere Zigaretten sind alle. Haben Sie welche für uns?«

Er kam Krotow ein paar Stufen entgegen. Der zückte eine Schachtel und reichte sie ihm.

»Könnt ihr behalten.«

»Oh, da sind ja nur noch zwei drin. Die letzte Zigarette nimmt nicht mal ein Dieb einem Raucher ab!« Der Bursche lächelte und schaute Krotow aufmerksam ins Gesicht.

Das ist gar kein Grünschnabel, dachte Krotow bei sich. Zwanzig ist er bestimmt, wenn nicht älter.

Der Bursche kehrte auf das Fensterbrett zurück. Jetzt hatte er keinen Zweifel mehr, daß der Mann, der zu ihrer Schutzbefohlenen ging, keine Gefahr darstellte. Er hatte ihn auf einem Foto gesehen. Dort trug er den Decknamen Krot – die Kröte.

Lena öffnete die Tür. Sie hatte verweinte Augen. Krotow drückte ihr steif und verlegen die Hand.

»Danke, Sergej, daß Sie gekommen sind. Verzeihen Sie mir, ich habe Sie wahrscheinlich von Ihrer Familie weggelockt?«

»Ich habe keine Familie, und Sie haben mich von nirgendwo weggelockt. Daß Sie angerufen haben, war goldrichtig.«

»Vielleicht möchten Sie etwas essen?« fragte Lena unerwartet.

»Danke, nicht nötig, aber gegen einen Tee hätte ich nichts einzuwenden.«

Sie gingen in die Küche. Er sah ihr zu, wie sie den Teekessel füllte, aufs Gas stellte und sich dann zu ihm setzte. Erst dann begann er zu fragen: »Wann haben Sie Ihre Tante zum letzten Mal gesehen?«

»Gestern abend bin ich spät nach Hause gekommen. In Tante Sojas Zimmer war es dunkel, und ich nahm an, sie schläft schon. Jetzt weiß ich, daß sie zu der Zeit bereits nicht mehr da war. Zum letzten Mal habe ich sie gestern morgen gesehen.«

»Woraus schließen Sie, daß sie abends nicht mehr da war?«

Lena erklärte es ihm und wies ihm Sojas Mantel und Stiefel vor.

»Erzählen Sie ganz ausführlich, was Sie gestern morgen getan haben«, bat er.

Lena begann zu berichten und bemühte sich, nichts wegzulassen.

»Wie hat sich der Hund verhalten, als Sie in die Wohnung zurückkamen?«

»Das habe ich doch tatsächlich zu erzählen vergessen!« Lena erschrak. »Pinja benahm sich ganz merkwürdig: Er fletschte die Zähne, heulte, lief durch die Zimmer, wie von Panik erfaßt. Ich bin dann zur Arbeit gefahren. Als ich abends wiederkam, hatte er sich beruhigt, wirkte aber sehr niedergeschlagen ...«

»Warum sind Sie gestern so spät nach Hause gekommen?« fragte Krotow und spürte, wie ihm das Blut ins Gesicht schoß. Jetzt drehst du vollkommen durch, dachte er. Du sollst einen Fall aufklären, aber du bist eifersüchtig und fürchtest, sie könnte sagen: Ich habe den Abend mit jemandem verbracht, der mir sehr nahesteht ...

Lena legte drei Kassetten und ein doppelt gefaltetes Blatt Papier auf den Tisch. Als er einen Blick auf den Bogen warf, bekam er erstaunte Augen.

»Das ist ein Gruß aus Lesnogorsk«, erläuterte Lena ruhig. »Ich habe ihn auf dem Schreibtisch in meiner Wohnung gefunden. Als ich am Donnerstag von dort fortging, habe ich innen und außen eine kleine Ampulle mit Jod unter den Vorlegern versteckt. Beide waren zertreten. Die Flecken waren inzwischen eingetrocknet, aber der Geruch war noch da.«

Krotow notierte bei sich, daß er unbedingt die Spurensicherung in Lenas Wohnung schicken mußte. Bevor er sich den Kassetten zuwandte, fragte er: »Wie alt ist Ihre Tante?«

»Achtundsechzig.«

»Können Sie sie beschreiben?«

»Ich kann Ihnen Fotos zeigen«, meinte Lena. »Die neusten sind allerdings auch schon zehn Jahre alt.«

»Fotos brauche ich noch nicht, sagen Sie mir einfach – war sie groß oder eher klein?«

»Groß, einsfünfundsiebzig. Kräftig, die Haare ganz grau und kurz geschnitten, graugrüne Augen …«

Augen und Haare gibt es nicht mehr, dachte Krotow bedrückt. Laut sagte er: »Lena, der Krankenwagen mit der Nummer 7440 MJ ist gestern nachmittag in einen Tankwagen gerast. Alle Insassen waren sofort tot. Aber außer drei Männern war darin auch eine Frau von sechzig bis fünfundsechzig Jahren, ungefähr einen Meter fünfundsiebzig groß und von kräftiger Gestalt. Sie war allerdings schon eine Stunde vor dem Unfall an einem Herzinfarkt verstorben.«

»Muß ich Tante Soja jetzt identifizieren?« fragte Lena leise.

Krotow erschrak, denn alle Farbe war ihr aus dem Gesicht gewichen, selbst die Lippen wirkten bleich. Aber ihre Stimme klang beherrscht.

»Nein. Das müssen Sie nicht. Es hat eine mächtige Explosion gegeben … Die Gerichtsmedizin kann die Person auch nach den Fotos identifizieren. Dafür wird sie allerdings einige Zeit brauchen.«

Er strich ihr leicht über die Hand. »Vielleicht war es ja auch ein Zufall. Bisher ist alles noch unklar …«

Er spürte, wie sie sich quälte. Wenn sie doch nur weinen würde, dachte er, dann wäre ihr bestimmt leichter.

Aber sie brach nicht in Tränen aus, sondern erklärte mit fester Stimme: »Nein, Sergej, das ist schon alles klar. Sie sind am Freitagmorgen gekommen und in die Wohnung eingedrungen. Die Tante hatte die Möbelträger erwartet, weil sie das Büfett verkaufen wollte. Daher hat sie sich nicht gewundert. Sie haben gefragt, wo ich bin, und sie hat es ihnen nicht gesagt. Dann wollten sie sie dazu zwingen. Von dem Schreck erlitt sie einen Herzinfarkt, das kann in diesem Alter schnell passieren. Sie sind in Panik geraten und haben sie mitgenommen …«

Sergej wagte Lena kaum anzusehen. Er bedauerte bereits, daß er ihr von dem Unfall berichtet hatte. Aber wenn sie recht hatte, und es sah ganz danach aus, dann mußte sie den Tod ihrer Tante ohnehin irgendwann erfahren.

»Haben Sie außer Ihrer Tante noch weitere Verwandte?« fragte er und nahm ihre Hand. Sie war eiskalt und ließ sich nicht erwärmen.

»Sie war die einzige. Meine Mutter ist am Elbrus abgestürzt, als ich zwei Jahre alt war. Mein Vater ist vor drei Jahren an Krebs gestorben. Außer Tante Soja hatte ich niemanden mehr.«

Krotow zündete das Gas unter dem erkalteten Teekessel wieder an und legte die erste Kassette in Lenas Diktiergerät.

»Vielleicht versuchen Sie ein wenig zu schlafen?« fragte er leise, bevor er das Gerät einschaltete.

Lena schüttelte den Kopf.

»Nein, Sergej, ich möchte lieber hier bei Ihnen bleiben.«

Während sie das Gespräch mit Walja Schtscherbakowa abhörten, kochte das Wasser. Krotow erhob sich schweigend, holte zwei Tassen aus dem Büfett, brühte Lena und sich Tee auf.

Als Walja geendet hatte, wechselte Lena die Kassette. Nun erklang Dr. Kurotschkins Stimme. Krotow, der bisher schweigend zugehört hatte, drückte plötzlich die Stoptaste.

»Woher hat Goscha Galizyn eine Pistole?« fragte er erregt.

»Es ist nur eine Gaspistole.« Lena lächelte schwach. »Und sie war nicht mal geladen.«

Krotow beruhigte sich wieder und hörte weiter.

Morgen früh muß ich sofort diesen Kurotschkin aufsuchen, dachte er. Der Doktor mußte wenigstens einen Teil seines Geständnisses wiederholen, damit ein offizielles Protokoll aufgesetzt werden konnte. Zwar hatte er nicht viel Hoffnung auf Erfolg, aber die Chance durfte er sich nicht entgehen lassen.

Als sie alle Kassetten abgehört hatten, war es bereits tiefe Nacht.

»Lena, Sie brauchen etwas Schlaf«, beharrte Krotow.

»Ich werde jetzt sowieso keine Ruhe finden. Lassen Sie uns lieber noch ein bißchen reden.«

»Na schön. Aber nur, wenn wir das Thema wechseln«, gab Krotow lächelnd zurück.

»Einverstanden.«

Ob das Thema nun neutral genug war oder nicht, jedenfalls fragte Sergej vorsichtig: »Waren Sie schon einmal verheiratet?«

»Zweimal. Zum ersten Mal in der Studentenzeit. Wir blieben kaum einen Monat zusammen. Das zweite Mal war es ernster. Mein zweiter Mann ist auch der Vater meines Kindes, obwohl wir uns schon vor acht Jahren getrennt haben. Aber dieses Jahr sind wir uns zufällig wieder begegnet – in Kanada, in einer kleinen Eskimosiedlung jenseits des Polarkreises. Es war Juni, dort lag der Schnee noch kniehoch, und wir beide waren die einzigen Russen weit und breit. Wir trafen uns auf einer Konferenz zum Thema ›Die Frau und der Pol‹. Dort kamen Leute, die nichts Besseres zu tun hatten, aus verschiedenen Ländern zusammen und redeten zehn Tage lang mit wichtiger Miene über dies und das.

Ich habe mal Erzählungen von zwei Schriftstellerinnen, kanadischen Eskimofrauen, übersetzt. Und er hat irgendwann ein Buch über die kleinen Völker des Nordens geschrieben. Deshalb hatte man uns eingeladen. Unsere Hotelzimmer lagen nebeneinander.

Dort sind wir noch einmal in unsere Vergangenheit eingetaucht, aber in Moskau war es dann schnell wieder vorbei. Er weiß gar nicht, daß ich ein Kind von ihm erwarte. Er hat gerade wieder eine Familie, die zehnte, wenn ich nicht irre. Wir sind uns vollkommen fremd.«

Erst gegen Morgen legten sie sich schlafen. Krotow zog sich auf die Liege im Arbeitszimmer des Onkels zurück, und

Lena schlief in dem Zimmerchen, das ihr seit Kindertagen gehörte. Dort saßen auf einem abgeschabten Sessel noch immer ihre alten Spielgefährten – ein einäugiger Plüschaffe und eine riesige zerschlissene Puppe mit kahlem Gummikopf.

Vierzehntes Kapitel

Anfang der siebziger Jahre schrieb Juri Bubenzow, der seinen Armeedienst abgeleistet hatte und ins heimatliche Tjumen zurückgekehrt war, eine Erzählung über den Soldatenalltag. Darin log er, daß sich die Balken bogen, lobte die Armee in den höchsten Tönen, erzählte von freudiger Tapferkeit und Kameradschaft, von weisen, gütigen Feldwebeln und naiven Rekruten voller romantischem Enthusiasmus. In seinem Werk sangen sie einträchtig ihre Soldatenlieder, blitzten blank gewienerte Stiefel und herrschte sterile ideologische Klarheit.

Bubenzow bestand die Aufnahmeprüfung am Literaturinstitut mit Bravour. Seine Erzählung erschien in der Literaturzeitschrift für die Jugend und bald auch als Buch.

Juri zog aus, die Hauptstadt zu erobern. Da zeigte sich, daß die hochmütigen, launischen Moskauerinnen vor der groben Männlichkeit des hochgewachsenen, breitschultrigen Sibiriers nur so dahinschmolzen. Nicht alle, aber viele.

Im heruntergekommenen Wohnheim des Instituts blieb er kaum ein Jahr. Dann war er mit der Tochter eines Sekretärs des Schriftstellerverbandes verheiratet, die er im Institut kennengelernt hatte. Damit erhielt er den Zuzug für Moskau und wechselte mit seiner jungen Frau bald in eine hübsche Zweizimmerwohnung in einem von Schriftstellern bewohnten Haus, die der berühmte Schwiegervater ihnen verschafft hatte.

Die Sekretärstochter, eine häßliche Heulsuse, war unsterblich in ihn verliebt, was er bald als lästig empfand. Ihm schien, er habe für Wohnung und Zuzug, die anderen per

Geburt umsonst zufielen, einen zu hohen Preis bezahlt. Diese tiefe Ungerechtigkeit sollte noch lange an ihm nagen.

Im vierten Studienjahr trat Bubenzow in die Partei ein, im fünften wurde er Mitglied des Schriftstelleverbandes. Als er das Diplom in der Hand hielt, tauschte er seine Zwei- gegen eine Dreizimmerwohnung und ließ sich von der Frau scheiden, deren er längst überdrüssig war.

Nun wechselten Ehefrauen und Geliebte in rascher Folge. Einige brachten ihm Kinder zur Welt. Nach seiner Meinung taten die Frauen das nur, um ihn an sich zu binden. Mit Babys, die unablässig brüllten und Windeln vollmachten, konnte er absolut nichts anfangen. Sie waren ihm nur im Weg. Frauen und Kinder ließ er gnadenlos im Stich, als müßte er sich dafür rächen, daß ihm Moskau nicht umsonst zugefallen war, sondern um den Preis einer fünfjährigen Ehe mit einem dicken, hysterischen Weib.

Seine Karriere lief wie von selbst. Seine langweiligen patriotischen Soldatengeschichten erschienen in den besten Literaturjournalen und als Bücher mit hohen Auflagen, die Honorare flossen und ermöglichten ihm ein sorgenfreies Leben, denn dazu kamen die Sonderzuteilungen für Schriftsteller, ausführliche Lesereisen durch die schönsten Gegenden des Landes und ein Stammplatz im gemütlichen Restaurant des Hauses der Schriftsteller mit seiner hervorragenden Küche, in das gewöhnliche Sterbliche keinen Zutritt hatten.

Der Ruf des zynischen, aber charmanten Schürzenjägers ließ ihn für das schöne Geschlecht nur noch interessanter erscheinen, und selbst die Männer beneideten und bewunderten ihn.

Ende der achtziger Jahre wurde Bubenzow klar, daß die Zeiten sich geändert hatten. Er versuchte es mit unverhüllter Pornographie, aber man druckte ihn immer weniger und schließlich überhaupt nicht mehr.

Bubenzow mußte sein Leben grundlegend ändern, aber dazu schien er nicht mehr fähig zu sein. Da tauchte sein

Landsmann Iwan Golowanow auf der Bildfläche auf. Sie waren in Tjumen in einem Hause aufgewachsen und sogar ein wenig befreundet gewesen. Nachdem sie sich eine Ewigkeit nicht gesehen hatten, saßen sie zufällig im Restaurant des Hauses der Schriftsteller an benachbarten Tischen.

Golowanow roch nach sehr viel Geld. Juri fühlte sich davon magisch angezogen. Bald stellte sich heraus, daß er in der Unterwelt eine wichtige Rolle spielte und von allen nur respektvoll der »Hexer« genannt wurde.

Der Hexer verbrachte seine Abende gern in intelligenter Gesellschaft. Und wenn ein Schriftsteller sich auch noch als Landsmann und Freund aus Kindertagen herausstellte, wurde er an seinem Tisch besonders gastfreundlich empfangen. Bubenzow lenkte das Gespräch bald darauf, wie schwer ein Autor sein Brot verdiente, welche Probleme es mit den Verlagen gab und daß die kümmerlichen Honorare nie reichten.

»Hältst du mich für blöd?« Der Hexer lachte. »Schriftsteller haben es schwer, ihr Brot zu verdienen! Daß ich nicht lache! Wo sonst, wenn nicht bei euch Federfuchsern, findet man so viele antike Möbel, Schmuck und andere Kostbarkeiten. Schau mal, wie die da drüben behängt ist. Garantiert eine Schriftstellersgattin!«

Bei weitem nicht alle Damen im Restaurant waren Schriftstellerfrauen oder schrieben selbst. Aber bei der mit Brillanten Behängten hatte der Hexer recht. Es war die blutjunge Witwe eines gerade im Alter von 80 Jahren verstorbenen Dichters, was Bubenzow ihm sofort mitteilte.

»Eine sehr interessante Frau«, murmelte der nachdenklich vor sich hin. »Bist du nicht zufällig mit ihr bekannt?«

Bubenzow nickte eifrig.

»Laß dich doch mal von ihr einladen und tröste die junge Witwe. Danach reden wir beide darüber, wie schwer der Schriftsteller sein Brot verdient.«

Bubenzow begriff sofort und erschrak ein wenig. Aber dann überlegte er kurz und fand, daß man nichts Schlimmes von ihm erwartete. Was war schon dabei, wenn er eine untröstliche Witwe ein paarmal besuchte und dann mit einem Freund darüber sprach? Schließlich hatte auch diese dreißigjährige Edelnutte weder das Landhaus im Schriftstellerdorf Peredelkino noch die Vierzimmerwohnung voller Antiquitäten und teurer alter Bilder mit eigener Hände Arbeit erworben! Sie hatte den Poeten, der vorwiegend Jugendlieder textete, geheiratet, als er bereits über siebzig war. Kinder hatte er keine mehr zeugen können, so daß das ganze Erbe ihr zufiel. War das etwa gerecht?

Aus einer flüchtigen Bekanntschaft mit einer Dame ein zärtliches Verhältnis werden zu lassen war für Bubenzow kein Problem. Zwei Wochen später war die Wohnung des verblichenen Poeten ausgeräumt – restlos, ohne Aufsehen und sehr professionell.

Die Bedenken, die er noch hatte, verflüchtigten sich rasch, als der Hexer ihm ein dickes Bündel Dollars überreichte. Eine solche Summe hatte Juri selbst in seinen besten Tagen nie gesehen. Für weniger wollte er sich nun nicht mehr verkaufen.

Er wärmte alte Bekanntschaften wieder auf, besuchte längst vergessene Freunde – vorwiegend ehemals berühmte Schriftsteller und Dichter.

Keiner der Geschädigten dachte auch nur im Traum daran, bei der Miliz zu erwähnen, daß vor dem Einbruch ein alter Bekannter und guter Freund, das Mitglied des Schriftstellerverbandes Juri Bubenzow, zu Gast gewesen war.

Bald zeigte sich jedoch, daß es in Moskau nicht gar so viele Opfer dieser Art gab. Die Quelle versiegte. Entsetzt mußte Bubenzow feststellen, daß das Interesse des Hexers an ihm rasch nachließ. Allerdings kannte er sich in dessen Kreisen inzwischen so weit aus, daß er wußte: Eine Trennung im guten gab es dort nicht. Selbst wer nur kurz mit dem Hexer zusammenarbeitete, erfuhr einiges über ihn, und er konnte nicht zulassen, daß solche Informationen unkontrolliert herumschwirrten. Entweder setzte man mit einem solchen

Partner die Zusammenarbeit fort, oder er wurde zu Abfall, den der Hexer spurlos entsorgen ließ.

Spurlos entsorgt werden wollte Bubenzow natürlich nicht, aber der Hexer schlug ihm auch kein neues Geschäft vor. Er mußte sich also selbst etwas einfallen lassen.

Die Not brachte ihn auf eine tollkühne Idee. In der Armee war er bei den Scharfschützen gewesen. Auch danach war das Schießen sein Hobby geblieben, und er hatte es darin zu beträchtlicher Meisterschaft gebracht.

Als er dem Hexer derartige Fähigkeiten andeutete, dachte er nicht weiter darüber nach, wie dieser davon Gebrauch machen könnte. Es war eher ein Rettungsanker, an den er sich verzweifelt klammerte.

Der Hexer ließ es nicht dabei bewenden, sondern veranstaltete sofort ein Probeschießen in einem Sportverein. Als er sah, daß der Schriftsteller in der Tat ein Meisterschütze war, kam er ins Grübeln. Einen guten Schützen konnte er immer gebrauchen.

Zu dieser Zeit suchte ihn Anatoli Weiß mit seinem Anliegen auf.

Dem Hexer kam von Anfang an verdächtig vor, daß Weiß, der über eigene Möglichkeiten verfügte, ausgerechnet bei ihm einen Killer bestellte. Die Sache sah so einfach aus – eine Frau beseitigen, die weder bewaffnet war noch von jemandem beschützt wurde. Aber Weiß bestand darauf, daß die Sache wie ein Unfall aussehen müsse – wie er wußte, eine teure Angelegenheit.

Der Hexer witterte eine Falle. Das junge, hübsche Weib konnte zum Beispiel die Geliebte oder Verwandte eines hohen Tieres sein. Das war schon passiert, nicht ihm, aber anderen. Deren Schicksal wollte er nicht unbedingt teilen. Auf dieser Ebene bekam man schnell heraus, wer den Killer geschickt hatte.

Aber einen so lukrativen Auftrag, für den man eine Menge kassieren konnte, wollte er sich auch nicht entgehen lassen. Und der listenreiche Hexer beschloß, Weiß statt eines echten Killers den schießwütigen Schriftsteller unterzuschieben.

Doch an einen Unfall war nun nicht mehr zu denken. Aber schließlich war Weiß auch kein so wichtiger Kunde. Dem konnte man normale Kost vorsetzen, er schluckte sie gehorsam.

»Ein Unfall ist teuer«, kam es nachdenklich vom Hexer, als Weiß geendet hatte.

»Das weiß ich. Die Hälfte im voraus.«

»Warum nicht alles sofort auf die Hand?« fragte der Hexer.

Das war gegen die Regel, aber Weiß ließ sich darauf ein und rückte auf der Stelle 15000 Dollar heraus.

Der muß es aber nötig haben! dachte der Hexer, als er ihm nachschaute. An dem Auftrag ist etwas faul, das sieht ein Blinder!

Bubenzow kam auf den ersten Wink herbeigeeilt.

»Lieber Juri«, begann der Hexer, so freundlich er nur konnte, »du hast doch solchen Schlag bei den Weibern. Sie kleben an dir, daß man neidisch werden könnte. Jetzt sollst du eine schöne Frau ruhigstellen. Ein guter Freund hat mich darum gebeten.«

Bubenzow brach der Schweiß aus. Er begriff sofort, daß von einem Auftragsmord die Rede war und das Opfer auch noch eine Frau sein sollte. »Nein!« wollte er schreien. »Das kann ich nicht!« Aber er sagte keinen Mucks und blieb stumm wie ein Fisch.

»Die Sache ist einfach, und es gibt eine Menge Kohle zu verdienen«, fuhr der Hexer fort. »Das Weib lebt allein, läuft unbewaffnet ohne Wachen herum, und auch ihre Wohnungstür ist nicht aus Stahl. Leg sie irgendwo in aller Stille um, und die Sache ist gegessen. Es muß aber schnell gehen – du hast nur zweieinhalb Tage Zeit. Dafür kriegst du die Adresse und alles andere wie vom Fragebogen.«

Der Hexer hielt ihm ein kleines Farbfoto hin. Von dem lächelte Bubenzow Lena Poljanskaja entgegen.

»Die Frau kann ich nicht umbringen«, brach es mühsam aus ihm hervor. »Mit der war ich mal verheiratet. Da kommen sie sofort auf mich.«

Der Hexer mußte laut lachen.

»Na, du bist mir vielleicht ein Schwerenöter! Da tippt man zufällig auf eine Frau, und schon ist es eine Verflossene von dir. Wie viele hattest du denn?«

»Von dieser habe ich mich vor acht Jahren scheiden lassen«, klärte ihn Bubenzow mit dumpfer Stimme auf.

Der Hexer wälzte diese komische Überraschung in seinem Kopf hin und her. Das gab der Sache zusätzlichen Pep.

Natürlich geriet der Schriftsteller sofort auf die Liste der Verdächtigen. Aber das war doch gar nicht schlecht. Sollten sie sich mit diesem Rätsel ruhig abplagen. Später mußte dieser Othello natürlich auf unauffällige Weise beseitigt werden. Und 15000 Dollar lagen nun mal nicht auf der Straße.

»Na, hat es dir die Sprache verschlagen?« Der Hexer sah Bubenzow mit seinen kalten Augen durchdringend an. »Ein guter Auftrag, und Bewerber gibt es genug. Daß es dir später nur nicht leid tut.«

Von diesem Blick und besonders von dem leicht dahingesprochenen Satz rutschte Bubenzow das Herz in die Hose. Er spürte fast körperlich, wie sich die Kugel von hinten in sein Genick bohrte. Kaum hörbar stammelte er: »Meinetwegen. Soll es sein, wie du sagst.«

Sergej Krotow erwachte um acht Uhr morgens und lugte vorsichtig in Lenas Zimmer. Sie schlief fest. Er weckte sie nicht, wusch sich, setzte das Teewasser auf, fand im Schrank eine Büchse Nescafé, im Kühlschrank Käse und Wurst. Er nahm ein paar Happen, rief dann bei der zentralen Auskunft an und ließ sich die Adresse von Dr. Kurotschkin geben.

Aus Lenas Zimmer kam Pinja gelaufen, streckte sich, wedelte mit dem Schwanz, kläffte leise und leckte Sergej die Hand. Er wollte hinaus. Im Flur fand Krotow Leine und Schlüssel.

Auf dem Hof war es still und fast menschenleer. Nur zwei Großmütter mit Kinderwagen saßen auf der Bank, und eine hochgewachsene, hübsche Blondine in schwarzen Jeans und schwarzer Lederjacke lehnte nachdenklich an einem Baum und rauchte.

Als Sergej von dem Morgengang zurück war, räumte er rasch den Tisch ab, spülte das Geschirr, legte Pinja ein paar Scheiben Wurst in den Napf und schrieb auf einen Zettel:

Guten Morgen, Lena! Ich muß zum Dienst. Pinja war schon draußen. Bleiben Sie unbedingt in der Wohnung, solange ich nicht da bin. Komme spätestens gegen zwölf zurück.
S. K.

Als Sergej die vierte Etage eines typischen Hauses aus der Chruschtschow-Zeit erklommen hatte, fand er an Kurotschkins Wohnungstür eine ältere Frau in Pantoffeln und Morgenrock. Sie drückte aus Leibeskräften auf den Klingelknopf. In der Hand hielt sie eine Schachtel Würfelzucker.

»Wollen Sie auch zu Dr. Kurotschkin?« fragte sie, als sie Krotow erblickte.

»Ja.« Er nickte.

»Ich klingle hier schon zehn Minuten ununterbrochen. Vorher habe ich ihn anzurufen versucht.«

»Vielleicht ist er ausgegangen oder schläft?« vermutete Krotow.

»So früh am Sonntag geht er nie aus. Und er schläft auch nicht sehr fest. Er hätte es bestimmt gehört. Wissen Sie, was mir Sorgen macht? Gestern abend habe ich noch gegen neun meinen Müll hinuntergebracht. Da sah ich ihn kommen. Er benahm sich ganz seltsam, schwankte, sein Mantel stand offen, als sei er betrunken. Ich habe ihn gefragt: ›Ist Ihnen nicht gut?‹ Und er: ›Ich bin nur müde.‹ Ich hatte Zucker für ihn gekauft. Er hatte mich schon lange darum gebeten – Würfelzucker für den Tee. Den gibt es nicht immer. Ich wollte ihn gleich bringen, aber er hat nur abgewinkt. Und sein Blick war so merkwürdig ... Ich habe einen Schlüssel. Wenn er länger Dienst hat, füttere ich immer seinen Kater. Der ist schon alt und frißt nur noch wenig, dafür mehrmals am Tag. Sonst gehe ich immer hinein, aber heute habe ich irgendwie Angst. Und was wollen Sie von ihm?«

»Etwas Dienstliches«, antwortete Sergej und wies der Frau seinen Ausweis vor.

Als sie die Tür öffneten, schoß ein riesiger rothaariger Kater wie ein Blitz durch den Spalt heraus und verschwand.

Dr. Kurotschkin lag in Hemd und Hose auf dem Sofa. Er war tot.

Lena erwachte, weil das Telefon klingelte.

»Ich muß dich dringend sprechen«, hörte sie eine tiefe Stimme, die sie sehr gut kannte.

»Ist was passiert?« fragte sie, noch nicht ganz wach.

»Ja. Komm, ich bitte dich sehr! Wenigstens für einige Minuten.«

Lena schwieg.

»Wir treffen uns in eurem Nachbarhof. Nur ein paar Schritte von deiner Haustür. Ich warte dort in einer halben Stunde auf dich.«

»Also gut, ich komme«, versprach Lena gähnend und legte auf.

Sie dachte gar nicht daran, dort zu erscheinen. Sollte er doch sitzen und warten. Zusagen und dann nicht kommen – das paßte genau zu ihm. Das machte er gern mit anderen. Sollte er doch sauer sein. Dann rief er wenigstens nicht mehr an. Und wenn er es dennoch tat, dann mußte sie ihn halt noch einmal vor den Kopf stoßen.

Auf dem sauber abgewischten Küchentisch fand Lena Krotows Nachricht und konnte sich denken, daß er sich zu Dr. Kurotschkin auf den Weg gemacht hatte. Abends hatten sie alles in der Küche stehen- und liegenlassen. Jetzt war der Abwasch erledigt und aufgeräumt. Sogar das Teewasser war noch heiß.

Die beiden Häuser, zu denen der Nachbarhof gehörte, wurden gerade saniert. Die Wohnungen standen leer, und auch kein Arbeiter ließ sich blicken, denn es war Sonntag. All das hatte Bubenzow vorher ausgekundschaftet. Für ihn war das der ideale Platz – ein hoher Plankenzaun umschloß das Ganze, und ringsum keine Menschenseele.

Er setzte sich auf ein dickes Betonrohr, schraubte in aller Ruhe den Schalldämpfer auf und steckte sich eine Zigarette an.

Er gab sich Mühe, an überhaupt nichts zu denken. Aber die unpassendsten Erinnerungen stiegen in ihm auf, als ob jemand absichtlich die ganze Geschichte seiner Beziehung zu Lena vor ihm abspulte. Besonders deutlich stand ihm ihre unerwartete Begegnung in Kanada acht Jahre nach der Scheidung vor Augen.

Das Bändchen mit den Aufsätzen über die kleinen Völker des Nordens war eines seiner letzten Bücher gewesen. Er brauchte dringend Geld, stieß auf einige seiner alten Aufsätze aus seiner Sibirienzeit und fügte nur einen einzigen neuen über die Hochzeitsbräuche der Chanten und Mansen hinzu. Ein armseliger Verlag in Tjumen brachte das Buch in winziger Auflage heraus. Das Honorar war lachhaft, und selbst die wenigen Exemplare verstaubten in den Regalen der Buchhandlungen. Aber wie durch ein Wunder war sein Werk einem Kanadier in die Hände gefallen, und beim Schriftstellerverband ging eine persönliche Einladung für ihn ein.

In jenem verschneiten Nest war er einer seiner Ex-Frauen begegnet. Anfangs wollte sie überhaupt nichts von ihm wissen.

Nach dem zweiten Abendessen klopfte er an ihre Tür. Er hatte keinen Adapter für den Wasserkocher und wollte gerne Tee trinken. Dort heulte er ihr dann die Ohren voll – er sei allein, niemand wolle ihn haben, sein ganzes Leben sei verpfuscht und Lena der einzige Lichtblick darin gewesen.

Erst gegen Morgen verließ er ihr Zimmer. Am nächsten Abend tranken sie wieder zusammen Tee ...

Lena hatte sich in den acht Jahren kaum verändert, war nicht älter geworden, hatte kein Gramm zugenommen, und niemand hätte sie für fünfunddreißig gehalten. Juri war auch nicht abgeneigt, die Romanze in Moskau fortzusetzen, aber das lehnte sie kategorisch ab.

Noch nie hatte ihm eine Frau von sich aus den Laufpaß gegeben. Das konnte er nicht akzeptieren und suchte mit ihr in Kontakt zu bleiben.

Sie lehnte höflich ab und fand immer neue Vorwände, um sich nicht mit ihm zu treffen: Entweder hatte sie zuviel Arbeit, oder die Tante war krank. Hierher kam er eines Tages, setzte sich im Treppenhaus auf ein Fensterbrett und wartete.

Lena erschien schließlich mit einem alten rothaarigen Dackel an der Leine. Als sie Bubenzow erblickte, ließ sie weder Überraschung noch Freude erkennen, grüßte ihn gleichmütig wie einen flüchtigen Bekannten und ging vorbei. Sie mußte in die Apotheke und danach in den Supermarkt. Er begleitete sie.

Ohne ein Wort an ihn zu richten, kaufte sie Medikamente und Lebensmittel für die Tante ein. Schließlich konnte er sie überreden, sich mit ihm wenigstens ein paar Minuten irgendwo hinzusetzen.

Damals waren sie in diesen menschenleeren Hof gegangen. Die Sanierung hatte noch nicht angefangen, aber die Mieter hatten ihre Wohnungen fast alle schon verlassen, und es war sehr still.

»Ich lass' nicht ab von dir. Du bist bloß zu stur, um einzulenken. Ich weiß doch, daß du niemanden hast«, begann er. »Und außerdem, in Kanada ...«

»In Kanada war nichts!«

»Wieso war da nichts?!« fragte er verblüfft.

»Das hast du nur geträumt. Wir haben zusammen Tee getrunken und Schluß.« Sie lachte und blickte ihm fest ins Gesicht.

»Die wievielte Frau hast du gerade? Die achte? Oder die zehnte? Und ein Kind hast du auch, einen Sohn, kaum ein halbes Jahr alt. Komm endlich zur Ruhe. Leb mit deiner Frau, zieh deinen Sohn groß, und laß die Kapriolen.«

»Aber ich liebe diese Frau nicht ...«

»Warum hast du sie dann geheiratet? Komm, Juri, es reicht. Ich muß gehen, die Tante wartet auf mich.«

Sie stand auf, rief den Hund, legte ihn an die Leine und ging zum Hoftor.

»Lena!« rief er sie leise an.

Sie verlangsamte ihren Schritt und schaute sich um.

»Du liebst mich doch. Es wird dir noch leid tun.«

Lena ging ohne ein Wort.

Das war vor drei Monaten gewesen. Man schrieb Anfang August, aber das Wetter war wie im Herbst. Es nieselte. Bubenzow erinnerte sich, daß Lena enge blaßblaue Jeans und einen weiten beigefarbenen Pullover getragen hatte. Die langen dunkelblonden Haare kräuselten sich leicht von der Feuchtigkeit.

Ja, es war August, und es regnete. Jetzt hatte man November, und vom blauen Himmel strahlte die helle Morgensonne.

Wie seltsam, ging es Bubenzow durch den Kopf. Er schaute auf die Uhr. Seit seinem Anruf waren zwanzig Minuten vergangen. Er nahm sich eine neue Zigarette, aber zum Anzünden kam er nicht mehr.

Auf dem Schotterweg ging eine Frau direkt auf ihn zu. Sie hatte enge hellblaue Jeans und eine weite beigefarbene Jacke an. Außerdem trug sie eine große Sonnenbrille. Das lange dunkelblonde Haar flatterte im Wind. Sie hatte die Sonne im Rücken, die ihre schlanke Silhouette betonte, aber ihr Gesicht in tiefen Schatten tauchte. Plötzlich spürte er: Sollte sie näher kommen, die Brille abnehmen und auch nur ein einziges Wort sagen, dann würde er nicht mehr schießen können. Das war dann wohl sein Ende. Die fanden ihn überall, und wenn er sich in einem Mauseloch verkroch.

Die Frau tat noch einen Schritt. Da drückte er ab.

Es gab nur einen leisen Blubb. Ein par Krähen flatterten erschreckt vom Zaun auf.

In seinem Kopf aber ertönte ein schrilles, metallisches Klirren, als ob dort eine gewaltige Feder, die bis zum Bersten gespannt war, plötzlich aufsprang und leise nachzitterte.

Die Art, wie die Frau in sich zusammengesunken war, sagte Bubenzow sofort, daß er nicht noch einmal zu schießen brauchte. Aber der Hexer hatte für diesen Fall strengen Befehl gegeben.

Mit einem Sprung war er bei ihr. Bubenzow erstarrte zur Salzsäule.

Die Sonnenbrille war heruntergefallen und zur Seite gerollt. Vor ihm lag ein völlig unbekanntes Mädchen. Sie hatte in der Tat Ähnlichkeit mit Lena Poljanskaja, aber nur von fern.

Juri sah sich kurz um und schleppte die Tote dann rasch zu dem Betonrohr, auf dem er eben gesessen hatte. Er schob sie hinein, winkelte ihre Beine in den Wildlederstiefeln leicht an, damit sie von außen nicht zu sehen waren, und lehnte eine große Sperrholztafel, die herumlag, gegen die Öffnung. Die andere Seite verbarrikadierte er mit einem kurzen, unbehauenen Brett, wobei er sich einen Splitter in die linke Hand zog und lästerlich fluchte.

Das Brett fiel um, aber er versuchte gar nicht erst, es wieder aufzurichten. Nur weg, so schnell wie möglich. Fast automatisch folgte der Gedanke, daß er jetzt Lena in der Wohnung aufsuchen mußte. Aber besser, er kam nicht vom Hof, sondern von der Straße. All das dachte und tat er ganz mechanisch, wie ein aufgezogener Apparat. Die Straße war leer, und Bubenzow wurde von niemandem gesehen.

Lena drehte und wendete sich noch ein wenig im Bett. Schließlich sah sie ein, daß an Schlaf nicht mehr zu denken war. Sie stand auf und ging ins Bad.

Dieser Bubenzow hat mir gerade noch gefehlt, dachte sie, als sie sich den Kopf wusch.

Im Flur bellte Pinja laut auf. Das geschah selten. Meist reagierte er so auf einen Artgenossen, den er auf der Treppe hörte.

Bubenzow war mit Hilfe eines Dietrichs eingedrungen, den ihm der Hexer zusammen mit der Pistole und dem Schalldämpfer ausgehändigt hatte. Das einfache Schloß war sofort aufgesprungen.

Der alte, lahme Dackel kläffte und schnappte nach seinem Hosenbein. Juri versetzte ihm einen Tritt, daß er zur Seite flog, und schritt zum Bad, wo er Wasser plätschern hörte. Die Tür war nicht verschlossen. Dampf schlug ihm entgegen. Durch den vorgezogenen Plastikvorhang war nichts zu sehen. Der Dackel ließ sich nicht abschütteln, bellte und zerrte weiter an seiner Hose, aber er achtete nicht darauf.

»Wer ist da?« hörte er durch das Rauschen des Wassers eine ihm sehr bekannte, erschrockene Stimme. Lena lief Schaum in die Augen, sie rieb mit den Händen und machte es dadurch nur noch schlimmer. Pinjas Gebell war jetzt ganz nah und hallte in dem gekachelten Bad laut und unheimlich wider. Mit einer jähen Bewegung riß Bubenzow den Plastikvorhang herunter und sah mit Erstaunen Lenas gerundeten Bauch.

Ein gedämpfter Schuß ertönte.

Das war's, dachte Lena erschöpft, aber wieso tut es gar nicht weh?

Bubenzow kippte mit dem Gesicht nach unten über den Wannenrand und erstarrte in einer merkwürdigen Pose. Sein Kopf hing fast bis auf den Boden. Polternd fiel die Pistole hinterher.

Lena hörte nur noch ein mächtiges Rauschen in den Ohren, dann wurde ihr schwarz vor Augen.

Sweta drehte das Wasser ab und zerrte Bubenzows massige Gestalt auf den Korridor. Dann hob sie Lena auf, trug sie in ihr Zimmer und legte sie dort aufs Bett. Sie bedeckte sie mit einem alten Bademantel, den sie am Haken hatte hängen sehen.

Einer so tiefen Ohnmacht begegnete sie zum ersten Mal, weshalb sie ein wenig durcheinandergeriet. Aber Lenas Puls ging gleichmäßig, sie atmete ruhig. Sie wird schon wieder zu sich kommen, sagte sich Sweta und legte noch eine Decke über den leblosen Körper. Dann verließ sie die Wohnung, setzte sich eine halbe Treppe höher aufs Fensterbrett und rief Andrej Iwanowitsch an.

Lena konnte lange nicht verstehen, wo dieser anhaltende, durchdringende Ton herkam. Nun fiel auch noch Pinja mit herzerreißendem Geheul ein. Schließlich begriff sie, daß es die Türklingel war. Wankend vor Schwäche, schleppte sie sich in den Flur, wo sie über etwas Weiches stolperte. Schließlich konnte sie den Schalter ertasten und das Licht anknipsen.

Quer über den Korridor lag ein Mann. Das Gesicht war nicht zu erkennen, aber um seinen Kopf hatte sich ein großer dunkelroter Fleck gebildet.

Draußen klingelte es weiter Sturm. Dann vernahm sie Krotows aufgeregte Stimme: »Lena! Hören Sie mich?«

Lange bekam sie das Schloß nicht auf, weil ihr die Hände zitterten. Schließlich öffnete sich die Tür.

Als Krotow ihr kreidebleiches Gesicht, das nasse Haar und die Leiche mit durchschossenem Kopf im Flur erblickte, war sein erster Gedanke: Gott sei Dank, sie lebt! Er umarmte Lena und spürte, daß sie am ganzen Leibe zitterte.

»Es ist vorbei, Lenotschka, hab keine Angst. Das Schlimme ist vorüber«, stammelte er und strich ihr über das feuchte Haar.

Dabei wußte er genau, daß nichts vorbei war. Jetzt begann die nächste Runde. Die wollten Lena ernsthaft ans Leben.

Krotow telefonierte mit der Petrowka und forderte eine Einsatzgruppe an.

Eine halbe Stunde später hatte sich das Bild schon etwas gelichtet. Der Tote trug keinerlei Papiere bei sich. In seinen Taschen fand man eine Schachtel »Camel«, ein Feuerzeug, 30000 Rubel in kleinen Scheinen, drei Hundertdollarnoten und ein Bündel Dietriche. Aus der Innentasche zog man ein Farbfoto von Lena Poljanskaja.

»Der Schuß wurde aus einer importierten Pistole abgegeben, nicht aus der, die in der Wanne liegt. Er traf aus höchstens einem halben Meter Entfernung direkt ins Genick. Der Tod ist vor etwa einer Stunde eingetreten.« Der Polizeiarzt streifte die Gummihandschuhe ab und steckte sich eine Zigarette an. »Der Ermordete muß direkt neben der Wanne gestanden haben. Auf den Kacheln sind seine Fußspuren zu sehen. Als auf ihn geschossen wurde, kippte er offenbar vornüber und fiel mit dem Kopf in die Wanne. Dann wurde die Leiche in den Flur geschleppt.«

»Das muß ein kräftiger Mann gewesen sein«, ließ der Einsatzleiter Michail Sitschkin hören und hob den Kopf von dem Protokoll, das er gerade schrieb. »So einen Kerl hochzuheben und wegzuschleppen – dazu braucht es Kraft!«

»Kann die Leiche weg?« hörte Lena eine Stimme im Korridor.

»Warten Sie«, warf sie ein. »Vielleicht soll ich ihn noch einmal anschauen?«

Zwanzig Minuten zuvor hatte sie beim ersten, noch völlig verwirrten Blick in das Gesicht des Toten erklärt: »Nein, den Mann kenne ich nicht.«

Irgendwie kam er ihr jedoch beängstigend bekannt vor. Aber tief in ihrem Inneren wehrte sich etwas dagegen, ihn wiederzuerkennen.

Der Leichnam lag schon auf einer Trage. Als man jetzt eine Ecke der schwarzen Plastikfolie hochhob, die sein Gesicht bedeckte, genügte ein Blick, und sie sagte sehr ruhig: »Entschuldigen Sie. Vorhin war ich noch nicht ganz da. Ich kenne den Mann.«

Sofort wurde es totenstill. Alle schauten stumm auf Lena.

»Das ist Juri Bubenzow. Mit dem war ich mal verheiratet.«

»Tragt ihn weg, was steht ihr noch herum?« befahl Krotow den Sanitätern leise.

»Wir wurden vor acht Jahren geschieden«, fuhr Lena fort, als sie Michail Sitschkin, der jedes Wort genau notierte, in der Küche gegenübersaß. »Wo er jetzt wohnt, weiß ich nicht. Seit unserer Scheidung hat er noch zwei- oder dreimal geheiratet.«

»Haben Sie sich danach mal getroffen?« fragte Sitschkin.

»Ja. Im Sommer dieses Jahres sind wir uns per Zufall auf einer Konferenz in Kanada begegnet. Heute morgen hat er hier angerufen. Er wollte, daß wir uns auf einem kleinen Hof hier in der Nähe treffen. Ich habe zugesagt, wußte aber genau, daß ich nicht hingehe. Ich hatte einfach keine Lust, das Gespräch mit ihm fortzusetzen.«

»Um welche Zeit war das?«

»Ich weiß nicht: Ich habe nicht auf die Uhr geschaut. Das Telefon hat mich geweckt.«

»Und danach haben Sie sich wieder hingelegt?«

»Ja. Aber ich konnte nicht mehr einschlafen und bin ins Bad gegangen. Dann – aber das habe ich Ihnen ja schon gesagt.«

»Geht es nicht ein bißchen konkreter? Warum haben Sie eingewilligt und sind dann nicht hingegangen? Und warum wollten Sie sich nicht mit Bubenzow treffen?«

»Nach unserer Begegnung im Sommer in Kanada hat er immer wieder versucht, mit mir in Kontakt zu kommen. Ich wollte das nicht. Wir waren uns völlig fremd geworden. Außerdem wußte ich, daß er eine Frau und einen kleinen Sohn hat.«

»Das hat er Ihnen selbst gesagt?«

»Nein.«

»Haben Sie sich danach erkundigt oder es per Zufall erfahren?»

»Ganz zufällig. Ich habe mich nicht nach ihm erkundigt, er war mir völlig egal.«

»Aber das hat Sie darin bestärkt, nicht wieder mit ihm in Beziehung zu treten.«

»Natürlich.«

»Was meinen Sie, wie hat er Ihre Ablehnung verkraftet?«

»Juri hatte phänomenalen Erfolg bei Frauen. Er war daran gewöhnt, daß sich alle um ihn rissen. Als ich ihn abblitzen ließ, hat ihn das sicher schwer getroffen.«

»War er eifersüchtig, als Sie noch verheiratet waren?«

»Ständig.«

»Haben Sie ihm Anlaß gegeben?«

»Nein. Ich habe ihn nicht betrogen. Er mich immer wieder.«

»Wie äußerte sich seine Eifersucht?«

»Er hat geflucht und mir Szenen gemacht.«

»Hat er nie versucht, Sie zu schlagen, oder gedroht, Sie umzubringen?«

»Wollen Sie damit andeuten, Bubenzow hätte versucht, mich aus Eifersucht zu erschießen? Verzeihen Sie, aber ich glaube, da irren Sie sich. Don Juan und Othello in einer Person – das klingt schon sehr nach Dichtung.«

»Lassen Sie die literarischen Vergleiche. Sie haben meine Frage nicht beantwortet.«

»Gut. Dann will ich antworten. Er hat mich einmal geschlagen. Danach habe ich ihn verlassen. Aber er hat nie gedroht, mich umzubringen.«

»Die Scheidung haben also Sie eingereicht?«

»Im Prinzip, ja. Aber Juri hat alles getan, um mich zu diesem Schritt zu treiben.«

»Hat er um Sie gekämpft?«

»Nein. Er hatte schon wieder eine neue Affäre mit einem Mannequin.«

»Und trotzdem hat er Ihnen Eifersuchtsszenen gemacht? Sie sagten doch eben, Sie hätten sich friedlich getrennt.«

»So seltsam das klingt, ja. Er meinte, mit dem Schlag hätte er mich nicht beleidigt. Für ihn war das ganz normal. Und ich habe mir vor allem selber Vorwürfe gemacht, weil ich ihn nicht eher verlassen habe. Wir sind in dem Sinne friedlich auseinandergegangen, daß wir uns danach nicht als Feinde betrachteten.«

Krotow hörte schweigend zu und gestand sich ein, daß er Lena niemals hätte solche Fragen stellen können. Sie mußten aber gestellt werden. Daß Bubenzow Lena allerdings aus Eifersucht erschießen wollte, glaubte er keine Sekunde lang. Jedoch schob sich diese Version, zu der immer neue Einzelheiten kamen, weiter und weiter in den Vordergrund. Man konnte durchaus annehmen, daß Bubenzow auch zuvor in Lenas Wohnung eingebrochen war; daß er die Schlüssel, das Telefonbuch und das Foto mitgenommen hatte, das man in seiner Jackentasche fand. Dann war er noch einmal gekommen und hatte die schreckliche Abbildung aus dem Lehrbuch hinterlassen. Blieben die Kassetten. Aber aus dem Gespräch mit der Praktikantin konnte man höchstens auf die Nachlässigkeit der Ärzte schließen. Und Dr. Kurotschkin war nicht mehr in der Lage, seine Worte in einem offiziellen Verhör zu wiederholen. Jetzt brauchte man nur noch den Dritten, der nach Bubenzow in die Wohnung gekommen war und ihm einen Genickschuß verpaßt hatte. Wer immer das war, Krotow wollte sich bei ihm überschwenglich bedanken. Jedoch anzunehmen, ein stiller Verehrer, den selbst Lena nicht kannte, hätte den finsteren Plan des eifersüchtigen Bubenzow vorausgesehen, wäre ihm gefolgt, hätte ihn sogar in die Wohnung eindringen lassen und erst im allerletzten Moment erschossen – das war etwas zuviel des Guten.

Allerdings konnte sich Krotow auch nur schwer vorstellen, daß ein früherer Ehemann, und sei er ein Lump und Schürzenjäger, es fertigbrachte, sich als Auftragskiller gegen seine frühere Frau anheuern zu lassen. Es sei denn, es ging um seinen eigenen Kopf ...

Am Ende brachte Krotow die völlig erschöpfte Lena in seine Wohnung. Er entschied, daß sie für die drei Tage, die ihr noch bis zum Abflug nach New York blieben, bei ihm besser aufgehoben war. Sie hatte nichts dagegen, war ihm für sein Angebot sogar dankbar. Pinja nahmen sie mit.

Sechzehntes Kapitel

Am Sonntagmorgen erschien Amalia Petrowna im Krankenhaus, um in ihrer Abteilung nach dem Rechten zu sehen.

»Die Patientin mit der Fehlgeburt macht Ärger«, meldete die diensthabende Ärztin. »Sie verlangt, daß sie sofort entlassen wird, und will unser Krankenhaus verklagen. Gluschko heißt sie.«

»Ich sehe mal nach ihr«, beruhigte sie Amalia Petrowna.

Als sie in das Krankenzimmer trat, lag Lida Gluschko völlig regungslos auf dem Rücken und starrte an die Decke.

»Guten Tag, Lida! Wie fühlen Sie sich?« Die Ärztin nahm sich einen Stuhl und setzte sich ans Bett.

»Was habt ihr mit meinem Kind gemacht?«

»Beruhigen Sie sich. Ich kann verstehen, wie Ihnen jetzt ums Herz ist. Aber was geschehen ist, ist geschehen. Quälen Sie sich nicht so.«

»Es ist nicht von selbst gekommen. Das haben Sie gemacht!«

»Wir? Wir sollen Ihre Fehlgeburt verursacht haben? Was reden Sie da, Lida? Schämen Sie sich nicht?«

»Sie haben mir etwas gegeben, wovon die Wehen begonnen haben. Sie haben mein Kind für irgend etwas gebraucht!«

»Wir haben Ihnen das Leben gerettet. Sie haben doch drei Kinder, denken Sie jetzt vor allem an sie. Sie hatten Glück, daß es hier im Krankenhaus passiert ist.« Amalia Petrowna spürte, wie sie die Beherrschung verlor, hielt aber an sich.

»Ich zeige Sie an«, erklärte Lida Gluschko ruhig und gefaßt.

Es war diese ruhige Entschlossenheit, die Amalia Petrowna so beunruhigte.

Wenn zu der Poljanskaja jetzt auch noch die Gluschko kommt ... Wir müssen etwas tun! dachte sie bei sich. Laut aber sagte sie: »Ich muß leider wieder gehen. Ruhen Sie sich aus. Sie werden bald entlassen. Und regen Sie sich nicht so auf. In Ihrem Zustand kann das ernste Folgen haben.«

Sie eilte in ihr Labor und schloß die Tür hinter sich ab. Aus dem Kühlschrank nahm sie ein Glas, das mit einer durchsichtigen, farblosen Flüssigkeit gefüllt war. Über dem Boden schwebten ein paar flockige Ablagerungen.

Das hat noch niemand versucht, dachte sie, und schüttelte das Glas leicht. Niemand ist je auf die Idee gekommen ... Nur nicht jetzt, besser heute abend.

Gegen zehn Uhr abends fiel Walja auf, daß die Stahltür des Labors halboffen stand. Sie schwankte: Sollte sie bleiben, um zu sehen, wer dort herauskam? Oder einfach hingehen und anklopfen? Unter einem Vorwand einen Blick riskieren ...

Während sie noch überlegte, öffnete sich die Tür, und Amalia Petrowna kam heraus. In der Hand hielt sie eine Tropfflasche mit einer klaren Flüssigkeit. Walja wandte sich ohne Eile um und ging den Korridor entlang. Amalia Petrowna rief ihr nach:

»Hallo, warten Sie!«

Ihre Stimme war ruhig und freundlich.

»Ich vergesse immer wieder, wie Sie heißen. Sie sind doch Praktikantin bei uns, nicht wahr?«

»Ich heiße Walja, Walja Schtscherbakowa. Ja, ich bin zum Praktikum hier.«

»Ist der Nachtdienst nicht sehr anstrengend?«

»Ja«, bekannte Walja, »man wird schnell schläfrig.«

»Ein Nickerchen ist schon mal erlaubt, wenn es nichts Dringendes zu tun gibt.« Amalia Petrowna lächelte verständnisvoll und zwinkerte ihr sogar zu. »Mir ging es in Ihrem Alter genauso. Aber je älter man wird, desto weniger schläft man.«

Wie nett sie doch sein kann, ging es Walja durch den Kopf. Was sie wohl von mir will?

»Ich möchte Sie um etwas bitten, Walja«, sagte Amalia Petrowna, als ob sie Gedanken lesen könnte. »Legen Sie der Patientin Gluschko in Nr. 15 bitte diese Infusion. Sie hatte eine Fehlgeburt, fühlt sich nicht gut, und es könnte Komplikationen geben. Wir wollen lieber auf Nummer sicher gehen, nicht wahr?« Sie lächelte wieder freundlich.

Walja nahm die Flasche vorsichtig entgegen.

»Wenn Sie fertig sind, können Sie sich ein bißchen hinlegen. Ich werde wachen und den Tropf auch später selbst abnehmen. Einverstanden?«

»Danke, Amalia Petrowna.« Walja schlug die Augen nieder.

»Sie sind ein gutes Mädchen«, Amalia tätschelte ihr leicht die Wange, »ganz anders als die meisten jungen Leute. So still und bescheiden. Das werde ich Ihrem Institut schreiben.«

Walja wollte fragen, was in der Flasche sei, traute sich aber nicht.

In dem kleinen Zimmer war es dunkel. Walja schaltete das Licht ein. Als die Leuchtstoffröhren aufflammten, sah sie, wie die Patientin zusammenzuckte.

»Entschuldigen Sie, Lida Wsewolodowna. Ich soll Sie an den Tropf legen.«

»Ich habe nicht geschlafen.« Lida setzte sich ruckartig auf. »Ich muß meinen Mann anrufen.«

Von dem Münztelefon, das für die Patienten auf dem Korridor hing, konnte man nur Ortsgespräche führen.

»Kommen Sie, wir gehen ins Schwesternzimmer. Von dort können Sie nach Moskau telefonieren.«

Das war streng verboten, aber Walja wußte, daß im Schwesternzimmer niemand war. Außerdem – zu Hause anrufen mußte jeder mal.

»Georgi, ich bin's!«

Walja setzte sich in die entfernteste Ecke des Zimmers, um sie nicht zu stören. Vor die Tür gehen wollte sie nicht. Wenn jemand die Patientin im Schwesternzimmer fand, gab es Ärger. Walja wollte die Sache auf sich nehmen. Das konnte unangenehm werden. Aber es war ihr gleich.

»Georgi, hol mich hier raus, so schnell du kannst. Auf unsere Verantwortung. Sie müssen mich entlassen. Am besten, du bringst Sergej mit. Was? Ihr wart schon beide hier? Und was hat er gesagt?« Lida wurde unwillkürlich lauter. »Das kann nicht sein!« Dann aber sprach sie ganz leise und hielt sogar die Hand vor die Muschel, doch Walja konnte jedes Wort verstehen. »Ich habe Angst. Das war keine Fehlgeburt. Sie haben mich an den Tropf gehängt, und dann fingen die Wehen an. Das Kindchen hat noch gelebt, ich habe es gesehen. Sie haben es weggeschleppt. Nein, ein Mädchen. Nein, das habe ich nicht gesehen. Das hat die Frau gesagt, die mich entbunden hat …«

Die Tür sprang auf, und auf der Schwelle stand Amalia Petrowna.

»Was geht hier vor?«

»Entschuldigen Sie, Amalia Petrowna, die Patientin mußte dringend anrufen, sie ist doch aus Moskau …«

»Legen Sie sofort den Hörer auf!« befahl Amalia Petrowna, ohne jemanden anzusehen.

»Das war's, Georgi, ich kann nicht weitersprechen.« Walja bemerkte, daß Lida beim Auftauchen Amalia Petrownas leichenblaß wurde.

»Tun Sie das nicht noch mal«, sagte Amalia Petrowna schon wieder in ruhigem Ton. »Es ist verboten, daß Patienten einen Dienstapparat benutzen. Gehen Sie an Ihre Arbeit. Und vergessen Sie nicht, worum ich Sie gebeten habe.«

»Hat sie angeordnet, mich an den Tropf zu legen?« fragte Lida, als sie wieder im Zimmer waren.

Walja nickte.

»Ich bitte Sie sehr, tun Sie das nicht. Ich habe Angst vor ihr. Hat sie gesagt, was da drin ist?«

»Nein. Aber ich habe sie auch nicht gefragt. Sie ist hier die Chefin, und ich muß ausführen, was sie anordnet.«

Im Zimmer war es sehr hell. Als Walja sich die Flasche, die sie bereits am Stativ befestigt hatte, genauer ansah, bemerkte sie die weißen Flocken am Boden. Sie überlegte einen Moment und sagte dann:

»Also gut: Ich wechsle die Flasche aus und gebe Ihnen ein völlig harmloses Stärkungsmittel. Und die hier lege ich beiseite. Wenn Sie wollen, nehme ich sie mit in mein Institut und lasse dort im Labor untersuchen, was drin ist.«

»Das sollen sie besser an der Petrowka machen. Mein Mann hat einen Schulkameraden, der ist Oberstleutnant bei der Kriminalpolizei.«

Als Amalia Petrowna ins Krankenzimmer trat, lag die Patientin Gluschko am Tropf und dämmerte vor sich hin. Die Flasche war fast leer, nur der Boden war noch bedeckt. Das reicht, dachte Amalia Petrowna bei sich. Und wenn sie morgen entlassen werden will, dann – mit Gott!

»Nun, wie fühlen wir uns?« fragte Amalia Petrowna mit einem süßen Lächeln.

»Danke, normal«, antwortete die Patientin.

»Sie wollen nach Hause?«

»Klar will ich nach Hause. Schließlich habe ich drei Kinder. Und überhaupt: Warum liege ich hier allein in diesem Zimmer?«

Der Ton der Patientin gefiel Amalia Petrowna nicht. Sie konnte gar nicht sagen, warum, aber dann ging es ihr auf: Er war nicht mehr so feindselig. Das wunderte sie sehr.

»Was haben Sie gegen ein Einzelzimmer?« fragte sie lächelnd.

»Gar nichts. Ich wollte es nur wissen.«

»Warum sollten wir Sie nicht komfortabel unterbringen, wenn wir die Möglichkeit haben«, flötete Amalia Petrowna. Als sie aus dem Zimmer trat, kam ihr Walja entgegen.

»Amalia Petrowna, darf ich Sie etwas fragen?

»Natürlich, Kindchen, fragen Sie nur.«

»Was war in der Flasche?«

»Ein Medikament, das die Schrumpfung der Gebärmutter stimuliert. Schön, daß Sie sich so für alles interessieren.«

Mit dieser Rotznase muß ich mir auch noch etwas einfallen lassen. Sicher ist sicher, ging es Amalia Petrowna durch den Kopf.

Siebzehntes Kapitel

Die Obduktion ergab, daß Dr. Kurotschkin an schwerer Herzinsuffizienz verstorben war. Nichts deutete darauf hin, daß sich noch eine andere Person in der Wohnung aufgehalten hatte ...

Am Montagmorgen stürzte Michail Sitschkin in Krotows Büro. Er ließ sich in einen Sessel fallen, nahm eine Zigarette und legte los: »Gestern hat es dort noch einen Mord gegeben – gegen elf in dem Hof, wo Bubenzow deine Poljanskaja erwartet hat! Dort ist es einsam und still. Die beiden Häuser werden saniert, die Mieter sind alle weg, und Arbeiter waren auch keine da – es war Sonntag! In einem Stück Betonrohr haben sie ein Mädchen mit einem Schuß mitten ins Herz gefunden. Und jetzt kommt's: Das Mädchen ähnelt jemandem! Was glaubst du, wem?« Sitschkin machte eine lange Kunstpause, bevor er feierlich verkündete: »Der Poljanskaja! Das Gesicht nicht so sehr, aber die Größe, die Figur, das Haar und überhaupt die ganze Erscheinung ... Sie ist mit der Waffe erschossen worden, die in der Wanne lag. Auf der Jacke der Toten haben wir Fasern von Bubenzows Pullover gefunden. Sie hatte eine Wildlederjacke an, da bleibt alles hängen. Sogar zwei Haare von ihm haben wir entdeckt. Mir ist nur nicht ganz klar, warum er sie versteckt hat.«

»Er war in Eile. Als er merkte, daß er die Falsche umgelegt hat«, meinte Krotow nachdenklich, »hat er sie schnell beiseite geschafft, damit nicht der nächste beste über sie stolpert.«

Das Telefon klingelte. Krotow wurde zu seinem Vorgesetzten, Oberst Kasakow, gerufen.

»Komm rein, setz dich.«

Kasakow ging unruhig in seinem Büro hin und her, griff zerstreut nach verschiedenen Dingen – dem Aschenbecher, dem Stöpsel seiner Wasserkaraffe, einem Buch – und legte sie anderswo ab.

Das bedeutete nichts Gutes. Der Oberst sah finster drein.

Krotow hatte bereits nach dem ersten Gespräch mit Lena am Donnerstagabend seinen Chef zu Hause angerufen und ihm in knappen Worten von der Sache berichtet. Damals hatte Kasakow nur aufgeseufzt. »Klingt ziemlich aussichtslos, Sergej. Du wirst nichts beweisen können.«

Jetzt sagte er ärgerlich, ohne Krotow anzusehen: »Gratuliere. Der General hat entschieden, daß du den Fall abgibst.«

»Warum?« fuhr Krotow hoch, obwohl er sich die Antwort denken konnte.

»Weil du mit drinhängst, Sergej. Du bist unser erster und bisher einziger Beteiligter. Den Othello in der Schmidtstraße kannst nur du aus dem Weg geräumt haben.«

»Moment, Moment. Ich war in Tscherjomuschki!«

»Ich weiß, das haben wir ja alles überprüft.« Kasakow winkte ab. »Die örtlichen Ermittler haben ausgesagt, daß du in Kurotschkins Wohnung auf sie gewartet hast und nach zehn Minuten weg warst wie der Blitz. Die waren sauer auf dich! Zuerst hast du sie herumkommandiert und dich dann einfach davongemacht. Und wer hat schon Lust, sich in alle Details zu vertiefen? Die Sache ist eindeutig: Kurotschkin ist an schwerer Herzinsuffizienz gestorben. Von Tscherjomuschki bis zur Schmidtstraße braucht man höchstens fünfunddreißig Minuten, sagen wir, vierzig. Sonntags gibt es auch kaum Staus. Und wie lange hast du gebraucht?«

Krotow war eine ganze Stunde lang unterwegs gewesen. Fünfzehn Minuten hatte er in dem Viertel, das er schlecht kannte, nach einer Tankstelle gesucht. Und dort war dann auch noch etwas Zeit vergangen.

»Ich mußte tanken. Ich bin schon auf Reserve gefahren. Das sind die zwanzig Minuten.«

»Was wolltest du überhaupt bei dem Alten in Tscherjomuschki?«

»Das ist der Arzt, der die Diagnose gestellt hat, das Kind sei tot. Er hat Lena das Schlafmittel gegeben und sie nach Lesnogorsk geschickt.«

»Ach, Sergej, Sergej«, seufzte Kasakow. »Ich versteh dich doch: Du bist verliebt, läufst schon seit Tagen mit strahlenden Augen und idiotischem Lächeln herum. Aber du bist inzwischen vierzig Jahre alt. Du bist Oberstleutnant im Dienste des Innenministeriums. Die ganze Geschichte mit dem Raub ungeborener Babys ist doch ein Hirngespinst, verstehst du das nicht? Ich habe nach deinem Anruf sofort mit einem Berater im Gesundheitsministerium gesprochen. Er hat mir das alles sehr einleuchtend erklärt. Im Krankenhaus von Lesnogorsk gibt es wirklich ein Versuchslabor. Die arbeiten dort schon seit drei Jahren. Mit schwangeren Frauen haben die nichts zu tun. Deine Herzallerliebste wird nicht von der Mafia gejagt. Und dieser Mord, genauer gesagt, der Mordversuch, ist eine ganz gewöhnliche Beziehungstat. Aus Eifersucht. Wo gibt es denn so was, daß ein Killer ein Foto seines Opfers bei sich trägt? Ich erklär dir jetzt mal kurz unsere vorläufige Version.«

»Wessen Version ist das?« fragte Krotow und lachte bitter auf.

»Die Version des Generals. Also: Bubenzow erfährt, daß seine Ex wieder eine Affäre hat.«

»Sie wurden vor acht Jahren geschieden«, warf Krotow ein. »Er war inzwischen zweimal verheiratet.«

»Aber das letzte Mal sind sie sich vor drei Monaten begegnet, und er wollte zu ihr zurück. Vielleicht hat er sein ganzes Leben lang ja auch nur sie wirklich geliebt, und sie hat ihn verschmäht. Er ruft sie an, verabredet sich mit ihr in einem stillen, abgelegenen Hof, wo sie ihr letztes Rendezvous hatten. Dort wird saniert, keine Menschenseele weit und breit. Im Affekt schießt er auf eine andere Frau, die zufällig in den Hof kommt und das Pech hat, der Poljanskaja ähnlich zu sehen, besonders von fern und mit Sonnenbrille. Sie stürzt zu Boden und verliert dabei die Brille. Als er seinen Irrtum erkennt, versteckt er die Leiche irgendwie, stürzt zur Wohnung, wo das Objekt seiner Begierde in aller Ruhe in der Badewanne eine Dusche nimmt. Im entscheidenden Augenblick erscheinst du und kommst eine Sekunde eher zum Schuß. Du hast vollkommen richtig gehandelt, hast der Frau und dem Kind das Leben gerettet und den Mörder umgelegt. Es ist also durchaus verständlich, daß die Poljanskaja sich nicht erinnern kann, wer sie so besorgt aus dem Bad geholt und ins Bett gebracht hat. Dich wird sie natürlich nicht verraten.«

Krotow hörte Kasakow schweigend zu. Das hatte er sich von Anfang an vorgenommen.

»Nun sag was, widersprich mir, oder hat es dir die Sprache verschlagen?« Kasakow drehte nervös eine Zigarette zwischen den Fingern.

»Ich werde nicht mit dir streiten«, erklärte Krotow. »Du weißt selber ganz genau, daß die Version von dem Othello mit Schalldämpfer und Dietrichen keinen Pfifferling wert ist. Und daß die Poljanskaja kein hysterisches Weib ist, kannst du dir auch denken, obwohl du sie noch nie gesehen hast. Übrigens, wen hast du im Gesundheitsministerium angerufen? Doch nicht etwa Burjak?«

Kasakow nickte.

»Dein Burjak ist ein Lügenmaul! Und das spürst du auch«, schloß Krotow.

»Und wenn ich es spüre?« Kasakow zündete endlich die

völlig zerknautschte Zigarette an. »Ich müßte mir ganz andere Fragen stellen: Wozu hast du, Sergej Krotow, dir dieses ganze Theater mit dem großen Unbekannten ausgedacht, wenn dein Vorgehen, das in dieser Notlage völlig verständlich war, gar nicht strafbar ist? Und wo ist die Waffe, aus der du geschossen hast?«

Krotow erhob sich.

»Kann ich gehen, Genosse Oberst? Hat man mir nur diesen Fall abgenommen oder gleich alle zusammen?«

»Hör auf, Sergej. Du wendest dich an den Falschen. Wir werden wohl beide noch zum General auf die Matte müssen ... Also: Du nimmst jetzt eine Woche Urlaub. Du mußt deine Poljanskaja beruhigen und hast sicher noch viele andere dringende private Dinge zu erledigen. Wenn was ist, ruf an. Ich halte dich auf dem laufenden. Aber vergiß nicht, daß du dich jetzt mit Privatangelegenheiten befaßt. Ich helfe dir, wo ich kann.«

Ganz gegen seine Gewohnheit stand Kasakow auf und brachte seinen Stellvertreter bis zur Tür.

»Hör mal, Sergej, ist dieses Kind von dir?«

»Ja«, antwortete Krotow und ging.

Die Laborantin Ljuba, der Krotow die Flasche mit der klaren Flüssigkeit zur Analyse übergeben und wegen der Dringlichkeit eine Schachtel »Rafaello« nachgeschoben hatte, trank in einer Ecke ihres Labors Kaffee und tat sich gerade an dem geschenkten Konfekt gütlich.

»Ich habe eine gute Nachricht für Sie, Sergej!« Sie lächelte ihm entgegen. »In dieser Flasche ist eine Flüssigkeit, die nach ihrer Zusammensetzung erinnert an ... Na, was glauben Sie? An Fruchtwasser! Möchten Sie einen Kaffee?«

»Da sag' ich nicht nein.« Krotow nahm sich einen Stuhl und setzte sich.

»Außerdem ist wichtig, daß sich in dem Fruchtwasser höchstwahrscheinlich eine lebende Frucht befunden hat. Zucker?«

»Zwei Stück«, antwortete Krotow mechanisch.

»Kann Fruchtwasser ein Gift oder etwas Ähnliches sein?«

»Wo denken Sie hin! Das ist völlig harmlos.«

»Aber es befindet sich in einer Tropfflasche. Was passiert, wenn es in die Blutbahn eines Menschen gelangt?«

»Darauf ist bestimmt noch niemand gekommen. Aber theoretisch wäre das tödlich. Eine Fruchtwasserembolie. Die würde man sicher als Todesursache feststellen. Äußerst selten, kommt aber vor. Allerdings könnte man damit nur eine Frau nach der Geburt umbringen und auch nur unter Krankenhausbedingungen. Es wäre absolut nichts nachzuweisen ...«

»Die Fingerabdrücke hast du sichergestellt?«

»Was für eine Frage, Sergej!«

»Danke, Ljuba. Heb sie gut auf. Und die Untersuchungsergebnisse schreibst du mir ganz offiziell, wie es sich gehört. Jetzt schulde ich dir noch eine Schachtel ›Rafaello‹.«

»Und in welcher Klinik arbeiten solche erfinderischen Ärzte?« fragte Ljuba lächelnd. »Gut zu wissen, damit man denen nicht mal zufällig in die Hände fällt.«

»Es gibt da ein kleines Städtchen im Moskauer Gebiet. Aber diese Herrschaften werden hoffentlich bald keine Ärzte mehr sein«, beruhigte sie Krotow.

Ilja Burjak schraubte seinen schwammigen Körper ächzend aus dem Sessel und streckte seinem Besucher beide Hände entgegen.

»Sergej Krotow! Welcher Wind hat Sie hierhergeweht? Schön, Sie zu sehen. Nataschа!« rief er seiner Sekretärin zu, »Tee für uns beide!«

Krotow wollte abwarten, bis sich die langbeinige Sekretärin entfernt hatte. Aber die tauchte im Handumdrehen wieder auf und trug ein Tablett vor sich her, auf dem zwei Tassen dampfenden Tees, ein Tellerchen mit aufgeschnittener Zitrone, eine Zuckerdose und eine geöffnete Schachtel Konfekt standen.

»Ilja Timofejewitsch«, begann Krotow, »ich muß eine sehr persönliche, ja sogar vertrauliche Frage mit Ihnen besprechen.«

»Ich bin ganz Ohr! Bedienen Sie sich – Zitrone, vielleicht etwas Süßes? Die Pralinen sind aus der Schweiz. Sehr zu empfehlen.« Burjak prüfte den Inhalt der Packung eingehend, wählte schließlich eine Praline, schob sie in den Mund und lächelte selig.

»Danke«, erwiderte Krotow, »ich mag nichts Süßes. Mein Problem ist folgendes: Eine mir sehr nahestehende Person ist hoffnungslos krank. Die Ärzte haben ihn schon aufgegeben. Da ist mir zufällig zu Ohren gekommen, daß es ein Präparat geben soll, das ihn ... vielleicht nicht völlig gesund macht, aber ihm zumindest eine Chance gibt. Es soll nur sehr schwer zu bekommen sein ...«

»Woran leidet denn der Mann, und wie heißt das Präparat?« Die dritte Praline verschwand in Burjaks Pausbakken.

»Ich bin ein medizinischer Laie, aber wie die Ärzte mir erklärt haben, hat mein Freund eine komplizierte Störung des endokrinen Systems. Wie das Medikament heißt, weiß ich auch nicht, aber man soll es aus der Leibesfrucht und der Plazenta herstellen, wenn sie in der Mitte der Schwangerschaft abgestoßen werden.«

Burjaks freundliche Miene verfinsterte sich für einen Augenblick. Seine Wurstfinger, die gerade wieder nach einer Praline greifen wollten, erstarrten in der Luft.

»Sie haben mich neulich schon mal in dieser Frage angerufen. Und dann hat sich auch Ihr Chef dafür interessiert. Ich habe ihm und Ihnen bereits gesagt, daß aus Frucht und Plazenta nichts hergestellt wird.«

»Begreifen Sie doch, ich weiß jetzt genau, daß es dieses Präparat gibt«, erwiderte ihm Krotow in sanftem, vertraulichem Ton. »Mir ist ziemlich egal, warum Sie seinerzeit gesagt haben, es gäbe das nicht. Ich verstehe, daß die Sache bislang streng geheimgehalten wird, daß sie einen enormen

Preis hat usw. Aber das ist unsere letzte Chance. Helfen Sie mir, bitte!«

»Also gut«, kam es nach einer langen Pause von Burjak, »es gibt in Moskau eine offiziell eingetragene pharmazeutische Firma, die ein solches Präparat herstellt und vertreibt.«

»Das weiß ich schon.« Krotow seufzte. »Aber die haben so wahnsinnige Preise, wie sie sich nur Milliardäre leisten können. Ich wollte Sie fragen ... Ich kenne sonst niemanden weiter, der mir helfen könnte. Ich dachte, daß man das Medikament auf etwas inoffiziellem Weg vielleicht zu einem erschwinglichen Preis erwerben kann.«

»Mein lieber Krotow«, sagte Burjak mit einem Grinsen, »wir sind doch seriöse Leute und keine heurigen Hasen. Dann können Sie mich auch gleich bitten, Ihnen einen Handaufleger, einen Wunderheiler oder ein Kräuterweib zu beschaffen. Das Präparat, von dem Sie sprechen, ist davon nicht so weit entfernt. Seine Wirkung ist bisher nicht ausreichend erforscht. In meiner Macht steht es, für Ihren Kranken eine Untersuchung auf höchstem Niveau zu organisieren, ihn den besten Spezialisten von Moskau vorzustellen oder gar ein Ärztekonsilium einzuberufen. Aber das ist es dann auch. Ich habe hier mit Medizin und nicht mit Mystik zu tun.«

Das klang überzeugend. Dazu war wohl nichts mehr zu sagen ... Aber je aufrichtiger er Krotow ansah, desto klarer wurde dem, daß sein Gegenüber ihn gnadenlos belog.

Das hatte er eigentlich auch herausfinden wollen. Er mußte Klarheit darüber gewinnen, daß der Dicke direkt mit denen unter einer Decke steckte, die Lena den Auftragskiller geschickt hatten. Nun mußte er sich offenbaren, um auch die letzten Zweifel auszuräumen.

»Ilja Timofejewitsch!« Krotow schaute Burjak direkt ins Gesicht. Der wandte den Blick ab, schielte nach der offenen Schachtel und nahm sich flugs noch eine Praline. »Ich weiß, daß dieses Medikament im Krankenhaus von Lesnogorsk hergestellt wird. Ich weiß auch, daß Sie damit unmittelbar zu tun haben und die ganze Sache seitens des Gesundheitsministeriums absichern.«

Das Gesicht des Dicken lief dunkelrot an. Er verschluckte sich an der Praline, hustete und brach in Schweiß aus. Als er seine Stimme wiedergefunden hatte, brüllte er los:

»Alles Lüge und unverschämte Verleumdung!« Dann nahm er einen Schluck Tee, wischte sich die Stirn und fragte schon ruhiger: »Wer hat Ihnen denn diesen Unsinn erzählt?«

»Niemand.« Krotow lächelte. »Ich bin selber daraufgekommen. Verzeihen Sie, daß ich Ihnen so viel Zeit geraubt habe. Leben Sie wohl.«

Vom Gesundheitsministerium fuhr Krotow zur Petrowka zurück, holte sich aus dem Archiv die acht Jahre alte Akte über die illegale Abtreibungsklinik, schloß sich in seinem Büro ein und brühte sich einen starken Kaffee.

Krotow wußte aus Erfahrung, daß es bei solchen Fällen fast immer eine graue Eminenz gab, Herz und Hirn des ganzen Geschäfts, meist eine kluge, gerissene Person, die sich in der Regel nicht erwischen ließ.

Die graue Eminenz der Genossenschaft »Krokus« war ein gewisser Dr. Anatoli Weiß gewesen. Damals vor acht Jahren war man auf seine Spur gekommen, hatte ihm aber nichts nachweisen können. Als Krotow die Akte jetzt noch einmal durchsah, wurde ihm klar, daß Burjak Weiß damals aus der Patsche geholfen hatte.

Offenbar war die Firma »Krokus« nicht dazu gegründet worden, leichtsinnigen schwangeren Damen das Honorar für die Abtreibung zu entlocken. Das große Geld verdiente sie wahrscheinlich schon damals mit der Verarbeitung des lebenden Materials. Vor acht Jahren war das aber noch keinem in den Sinn gekommen.

Ohne sich große Hoffnungen zu machen, verglich Krotow die zahlreichen Fingerabdrücke, die man auf Lenas Glanzfoto gefunden hatte, mit denen aus dieser Akte. Als ersten nahm er sich die graue Eminenz von damals vor und verschluckte sich beinahe an dem heißen Kaffee: Auf dem Foto waren ganz deutlich die Abdrücke von Anatoli Weiß zu erkennen. Eine Stunde später hatte er die offizielle Bestätigung der Daktyloskopie.

»Du meinst also, solange sie bei Krotow ist, droht ihr keine Gefahr?«

»Die Wohnung liegt im neunten Stock eines Zwölfgeschossers. Sie hat eine Stahltür, die sich ohne passenden Schlüssel nicht öffnen läßt. Lena tut keinen Schritt hinaus. Selbst mit ihrem Hund geht Krotow morgens und abends auf die Straße.«

»Das haben sie sich gut ausgedacht.« Andrej Iwanowitsch nickte und nahm einen Schluck von dem heißen, starken Tee. »Krotow führt also ihren Hund aus«, meinte er ernst und nachdenklich. »Was spinnt sich da zwischen ihm und unserer Schutzbefohlenen an?«

Sweta zuckte die Schultern.

»Was wohl? Liebe!«

»Also, weißt du!« Andrej Iwanowitsch hieb sich aufs Knie. »Die kennen sich doch erst seit einer Woche!« Er hielt einen Moment inne und fragte dann: »Gefällt dir diese Lena?«

»Ja«, gab Sweta zu. »Es arbeitet sich leichter, wenn das zu schützende Objekt einem sympathisch ist. Warum fragen Sie?«

»Ich frage deshalb, mein Kind, weil es in deiner Arbeit keine Sympathien und Antipathien geben darf. Wer weiß, wie die Sache am Ende ausgeht ...«

Sweta bemerkte, wie kalt und hart die Augen ihres Gesprächspartners blicken konnten. Ihr wurde unheimlich. Er spürte das sofort und tätschelte ihr gütig die Wange.

»Mir gefällt sie ja auch«, meinte er, lehnte sich im Sessel zurück und steckte sich eine Zigarette an. »Es wäre gut, wenn sie und Krotow zusammenkämen. In der Petrowka ein Eisen im Feuer zu haben wäre für uns doch auch nicht schlecht, oder?« Er zwinkerte ihr listig zu, wurde aber sofort wieder ernst. »Jetzt das Wichtigste. In New York erwartet dich ein gewisser Bradley. So ein kleiner Dicker, erinnert irgendwie an einen Clown. Das täuscht gewaltig, denn er ist eher von der finsteren, groben Sorte. Aber das wirst du überleben. Ihr werdet euch nur selten begegnen. Er ist beim FBI in einer Geheimabteilung, die sich mit illegalem Organhandel befaßt. Wir mögen uns nicht besonders, arbeiten aber gut zusammen. Wenn wir ihnen die dortigen Partner von Weiß nicht liefern, sind sie sauer auf uns. Du kannst dich mit allen Problemen an ihn wenden. Was aber die Arbeit selbst betrifft, da verlaß dich besser nicht auf ihn. Schalte ihn nur ein, wenn es gar nicht anders geht. Das ist er.« Andrej Iwanowitsch zeigte Sweta einige Farbfotos. »Ein Bild von einem Mann, was?«

Wenn man Bradley anschaute, konnte man in der Tat an einen Clown denken.

»Haben Sie schon in New York angerufen, Lena? Holt Sie dort jemand ab?«

Sie saßen zusammen in seiner kleinen Küche. Unter dem Tisch hatte sich Pinja zusammengerollt und schnarchte laut.

»Ich habe am Freitag vom Büro aus telefoniert. Steven holt mich ab. Er war mit meinem Vater befreundet«, antwortete Lena.

»Und wo werden Sie unterkommen?«

»Bei ihm. Ich wohne immer dort, wenn ich in New York bin. Ich habe ihn quasi von meinem Vater geerbt. Sie haben sich 1957 bei den Weltfestspielen in Moskau kennengelernt. Ungeachtet aller Widrigkeiten im sowjetisch-amerikanischen Verhältnis haben sie es geschafft, immer Kontakt zu halten und sich ab und an zu sehen. Seit mein Vater tot ist, schreibe ich Steven manchmal. Er ist schon alt – über fünfundsiebzig. Seine Kinder und Enkel sind erwachsen. Er lebt allein in seinem großen Haus in Brooklyn und fühlt sich dort sehr einsam.«

Sie war erst seit zwei Tagen bei ihm eingezogen, und Krotow stellte fest, daß er seit langer Zeit abends wieder gern nach Hause kam. Er hatte keine Ahnung, wie es mit ihnen weitergehen sollte, aber tief in seinem Inneren war er sich sicher: Von Lena würde er sich nicht mehr trennen. Was gerade zwischen ihnen vorging, war viel zu ernst, um sich eines Tages wieder in Luft aufzulösen. Dabei geschah äußerlich rein gar nichts. Sie waren immer noch per Sie, er schlief auf dem Küchensofa und sie auf der Liege in seinem Zimmer.

»Lena, im Gespräch mit Kurotschkin haben Sie gesagt, daß Sie ein Mädchen erwarten. Nehmen Sie das nur an, oder wissen Sie es genau?«

»Jetzt bin ich sicher. Kurotschkin hat es mir beim Abschied gesagt. Er war ein erfahrener Arzt und hat sich bestimmt nicht geirrt.«

»Und was haben Sie sich gewünscht, als Sie es noch nicht wußten?«

»Ein Kind.« Lena lächelte. »Einfach nur ein Kind. Ist das Geschlecht denn so wichtig?«

»Ich wollte immer ein Mädchen, eine Tochter …«, sagte Krotow gedankenverloren.

Achtzehntes Kapitel

Die Maschine nach New York startete jeden Mittwoch um halb elf Uhr abends. In Scheremetjewo-2 war es voll, aber Sweta bemerkte Lena sofort. Sie beugte sich über ein Tischchen vor dem Durchgang in den Transitraum und füllte die Zollerklärung aus. Neben ihr stand Krotow und beobachtete wachsam die Menge ringsum.

Entspann dich, mein Lieber, dachte Sweta, hier ist keine Gefahr. In New York geht es richtig los.

Die Schlangen vor der Grenzkontrolle nahmen langsam ab. Die Lautsprecher hatten schon dreimal zum Einsteigen aufgefordert. Krotow reichte Lena ihren leichten Rucksack und drückte ihr linkisch die Hand.

Das ist mir ein Kavalier! bemerkte Sweta bei sich. Einer Dame küßt man die Hand und drückt sie nicht. Gib dir doch endlich einen Ruck, Milizionär!

Aber Krotow konnte sich nicht entschließen. Lena stand bereits vor der Kabine des Grenzsoldaten. Plötzlich stürzte Sergej durch alle Absperrungen zu ihr.

»Wohin?!« brüllte der Grenzkontrolleur, erhielt aber keine Antwort.

Zwischen den Spiegeln der Grenzkontrolle stand ein nicht mehr junges Paar und küßte sich selbstvergessen. Die Welt ringsum schien für die beiden versunken zu sein.

»Bürger!« brüllte der Grenzer noch einmal. »Sind Sie übergeschnappt?! Der Mann – sofort zurück! Und Sie werden noch das Flugzeug verpassen!«

»Entschuldigung«, sagten beide wie aus einem Mund, nachdem sie sich endlich voneinander losgerissen hatten. Ihr traut euch was! dachte Sweta und mußte lachen.

Krotow lief rasch zum Ausgang, ohne sich noch einmal umzuschauen. Sein Herz klopfte zum Zerspringen. Als er schon im Wagen saß, spürte er noch immer den herben Geschmack von Lenas kühlen Lippen.

Lena ließ sich in den weichen Sitz der Boeing fallen und schloß die Augen.

Sein Schnurrbart kitzelt, bemerkte sie bei sich. Was ist nur mit uns geschehen?

Mit zwanzig erscheint jede Liebe als die einzige und wichtigste im Leben. Mit fünfunddreißig sollte man sich nicht mehr irren: erstens, weil es peinlich ist, zweitens, weil kaum noch Zeit bleibt, um den Fehler zu korrigieren. Wie war es nur gekommen, daß dieser schnurrbärtige Oberstleutnant, den sie kaum eine Woche kannte, plötzlich der einzige Mensch auf der Welt war, der ihr so nahestand?

Es ist halt passiert, antwortete sie sich selbst. Wenn

ich ihm doch eher begegnet wäre ... Aber auch so ist es gut.

Nach jenem schrecklichen Vormittag hatte sie drei Tage in Krotows Wohnung verbracht und auf seiner alten »Olympia« ihre Übersetzung getippt. Er gab sie persönlich in der Redaktion ab und nahm auch bei der Sekretärin Katja ihre Flugtickets in Empfang. Er umsorgte sie wie ein Kind, versuchte zu erraten, was sie gerne aß, kam mit vollen Taschen nach Hause und ließ sie nicht an den Herd.

Sie wußte, daß er eine Woche Urlaub genommen hatte, um sich ganz dem Fall des Lesnogorsker Krankenhauses widmen zu können. Auch daß man ihn von der offiziellen Ermittlung entbunden hatte und ihn gar verdächtigte, Bubenzow erschossen zu haben ...

An letzteren wollte sie überhaupt nicht denken. Sie war zwischen Abscheu und Mitleid hin- und hergerissen. Ein Berufskiller konnte Bubenzow nicht geworden sein, aber mit einer Bande hatte er sich vielleicht eingelassen. Er brauchte immer Geld und scheute keine Mittel, um es zu bekommen. Er war ein guter Schütze. Irgendwie paßte das zusammen. Jemand mußte ein Interesse daran gehabt haben, gerade ihren Ex-Mann als ihren Mörder anzuheuern. Eifersucht war ein plausibles Motiv. Wahrscheinlich hatten sie Bubenzow ordentlich Angst gemacht, und er ließ sich darauf ein. Blieb noch herauszufinden, wer ihn im letzten Augenblick erschossen hatte. Lena wußte, daß es nicht Krotow war, obwohl der, wäre er an der Stelle des unbekannten Schutzengels gewesen, sicher das gleiche getan hätte. Nur – wer war es dann? Wer außer Sergej Krotow hatte Interesse an ihr?

»Wachen Sie auf und schnallen Sie sich bitte wieder an.«

Auf dem Flug nach New York gab es zwei Zwischenlandungen – die erste im irischen Shannon.

Es war pechschwarze Nacht, eisiger Regen fiel, und der Wind heulte. Die schräg fallenden Tropfen wurden von den

Suchscheinwerfern für einen Augenblick aus dem Dunkel geholt und verschwanden sofort wieder. Das machte es im Flughafengebäude noch gemütlicher.

Lena öffnete die Haarspange und ließ die dichte dunkelblonde Flut offen auf die Schultern fallen. Als sie ihre Bürste aus der Tasche holte und in die riesige Panoramascheibe blickte, sah sie neben sich das Spiegelbild einer hochgewachsenen hübschen Blondine. Irgendwie kam die ihr bekannt vor. Dieses Gesicht mit den kurzen blonden Stoppeln hatte sie erst kürzlich irgendwo gesehen.

Vielleicht auf der Kaugummiwerbung, dachte sie zerstreut.

Ihre Blicke begegneten sich.

Nein. Kein Kaugummi. Überhaupt keine Werbung. Etwas ganz anderes. Lena hatte den Eindruck, daß das Mädchen sie auch kannte. Aber schon war es in der Menge der Transitreisenden verschwunden.

Beim zweiten Mal ging das Flugzeug in Calgary in Kanada herunter. Wieder mußten die Passagiere aussteigen und eineinhalb Stunden im Transitraum des Flughafens totschlagen. Die Blondine sah Lena nicht mehr – weder dort noch an Bord der Maschine.

Sweta hatte schon mehrere Auslandsreisen hinter sich. Nach Amerika kam sie jedoch zum ersten Mal. Die Boeing kreiste fast eine halbe Stunde über dem Kennedy International Airport, weil sie wegen starken Windes nicht landen konnte. Sweta war ein wenig aufgeregt. Die sechzehnstündige Pause ging zu Ende. Jetzt wurde es ernst. Es blieben nur noch wenige Minuten, um sich zu entspannen. Sie schloß die Augen.

Wer da auf Lena Poljanskaja wartete, wußte sie sofort und wunderte sich. Typisch russische Mafiosi: kahlrasierte Köpfe, dumpfe, kantige Visagen und Lederjacken. Als einer Lena in der Menge bemerkte, rief er ziemlich laut auf russisch: »Da ist sie!«

Die beiden anderen starrten ihr finster entgegen. Als einer der Kerle seine Hand in die Jackentasche steckte, war Sweta bereits dicht neben ihm, legte ihm die Hand auf den Arm und fragte mit einem einladenden Lächeln: »Wartet ihr etwa auf mich, Jungs?«

Die Kerle zuckten zusammen und wollten sie grob anfahren, wurden aber sofort leiser, als sie Sweta in Augenschein nahmen. Schließlich stand vor ihnen eine vollendete Schönheit, wie von einem Werbeplakat herabgestiegen.

»Ja, hm, eigentlich ...«, murmelte einer verlegen.

»Seid ihr Brüder?« Swetas Hand lag immer noch auf dem Ärmel der Lederjacke. Der Kerl hielt seinen Arm, dessen aufgepumpte Muskeln Sweta spüren konnte, reglos. Langsam wurde er ihm steif.

»Was soll's«, seufzte sie schließlich. »Schade, daß ihr nicht wegen mir gekommen seid. Gebt mir wenigstens eine Zigarette. Meine waren schon im Flugzeug alle.«

Die Hand kam schließlich aus der Jackentasche hervor und umschloß ... eine Schachtel »Camel«.

Da habe ich wohl etwas überreagiert, dachte Sweta. Hier hätten sie nicht geschossen. Die sind zwar beschränkt, aber so sehr nun doch nicht.

Lena lag indessen in den Armen eines betagten, aber gutaussehenden, etwas auf jung getrimmten Amerikaners. Sweta hörte sie sagen: »Steven, mein Lieber, ich freue mich so, dich zu sehen!«

Jetzt tippte jemand Sweta leicht auf die Schulter. Sie fuhr herum.

Ein kleiner, runder Kerl mit schmalen Schultern, rosiger Glatze und Kindernase schaute sie streng und vorwurfsvoll an.

»Mr. Bradley?« Sweta lächelte ihm entgegen.

»Hallo, Sweta«, antwortete er finster.

Keep smiling – diese Devise der Amerikaner schien für Bradley nicht zu gelten. Seine grünen Äuglein blickten stechend und kalt.

»Ich bringe Sie zum Wagen. Dort finden Sie Waffe und

Stadtplan. Meine Telefonnummer prägen Sie sich bitte ein. Notieren Sie sie nirgends. Und benutzen Sie sie nur, wenn es sich nicht umgehen läßt.«

Bradley führte Sweta zu einem kleinen schokoladenbraunen Opel und hielt ihr die Schlüssel hin.

»Der Mann, der Ihre Freundin abgeholt hat«, fuhr er leise fort, »ist in einem grünen Ford gekommen, und die zwei Russenkerle, mit denen Sie gerade gesprochen haben, steigen jetzt in einen roten Jeep. Ich folge Ihnen mit Sicherheitsabstand und warte so lange, bis Sie in der Nähe Ihrer Freundin eine Unterkunft gefunden haben. Fahren wir.«

Sweta sah, wie Stevens grüner Ford vom Parkplatz rollte. Sie hängte sich an den roten Jeep der Ganoven. Draußen flog ein armes Farbigenviertel vorbei. Neben eintönigen Häuserblocks aus rotem Backstein drängten sich ebenerdige Elendshütten. Die Wände waren über und über mit grellbunten Graffiti besprüht. Wo die Fensterscheiben fehlten, gähnten leere Höhlen oder sah man geschlossene Fensterläden, von denen die Farbe abblätterte. Die Schilder von Läden und Imbißstuben hingen schief oder waren ganz abgefallen. Auf dem Asphalt dunkelhäutige Figuren, die rauchten oder aus der Flasche tranken.

Dann war das Armenviertel plötzlich zu Ende. Nun fuhren sie durch eine gepflegte Gegend mit kleinen doppelstöckigen Häuschen, mit den glänzenden Glasscheiben von Supermärkten und Cafés. Die Leute lächelten, führten Hunde aus oder schoben Kinderwagen vor sich her.

Erst später stellte Sweta fest, daß in New York alles abrupt beginnt oder endet. Die Stadt kennt keine Übergänge. Ein aufgeweichter Weg ist zu Ende, und es beginnt eine saubere Straße. Keine Abstufungen, keine Mitte – nur grelle Kontraste. Als ob jedes Detail einer Landschaft, jeder Zug in einem menschlichen Gesicht nach absoluter Vollendung strebte.

Die Dicken sind unmäßig dick und die Schönen atemberaubend schön. Wenn eine Straße arm und schmutzig ist, dann bis zum Erbrechen, und wenn sie reich ist, dann künden von diesem Reichtum jeder Quadratmeter Straßenpflaster und jede einzelne Türklinke.

In einem solchen Viertel hielt Stevens Ford. Sweta hatte ihre Route auf dem Stadtplan mitverfolgt, der auf dem Beifahrersitz lag. Ihr war klar, daß sie im Zentrum von Brooklyn unweit der berühmten Brooklyn Bridge angekommen waren. Der Jeep der Gangster bremste vor Stevens Haus nur kurz und fuhr dann weiter. Dahinter schob sich Mr. Bradleys hellblauer Volvo um die Ecke und hielt.

Sweta dachte sich, daß Lena das Haus in den nächsten eineinhalb Stunden sicher nicht verlassen werde. Schließlich mußte sie duschen und sich ein wenig von dem Flug erholen. Sweta fragte den ersten besten Passanten, der ihr in den Weg kam: »Wo ist hier in der Gegend ein Hotel?«

Der beleibte Fünfzigjährige hatte einen weißen Zwergpudel im Arm, der mit Jacke, Mützchen und Stiefelchen kostümiert war. Herrchen und Pudel erwiesen sich als sehr gesprächig. Der Hund kläffte freundlich, und der Mann plapperte los: »Leider gibt es hier in der Nähe kein anständiges Hotel, Madam, aber im Haus gegenüber ist ein Studio zu vermieten. Es ist groß und sauber. Ich bin mit den Besitzern befreundet – sehr nette Leute. Einer so hübschen Lady wie Ihnen wird es dort bestimmt gefallen. Und es ist auch nicht sehr teuer.«

Eine Minute später klingelte der Dicke bereits an der Tür des zweistöckigen Hauses. Eine schwergewichtige Frau in Shorts und T-Shirt erschien auf der Schwelle.

»Hallo, Suzy! Wie geht es dir? Siehst hervorragend aus! Diese junge Dame hier möchte dein Studio mieten.«

»Oh! Das freut mich aber! Treten Sie ein, Madam. Sind Sie Schauspielerin oder Fotomodell? Wie heißen Sie? Wie geht es Ihnen? Für wie lange möchten Sie das Studio haben?«

Suzy hatte eine dünne Kinderstimme, die zu ihrer eindrucksvollen Erscheinung überhaupt nicht passen wollte.

Das Studio stellte sich als nicht sehr große Einzimmerwohnung mit separatem Eingang heraus. Sweta gefiel es sofort. Besonders günstig war, daß sie vom Fenster der kleinen Küche Stevens Haus voll im Blick hatte.

1989 hatte Lena einen amerikanischen Sowjetologen, Professor an der Columbia University, für eine große Zeitung interviewt. Als Siebzigjähriger hatte er zum ersten Mal den Boden Rußlands betreten, das fünfzig Jahre lang sein Arbeitsgegenstand gewesen war.

Er bat Lena, einige Kapitel seines Buches mit dem Titel »Apokalypse auf russisch« zu übersetzen. Auf 500 Seiten versuchte der Professor dort umständlich nachzuweisen, daß der Bolschewismus im russischen Nationalcharakter schon seit Jaroslaw dem Weisen (987–1054), einem Kiewer Fürsten, der die erste Gesetzessammlung der Kiewer Rus herausgab, angelegt sei.

Lena übersetzte die Kapitel, wagte es aber, dem siebzigjährigen Sowjetologen zu sagen, daß sie den Hauptthesen seiner monumentalen Arbeit nicht zustimmen konnte. Der Professor war nicht beleidigt, sondern fand im Gegenteil Gefallen an der Idee, mit Lena an der Columbia University darüber öffentlich zu disputieren.

Er war kaum eine Woche aus Rußland abgereist, als bereits eine offizielle Einladung für einige Vorträge an der Universität eintraf. Darauf bereitete sich Lena gründlich vor. Aber bereits bei der ersten Begegnung mit Studenten und Lehrkräften stellte sie fest, daß sie das hätte seinlassen können. Hier mußte man vor allem ein flinkes Mundwerk und keinerlei Hemmungen haben.

Die Sache ähnelte eher einem Unterhaltungsabend: Die Zuhörer saßen auf Tischen und Fensterbänken, aßen, tranken und stellten die unglaublichsten Fragen: Wieviel Prozent der russischen Frauen beteiligen sich an der internationalen feministischen Bewegung? Wie sieht man heute in Rußland das Werk der Dichter der Revolution? Stimmt es, daß Majakowski nicht Selbstmord beging, sondern ermordet wurde?

Dabei konnte der Wissensstand über Rußland in einem solchen Auditorium von null bis annehmbar schwanken.

Eine grauhaarige Dozentin trat an Lena heran und stopfte ihr Kekse in den Mund. Sie hatte sie für den Gast aus dem hungernden Rußland gebacken, wo sich nach ihrer Vorstellung die Bären durch heruntergekommene Städte trollten, die Männer in Fußlappen und die Angehörigen des KGB mit umgehängter Maschinenpistole herumliefen …

Nach diesem ersten Besuch wurde Lena regelmäßig eingeladen.

Als sie jetzt aus der U-Bahn-Station »Columbia University« ans Tageslicht trat und an einer Kreuzung auf Grün wartete, wollte sie sich auf ihre erste Vorlesung einstellen. Sie konnte es nicht. Keine Spur von Leichtigkeit und Ungezwungenheit. Sie war nur müde und wollte schlafen. Der sechzehnstündige Flug und die durchwachte Nacht davor machten sich bemerkbar.

Die Ampel sprang auf Grün. In ihre Gedanken versunken, betrat Lena die Fahrbahn. Mitten auf der breiten Columbia Avenue packte sie plötzlich jemand von hinten bei den Schultern und riß sie zurück. In diesem Augenblick schoß ein roter Jaguar mit hohem Tempo knapp an ihr vorbei und verschwand um die nächste Ecke.

Lena fiel beinahe auf die Person, die sie zurückgerissen hatte. Als sie sich umdrehte, stand hinter ihr ein unbekanntes Mädchen mit Sonnenbrille und einem Lederkäppi, unter dem langes schwarzes Haar auf die Schultern fiel.

»Haben Sie vielen Dank!« Lena versuchte zu lächeln.

»Keine Ursache!« entgegnete das Mädchen und lächelte zurück.

Ein Martinshorn ertönte, und über den Platz raste ein Polizeiwagen. Offenbar jagte er den roten Jaguar.

Sweta folgte Lena in eines der Gebäude der Columbia University bis zu der Etage, die die Journalistin ansteuerte. Dann schaute sie sich nach der Damentoilette um.

Sie schloß sich ein, nahm Brille, Perücke und Käppi ab und verstaute alles in ihrer Tasche. Vor dem Spiegel fuhr sie sich durch das kurze blonde Haar und fragte eine junge Chinesin, die sich neben ihr die Hände wusch, in welchem Hörsaal der Vortrag der russischen Journalistin stattfinde.

Neunzehntes Kapitel

Boris Simakow wurde von seinem Telefon geweckt. Als die bekannte Stimme im Hörer erklang, sprang er aus dem Bett und stand stramm. Auf diesen Anruf wartete er seit Tagen. Er hatte sich kaum von seinem Apparat zu entfernen gewagt.

»Grüß' dich, Boris! Wie geht's? Ich habe eine Bitte an dich. Kannst du feststellen, wann in eurer Abteilung künstliche Wehen ausgelöst wurden und welcher Arzt das jeweils vorgenommen hat?«

»Wie schnell soll das gehen?«

»Ich brauche die Information sofort. Mit allen Einzelheiten. Ich warte auf deinen Rückruf.«

Bei seinem Anblick brach seine Frau in schallendes Gelächter aus: Boris – in der weiten Pyjamahose, aus der seine behaarten Beine schauten – stand immer noch stramm, als sei er auf dem Exerzierplatz.

Als Andrej Iwanowitsch eine Stunde später Simakows ausführlichen Bericht entgegennahm, meinte er aufgeräumt: »Also, mein Freund. Die Sache ist klar. Willst du eine Abteilung in deinem Krankenhaus übernehmen?«

»Und was wird mit ...?« stammelte er verwirrt.

»Amalia Petrowna? Die wird bald sehr viel Ruhe haben.« Und schon hatte Andrej Iwanowitsch aufgelegt.

Die Dame, von der die Rede war, befand sich zu dieser Zeit an einem Ort, wo man sie zu so später Stunde am wenigsten vermutet hätte – auf dem Hinterhof des Bierlokals »Amulett«, der schmutzigsten und verrufensten Kaschemme in ganz Lesnogorsk.

Sie wurde dort von niemandem gesehen, denn es war dunkel, und sie stand in der finstersten Ecke des Hofes.

Ihre Nerven waren zum Zerreißen gespannt. Es war ihr furchtbar unangenehm, hier allein in der Dunkelheit herumstehen zu müssen. Aber sie brauchte nicht lange zu warten. Die Hintertür des Etablissements sprang auf, und von dort kam, beziehungsweise fiel, ein Wesen heraus, das an eine riesige Küchenschabe erinnerte.

Der Kerl hatte einen langen Rumpf, aber nur kurze, dünne Arme und Beine. Sein zu klein geratener rothaariger Kopf schien ihm direkt auf den Schultern zu sitzen. Dazu kam ein riesiger, struppiger Schnurrbart. Das aufgedunsene rote Gesicht hätte eher zu einem alten Säufer gepaßt, aber Amalia Petrowna wußte, daß der Kerl kaum dreiundzwanzig Jahre alt war. Schwankend und etwas vor sich hin murmelnd, bewegte sich das Wesen über den Hof.

»Prussak!« rief ihn Amalia Petrowna leise an und trat aus der Dunkelheit hervor.

Der blieb stehen und drehte den Kopf nach allen Seiten. Als er die Frau bemerkte, stolperte er ihr entgegen. Er war nicht betrunken. Aus dem Dunkel funkelten Amalia Petrowna ein Paar harte, gelbe Augen an.

»Willst du dir tausend Dollar verdienen?«

»Für was?« fragte er sachlich.

Die Tussi kannte er – so eine dralle Blonde. Die wollte er erst mal richtig rannehmen, und dann ... Heute hatte er ja echt Schwein!

Bei den Weibern hatte Prussak kein Glück. Die abgelegten Huren aus dem »Amulett« wollte er nicht. Sie waren ihm zuwider, außerdem konnte man sich bei ihnen leicht etwas holen. Und die jungen liefen vor ihm davon.

Dabei gärte und brauste auch in ihm das Blut der Jugend.

Aber er würde es ihnen allen zeigen. Die Zeit kam noch, da sich richtige Weiber um ihn rissen …

Am nächsten Morgen lauerte Prussak dem Mädchen in aller Frühe auf, als es zur Bahnstation ging. Sie kaufte sich eine Rückfahrkarte nach Moskau und bestieg den Vorortzug. Nun brauchte er nur abzuwarten, bis sie zurückkam.

Walja verbrachte den ganzen Tag im Institut, schlenderte durch die Geschäfte, besuchte eine Freundin und merkte gar nicht, wie die Zeit verging. Gegen Mitternacht bekam sie gerade noch die letzte Bahn. In Lesnogorsk stieg sie allein aus. Auf dem ganzen Bahnsteig keine Menschenseele. Das trübe Licht der Laternen wirkte unheimlich. Sie nahm ein kleines Gasspray aus der Tasche und steckte es in ihre Jacke.

Der kürzeste Weg nach Hause führte durch den kleinen Park. Sie konnte natürlich auch die beleuchteten Straßen nehmen, aber das hätte einen großen Umweg bedeutet. Und sie war so müde, daß sie fast im Gehen einschlief.

Einen Moment glaubte sie einen langen Schatten hinter sich zu sehen. Walja ging schneller, lief fast auf den Park zu. Mehrmals hörte sie deutlich Schritte hinter sich und drehte sich um. Aber die Straße war leer.

Im Park konnte sie kaum die Hand vor Augen sehen. Unter ihren Füßen knirschte die gefrorene Nässe. Dadurch waren Schritte besser zu hören – nicht nur die eigenen, sondern eindeutig die einer weiteren Person.

Jetzt gab es keinen Zweifel mehr. Jemand folgte ihr bereits seit dem Bahnhof. Sie lief, so schnell sie konnte. Auch hinter ihr stampfte es jetzt laut. Die Schritte kamen immer näher. Walja konnte schon ein schweres, abgehacktes Schnaufen hören …

Nachdem Amalia Petrowna zwei Tabletten eines milden englischen Schlafmittels genommen hatte, schaltete sie den Sender »Orpheus« ein, der leise klassische Musik spielte. Dann legte sie sich ins Bett und löschte das Licht.

Sie schlief so fest, daß sie nicht hörte, wie das komplizierte Schloß ihrer Stahltür geöffnet wurde und zwei Männer in ihr Schlafzimmer schlichen. Sie erwachte nicht einmal, als sie das Nachtlämpchen einschalteten.

Erst als man ihr den Mund fest mit Klebeband verschloß, schlug Amalia Petrowna die Augen auf. Sie zappelte und strampelte, aber eiserne Fäuste in Gummihandschuhen hielten ihr die Arme fest. Auf ihr Gesicht senkte sich ein kleines Kissen. Sie konnte mit Mühe atmen, sah aber nichts.

Dann spürte sie, wie ihr jemand die Armbeuge mit Spiritus einrieb. Eine Sekunde später drang die Nadel einer Spritze in die Vene ein.

»Ob es reicht?« fragte der eine Mann zweifelnd.

»Klar. Fünf Gramm sind genug«, antwortete der zweite und drückte die Finger der rechten Hand Amalia Petrownas zunächst auf die Spritze und danach auf die erbrochenen Ampullen.

Einer der Männer hob ihr Augenlid an. Die Pupille in der blaßblauen Iris hatte sich bis auf einen kleinen schwarzen Punkt zusammengezogen. Der Puls war kaum noch zu spüren. Der Mann befreite ihren Mund vorsichtig von dem Klebeband. Sein Partner schaute sich auf der Frisierkommode um, fand eine Kamillencreme gegen Hautreizungen und rieb die gerötete Partie um ihre Lippen damit ein.

»Koma«, sagte der leise, der ihr die Spritze gegeben hatte. »Abmarsch.«

Die beiden jungen Männer sahen sich noch einmal aufmerksam in dem Schlafzimmer um. Das Lämpchen ließen sie brennen und auch das Radio eingeschaltet, aus dem leise alte Lautenmusik erklang. Dann entfernten sie sich lautlos und zogen die Stahltür vorsichtig hinter sich zu.

Walja zog jäh die Hand aus der Jacke und sprühte ihrem Verfolger den Gasstrahl ins Gesicht. Der brüllte auf und fiel zu Boden. Dabei ließ er einen kleinen metallischen Gegenstand fallen.

Ein Messer! schoß es ihr durch den Kopf. Sie rannte wie wild quer durch den Park, an zwei Häuserblöcken vorbei und stürmte mit heftig klopfendem Herzen in die Milizstation hinein.

»Gerade wollte mich einer umbringen, dort im Park … Ich habe ihm Gas ins Gesicht gesprüht. Er ist umgefallen …«

Vor Aufregung bemerkte Walja nicht sofort Dmitri Kruglow, der neben dem Diensthabenden an einem Tischchen saß, wo sie gerade gemeinsam geraucht und Tee getrunken hatten.

»Beruhigen Sie sich«, sagte der Diensthabende streng. »Nicht so schnell und alles der Reihe nach. Ihr Name?«

»Das hat doch Zeit! Wir müssen hin, bevor er zu sich kommt. Jemand hat ihn auf mich angesetzt, und ich weiß auch, wer.«

Da sprang Dmitri auf, stieß dabei das Glas mit dem heißen Tee um und sprang über die Barriere. »Beruhige dich, Walja, komm, wir gehen zusammen.«

»He, Kruglow!« empörte sich der Diensthabende. »Wisch wenigstens die Schweinerei hier auf. Du hast mir die Hose naß gemacht!«

Aber Kruglow und Walja hörten ihn schon nicht mehr.

»War er allein?« fragte Mitja im Laufen.

»Ja.«

In drei Minuten hatten sie den Park erreicht.

»Da ist er!« Walja wies ins Dunkel.

Prussak versuchte hochzukommen, aber es gelang ihm nicht. Völlig zusammengekrümmt lag er da. Er ließ sich ohne Widerstand durchsuchen, blinzelte nur schwach ins Licht der Taschenlampe. Ihm war übel, und alles ringsum drehte sich.

Bremsen kreischten. In der Dunkelheit flammten Scheinwerfer auf. Aus einem Jeep der Miliz stiegen zwei Mann aus, die man Kruglow zu Hilfe geschickt hatte.

Prussak wurde in den Wagen gehoben.

»Das Messer!« rief Walja. »Das habe ich ganz vergessen. Er hat etwas fallen lassen, das aussah wie ein Messer.«

Einer der Milizionäre ließ den Strahl seiner Taschenlampe über den Boden gleiten. Tatsächlich fand er ein Finnmesser, scharf wie eine Rasierklinge.

Aus Prussak war zunächst kaum etwas herauszubekommen. Zuerst wollte er protestieren.

»Das ist meine persönliche Angelegenheit, Chef. Das Mädchen gefällt mir schon lange. Ich wollte nur mit ihr reden, ganz normal. Die aber sprüht mir dieses Zeug ins Gesicht. Die sollte man einlochen, nicht mich, hörst du, Chef?«

Aber es brauchte nicht viel, um ihn zur Aussage zu bewegen. Er gestand alles – wie ihn Amalia Petrowna beauftragt hatte und wieviel sie ihm bezahlen wollte.

Mit Amalia Petrownas mehrfach gesicherter Wohnungstür taten sie sich lange schwer. Als sie endlich drinnen waren, forderte Hauptmann Sawtschenko sofort die Schnelle Medizinische Hilfe und die Spurensicherung an.

»Da brauche ich gar nicht hinzuschauen«, meinte der Notarzt von oben herab. »Sie hat sich einen Schuß gesetzt, und das war's. Sie ist Ärztin und weiß, wie man das macht.«

Das gleiche sagte auch der Gerichtsmediziner, der zusammen mit der Spurensicherung eintraf. Die Leiche wurde in die Pathologie gebracht. Die Obduktion ergab, daß der Tod durch Vergiftung mit einer Überdosis Morphium eingetreten war. Auf der Spritze und den benutzten Ampullen fanden sich die Fingerabdrücke einer einzigen Person, der verstorbenen Amalia Petrowna Sotowa.

»Ich glaube nicht, daß sie das selber war«, erklärte Hauptmann Sawtschenko, als er spätabends mit seiner Frau in der Küche saß. »Das paßt nicht zu ihr. Und sie wußte auch gar nicht, daß Prussak gestanden hat.«

»Wir wollen nicht schlecht von ihr denken.« Seine

Frau seufzte. »Sie war bestimmt unglücklich und sehr einsam.«

Sie tranken einen Kognak auf die Tote, wobei sie nach russischer Sitte nicht anstießen.

Zwanzigstes Kapitel

»Du willst also nicht nach Greenwich Village?« fragte Steven, als beide vor die Haustür traten.

»Es ist schon spät, Steven. Ich bin müde.«

»Aber deine Ankunft muß doch gefeiert werden!« Steven ließ die Autoschlüssel an seinem Finger kreisen. Er war traurig. »Wozu habe ich mich dann so in Schale geworfen?«

»Also gut.« Lena lenkte ein. »Erinnerst du dich an den gemütlichen Italiener zwei Ecken von hier? Der Wirt war so ein ganz Kleiner.«

»Was soll ich bloß mit dir machen? Dort weiß natürlich keiner meinen Anzug aus englischem Tuch zu schätzen ...«

»Ich habe ihn doch schon gelobt!« tröstete ihn Lena. »Dafür kannst du etwas trinken. Wir gehen zu Fuß.«

Im Küchenfenster erschien der schwarze Krauskopf von Samantha, Stevens Aufwartefrau.

»Wenn Sie nicht fahren, kann ich dann das Auto für ein paar Stunden haben?« rief sie.

»Okay!« Steven warf ihr mit einem für sein Alter beträchtlichen Schwung die Schlüssel zu. »Aber vorher machst du meinen Stall sauber.«

Das Restaurant war fast völlig leer. Auf dem kleinen, noch dunklen Podium stimmte ein alter Geiger mit eindrucksvoller Mähne sein Instrument. Der Wirt, ein winziges kahlköpfiges Männlein, eilte herbei, schüttelte Steven heftig die Hand und sagte immer wieder: »Wie ich mich freue, Sie zu sehen! Sie und Ihre russische Freundin. Ich habe Sie sofort erkannt, Madam«, erklärte er Lena und entblößte seine blendend weißen, künstlichen Zähne. »Sie waren lange nicht mehr hier, aber ich kann mich gut an Sie erinnern. So eine schöne Frau vergißt man nicht!«

Sie setzten sich in eine Ecke, und Steven zündete sich eine Zigarette an. Unbeeindruckt von allen amerikanischen Kampagnen gegen das Rauchen, hielt er an diesem Laster fest.

»Für dich wie immer einen Martini Bianco mit Eis?« fragte er, nachdem er die Weinkarte angeschaut hatte.

»Nein.« Lena lächelte. »Für mich nur einen Juice.«

Steven brummte verächtlich.

»Mich wundert nicht, daß man jetzt bei euch in Rußland unsere angeblich so gesunde Lebensweise propagiert. Aber daß du darauf hereinfällst, hätte ich nicht gedacht. Ich habe schon bemerkt, daß du überhaupt nicht rauchst. Hast du es tatsächlich aufgegeben? Und jetzt stellt sich heraus: Du trinkst auch nicht.«

Der Zwerg von Wirt, der in ehrerbietiger Pose auf die Bestellung wartete, trat plötzlich an Steven heran und flüsterte ihm mit Verschwörermiene etwas ins Ohr. Der zog erstaunt die Brauen hoch.

»Ist das wahr?« Steven starrte Lena an.

»Was?«

»Signore Luzoni meint, du seist ...«

»In solchen Sachen irre ich mich nicht«, erklärte der Italiener stolz. »Ich habe neun Kinder. Für Sie, Madame, brate ich jetzt persönlich unsere berühmte Forelle. Sie müssen Fisch essen, der hat viel Phosphor. Dann bekommen Sie ein kluges Kind.«

Als der Italiener in der Küche verschwunden war, fragte Steven leise: »Warum hast du mir das nicht gleich gesagt?«

»Ich dachte, es ist nicht zu übersehen. Und du hast ein Gesicht gemacht, als wäre ich erst fünfzehn und hätte es, wie meine Tante Soja zu sagen pflegte, auf der Straße aufgelesen.«

Nun schlug sich Steven schon wieder mit der Hand an die Stirn. »Ich habe ganz vergessen zu fragen, wie es deiner kommunistischen Tante geht?«

»Sie ist gestorben.« Lena spürte, wie ihr die Tränen in die Augen stiegen. »Erst vor ganz kurzer Zeit. An einem Infarkt.«

»Armes Mädchen«, schüttelte Steven den Kopf.

In diesem Augenblick dröhnte ganz in der Nähe eine schwere Explosion.

Verdammt noch mal! grollte Sweta. Ich schaffe das nicht allein. Ich kann nicht an drei Orten gleichzeitig sein!

Sie stand in der Menge hinter der Absperrung, die die Polizei um Stevens Haus gezogen hatte.

Die Trümmer seines grünen Fords rauchten noch. Sweta sah, wie man in einem Plastiksack wegtrug, was von der Schwarzen Samantha geblieben war.

Die Druckwelle hatte in mehreren Nachbarhäusern die Fensterscheiben bersten lassen. Steven machte gerade eine Aussage. Lena stand neben ihm, und Sweta konnte sehen, wie sie zitterte.

Sweta suchte unter den Gaffern »ihren« Mann zu entdecken, fand ihn aber nicht. Nach den Gesprächen zu urteilen, standen hier vor allem Bewohner dieses vornehmen Viertels. Der Knall hatte sie aus ihren Häusern getrieben.

»Ich habe Mr. Pollit immer gesagt, er soll keine Frau in sein Haus lassen, deren Mann im Gefängnis sitzt!« hörte Sweta eine Stimme neben sich sagen. »Der reine Zufall, daß nicht er selbst in dem Wagen saß!«

»Und Mr. Pollit hing so an seinem guten alten Ford!« bemerkte ein anderer.

Die Menge zerstreute sich langsam. Mehrere Polizisten gingen mit in Stevens Haus.

»Sie sind sich sicher, Mr. Pollit, daß dieser Anschlag nicht Ihnen gegolten hat?« fragte der dunkelhäutige Detektiv lächelnd.

»Wer sollte denn etwas gegen mich haben?« erwiderte Steven achselzuckend.

Am nächsten Morgen gegen acht Uhr ließ Lena die Haustür leise ins Schloß fallen und ging eilig zur U-Bahn. Eine halbe Stunde später stand sie in der pompösen, marmorgeschmückten Halle des Hauptquartiers der New Yorker Polizei.

Mitten im Raum ragte die über zwei Meter hohe Figur eines stattlichen Polizisten mit Hund vor ihr auf. Beide schauten Lena mit finsteren kupfernen Augen an.

Wie in unserer Metro-Station »Platz der Revolution«, ging es Lena durch den Kopf. Sie trat an die Barriere heran.

»Guten Morgen«, grüßte sie eine junge Chinesin. »Ich möchte gern Detective McCoventry sprechen. Es ist sehr dringend.« Sie reichte der Chinesin die Visitenkarte, die der Beamte ihr am Abend zuvor gegeben hatte.

»Für wann sind Sie verabredet?« erkundigte sich die Chinesin höflich.

»Wir haben keinen konkreten Termin vereinbart. Aber Mr. McCoventry hat mich gebeten vorbeizukommen, wenn mir zu der Explosion von gestern abend in Brooklyn noch etwas einfällt.«

Das stimmte nicht ganz. Der Detective hatte sie nicht einmal um ihren Anruf gebeten. Doch sie hatte seine Karte.

»Kann ich Ihre Papiere sehen, Madam?« fragte die Chinesin lächelnd.

Lena reichte ihr den internationalen Presseausweis und ihren Paß hin.

»Was ist denn das für eine Sprache?« fragte das Mädchen verblüfft und hob die feinen Augenbrauen, als sie den dunkelroten Paß in der Hand hielt.

»Russisch.«

»Wie spricht sich Ihr Name aus?«

Lena las ihn ihr langsam vor. Die Chinesin nahm den Hörer ab.

»Hier ist eine russische Journalistin, die Detective McCoventry sprechen will. Gut, Ich schicke sie Ihnen. Nehmen Sie den Lift zum achten Stock, dann die erste Tür rechts.«

Die Chinesin reichte Lena ein Plastikschildchen mit einer Klemme. »Das stecken Sie sich bitte ans Kleid.«

Drinnen erinnerte nichts mehr an die Metro-Station »Platz der Revolution«. Hier sah es genauso aus, wie man es aus amerikanischen Krimis kennt.

Lena trat in einen großen Raum, der durch Glaswände in viele kleine Kojen eingeteilt war. Dazwischen eilten bullige Amerikaner in weißen Hemden und mit Schulterhalfter geschäftig hin und her. Computer klapperten, irgendwer trank Kaffee aus einem Pappbecher, die Füße auf das nächste Tischchen gelegt.

McCoventry empfing Lena mit einem breiten Lächeln.

»Ich wollte nichts sagen, als Mr. Pollit dabei war«, begann Lena, nachdem er ihr Platz angeboten hatte. »Er ist nicht mehr jung, und ich wollte ihn nicht aufregen. Ich habe Grund anzunehmen, daß die Explosion mir gegolten hat.«

McCoventrys Miene wurde plötzlich undurchdringlich. Das Lächeln war wie weggewischt. Wie zwei Pistolenmündungen bohrten sich die schwarzen Augen in Lenas Gesicht.

Wahrscheinlich starrt er so einen Verdächtigen im Verhör an, dachte Lena. Am liebsten möchte man weglaufen oder unter den Tisch kriechen und schreien: »Schießen Sie nicht, Sir, ich gestehe alles!« Und auch ich werde jetzt alles sagen.

»Sie waren schon in Rußland hinter mir her, und hier geht das offenbar weiter«, stieß sie hervor. Lena umriß kurz und knapp, ohne überflüssige Einzelheiten, worum es ging. Der Detective wandte seinen bohrenden Blick nicht von ihr, unterbrach sie aber auch nicht. Immer mehr gewann sie den Eindruck, daß er sie überhaupt nicht verstand. Es war, als spreche sie Russisch mit ihm. Sie beeilte sich, zum Ende zu kommen.

»Soviel ich weiß, ist in den USA die Herstellung derartiger Präparate verboten. Wahrscheinlich haben die Leute, die mir schon in Moskau ans Leben wollten, hier in New York einen Absatzmarkt und eigene Strukturen. Sie sind mir auf die Spur gekommen. Vielleicht sind sie von der Russenmafia in Brighton Beach.«

»Sind Sie fertig, Lady?« fragte McCoventry nach einer Pause.

Lena nickte.

»Also«, der Detective stand auf und ging hin und her, »in Brighton Beach gibt es keine Russenmafia. Das sind alles Erfindungen der Medien. Der Mann der verstorbenen Samantha Robinson, der Haushälterin von Mr. Pollit, ist vor einem Jahr wegen Drogenhandel festgenommen worden und sitzt zur Zeit im Gefängnis. Wir nehmen an, daß die Explosion damit und nur damit zusammenhängt. Die Ermittlungen laufen.«

»Nein.« Lena seufzte auf. »Das hat mit Drogen nichts zu tun. Entschuldigen Sie, Mr. McCoventry, offenbar haben wir uns nicht richtig verstanden. Soll ich es noch einmal erklären?«

»Geben Sie sich keine Mühe, Lady. Ich habe Sie genau verstanden. Sie sind sehr leicht zu beeindrucken, wie mir aufgefallen ist. Sie sind hierhergekommen, um in der Columbia University Vorträge zu halten? Dann tun Sie das. Bei uns macht jeder seinen Job.«

Damit setzte sich der Detective wieder an seinen Computer, starrte auf den leeren Monitor und trommelte mit den Fingern auf den Rand der Tastatur. Für ihn war das Gespräch beendet.

»Ich danke Ihnen, Sir!« Lena stand auf und lächelte freundlich. »Sie sind ein hervorragender Polizist.«

»Ich weiß«, meinte McCoventry, »das habe ich schon mal gehört. Aber ich sage Ihnen eines, Lady: Wären in Rußland echte Gangster hinter Ihnen her gewesen, dann stünden Sie jetzt nicht hier. Leben Sie wohl. Nett, Sie kennengelernt zu haben.«

Er erhob sich und drückte ihr fest die Hand.

Es geht also weiter! Lena ließ sich in der U-Bahn schwer auf einen Sitz fallen. Laß dich bloß nicht unterkriegen, sagte sie sich. Sie schaute in die Gesichter der Passagiere. Beobachtete sie einer?

In der überfüllten Bahn hing ein baumlanger Schwarzer direkt über ihr. Sein langes Haar war zu zahllosen kleinen Zöpfchen geflochten. Er spielte mit einem Schlüsselbund an einer langen Kette.

Eine dicke Frau, die Lena gegenübersaß, schaufelte fröhlich Makkaroni aus einer Pappschachtel in sich hinein. Der kleine Herr im korrekten Geschäftsanzug neben ihr aß vornehm einen Hamburger.

Lena war schon aufgefallen, daß in der New Yorker U-Bahn ständig gegessen wurde. Und zwar nicht nur ein Eis oder eine Banane, sondern Suppe aus Plastikdosen, Bratkartoffeln, Hot Dogs oder riesige Stücke Kuchen. All das wurde mit Mengen von eiskalter Sprite, Coke oder Fanta hinuntergespült. Aus Europa kannte sie das nicht. Ein Franzose aß nie im Gehen und schon gar nicht in einem öffentlichen Verkehrsmittel. Eher setzte er sich in ein Straßencafé und hielt sich dort zwei Stunden lang an einer Tasse Kaffee fest. Für Europäer war Essen etwas Bedeutendes. Die Amerikaner dagegen widmeten sich ihm ohne jeden Respekt, dafür mit viel Genuß. Sie aßen gern – wann und wo immer das möglich war. Andererseits machten sie soviel Gewese um ihre Gesundheit, rauchten nicht und joggten in Massen durch den Central Park.

Während Lena das alles durch den Kopf ging, behielt sie die Passagiere im Auge. Plötzlich spürte sie einen durchdringenden Blick. Direkt ihr gegenüber neben der Dicken mit den Makkaroni hatte ein junges Mädchen Platz genommen, ein typisches Collegegirl: kurzes rotes Haar, weiter Pullover, Jeans und Turnschuhe. Sie kam Lena bekannt vor, als hätte sie sie erst vor kurzem irgendwo gesehen.

War das nicht gestern auf der Straße vor der Universität, wo sie beinahe unter die Räder gekommen wäre? Nein.

Das Mädchen, das sie dort zurückgerissen hatte, war schwarzhaarig gewesen. Langes schwarzes Haar unter einem Lederkäppi. Sie konnte sich doch nicht über Nacht die Haare abgeschnitten und gefärbt haben.

Das Mädchen von gestern hatte ihr das Leben gerettet. Vielleicht war auch das ein Anschlag gewesen? Lieber Himmel, wie oft war sie in Moskau dem Tod entronnen, und jetzt auch hier schon zweimal ...

Sie würden es ein drittes und ein viertes Mal versuchen, bis es ihnen gelang. Hier hatten sie sogar noch bessere Chancen. Sie war allein, und niemand schützte sie. Aber das schlimmste: Sie brachte auch Steven in Gefahr. Sie konnte nicht bei ihm bleiben. Wo aber sollte sie hin?

In New York hatte sie mehrere gute Bekannte. Hier und da konnte sie gewiß übernachten, aber nicht zwei Wochen lang wohnen. Und mit welchem Recht durfte sie das Leben dieser Leute in Gefahr bringen? Die fanden sie überall. Sie war schutzlos und unbewaffnet. Unbewaffnet ... Warum eigentlich?

Zunächst erschien ihr der Gedanke geradezu absurd.

Als sich ihre Blicke kreuzten, dachte Sweta: Bald wird sie mich erkennen. Ich kann Perücken und Kontaktlinsen wechseln, sooft ich will, ich kann mich mit Make-up zudecken, es nützt alles nichts. Sie ist schon nahe dran. Vorläufig wirkt die Tarnung, aber höchstens noch ein-, zweimal. Vielleicht setze ich mich einfach zu ihr und nehme direkten Kontakt auf? Nein, dafür ist es noch zu früh. Ich müßte zuviel erklären, und vielleicht glaubt sie mir auch nicht.

Hätte sie an Lenas Stelle einen Mann zu beschatten, natürlich keinen Profi, dann brauchte sie nur Perücken und Kleidung zu wechseln. Die interessiert immer nur der Gesamteindruck, nicht die Einzelheiten. Eine Frau sieht anders, sie bemerkt Details, typische Gesichtszüge. Ich müßte wissen, worüber Lena mit der Polizei geredet hat. Aber sicher ist nichts dabei herausgekommen. Man braucht sie nur anzuschauen.

Von der Universität rief Lena Steven an.

»Bei mir wird's heute spät – sicher erst gegen elf. Ich will einen russischen Freund besuchen. Erinnerst du dich an den Dichter Arseni? Ja, er wohnt immer noch in Brighton. Gut, ich grüße ihn von dir. Küßchen.«

Einundzwanzigstes Kapitel

Sie saßen in einer kleinen, heruntergekommenen Bierkneipe unweit vom Zwetnoi Boulevard. Krotows Gesprächspartner, ein mageres, schmalschultriges Bürschchen, war furchtbar hungrig. Er verschlang bereits die zweite Portion Hackfleischröllchen, die außen verbrannt und innen noch roh waren. Schon von dem Geruch wurde Krotow übel. Das Bier war lauwarm und gepanscht.

Krotow rauchte und wartete darauf, daß sein Gast endlich satt wurde. Der Mann arbeitete schon seit Jahren als Informant für ihn. Er hatte zweimal wegen Raub und Diebstahl gesessen.

Sein Glasauge hatte ihm den Spitznamen »Auge« eingebracht. Der bürgerliche Name war Wenjamin Seliwestrow.

Endlich fuhr Wenja mit einer Brotrinde über den Teller, wischte sich mit dem Ärmel den Mund ab und nahm sich eine Zigarette aus der Schachtel, die Krotow ihm hinhielt.

»Fertig, Chef. Jetzt können wir reden.«

»Ich muß wissen, für wen dieser Mann gearbeitet hat.« Krotow zeigte seinem Gegenüber ein Foto des Toten. »Er heißt Juri Bubenzow. Seinen Decknamen kenne ich nicht.«

»Na, du bist gut, Chef!« meinte Wenja kopfschüttelnd. »Du weißt doch: Einen Menschen ohne Decknamen gibt's bei uns einfach nicht.«

»Er sollte einen Mord ausführen, ist aber wahrscheinlich kein Profi. Möglicherweise sein erster Auftrag. Und gleich schiefgegangen.«

Das Auge war schon der dritte Informant, den Krotow

befragte. Die beiden ersten, an die er sich gewandt hatte, lebten inzwischen nicht mehr. Der erste war ein Junge namens Maruska gewesen. Man hatte ihn erst kürzlich aus dem Straflager entlassen. Dorthin war er wegen Gruppenvergewaltigung gekommen und bald selbst vergewaltigt worden. Der Junge ging mit Freude auf Krotows Angebot ein. Er wollte sich an den Ganoven für die schweren Demütigungen im Lager rächen.

Zwei Tage nach dem Gespräch mit Krotow fand man Maruska mit durchschnittener Kehle in einem Müllcontainer. Am nächsten Tag starb Grinja Goly, sein zweiter Informant, ein alter, versoffener Dieb, an einer Vergiftung mit Methylalkohol.

Keiner von beiden hatte ihm irgend etwas sagen können.

Das Auge war seine Trumpfkarte. Die Rolle des Informanten war ihm auf den Leib geschrieben. Er wirkte so unscheinbar, daß man ihn kaum bemerkte. Er verstand es, andere besoffen zu reden und so an jede Information heranzukommen. Die meisten vergaßen schnell, mit wem und worüber sie gesprochen hatten.

Auf einer vereinbarten Telefonnummer rief das Auge bereits einen Tag später an und verabredete sich erneut mit Krotow in einer Bierkneipe, nur nicht am Zwetnoi Boulevard, sondern an der Taganka. Wieder mußte er zunächst bewirtet werden – diesmal mit einem Grillhähnchen. Bei einer Zigarette packte er dann aus:

»Du hast Glück, Chef.« Wenja kniff sein lebendiges Auge zu. »Ich habe keine Fragen stellen und auch keine ›Narkose‹ anwenden brauchen. Auf einem gewissen Basar hab' ich mich herumgedrückt, ohne daß mich jemand bemerkt hat. Der Auftraggeber, den du suchst, heißt Weiß. Ob das sein richtiger Name ist oder sein Deckname – keine Ahnung. Vielleicht genügt das schon, Chef?« fragte das Auge flehend, »und ich kann mir die Einzelheiten sparen?«

»Auf keinen Fall. Raus mit der Sprache«, antwortete Krotow streng.

»Die haben's aber in sich, die Einzelheiten.«

»Los, Wenja. Sag mir alles, was du weißt, und wir gehen im guten auseinander. Ich behellige dich nicht wieder.«

»Mitgefangen, mitgehangen.« Wenja winkte ab. »Also: Dein Toter gehörte zu keiner Bande. Lungerte allein rum. Hat sich aber irgendwie beim Hexer angedient. Jedenfalls hat der, frag mich nicht, warum, Weiß den Mann untergejubelt und nicht einen von seinen Killern. Wird wohl seinen Grund gehabt haben. Die Kohle hat er genommen, alles im voraus und zum Spitzentarif. Aber der Kerl ist losgegangen und hat Mist gebaut. Weiß wollte die Knete natürlich zurück, denn der Auftrag ist ja nicht erledigt. Da haben ihn die Leute vom Hexer aber so richtig verarscht: Das wär' ein krummes Ding gewesen, sie hätten dabei ihren besten Mann verloren, und das Geld wäre nur ein schwacher Trost für das Leben von ihrem teuren Kumpel.«

Jetzt bekam auch das Foto in Bubenzows Jacke seinen Sinn. Bisher war es das wichtigste Argument, das man gegen die Version von einem Auftragsmord ins Feld geführt hatte. Krotow empfand so etwas wie Hochachtung vor dem listenreichen Hexer: Nicht genug damit, daß er statt eines echten Killers den Ex-Mann losgeschickt hatte. Damit es überzeugender wirkte, steckte er ihm auch noch das Foto seiner Verflossenen zu. Wer so etwas bei sich trug, konnte wohl kaum auf die eigene Frau schießen. Es sei denn, er war wahnsinnig vor Eifersucht.

Natürlich fand er auf dem Foto die Fingerabdrücke des Hexers nicht. Der hatte es entweder überhaupt nicht angerührt, oder nur am Rande gehalten wie eine Schallplatte.

Was aber konnte ein Mitglied des Schriftstellerverbandes, Verfasser von acht Büchern, mit einem solchen Mafia-Boss gemein haben? Wie sich herausstellte, eine ganze Menge. Golowanow war in Tjumen geboren und lebte dort bis 1970. In derselben Stadt, im selben Haus wuchs in der Wohnung gegenüber der spätere Schriftsteller Bubenzow auf. Dessen letztes Buch war 1992 erschienen. Wenn später noch etwas herausgekommen war, dann höchstens für Kopeken. Wovon aber hatte der Schriftsteller all die Jahre gelebt?

Die Durchsuchung seiner Wohnung ergab, daß es ihm nicht schlecht gegangen war. Dabei hatte seine derzeitige Frau, ein neunzehnjähriges Flittchen, in ihrem Leben noch nie gearbeitet. Im Moment saß sie mit einem Säugling zu Haus.

Im Protokoll ihres Verhörs, das Sitschkin geführt hatte, fiel Sergej der Satz auf: »Wir hatten immer Geld, aber Pelzmäntel und Brillanten hat mir Jura nie gekauft. Er hat gesagt, das wäre gefährlich. Ganoven sehen sofort, wer Brillanten hat, und nehmen einen aufs Korn. Vor eineinhalb Jahren sind mehrere unserer Bekannten ausgeraubt worden. Eine schreckliche Zeit …«

Krotow ging ins Archiv und stellte fest, daß es in einem halben Jahr in der Tat Einbrüche in sieben Schriftstellerwohnungen und drei Datschen in der Literatensiedlung Peredelkino gegeben hatte. Die Diebe hatten stets sehr akkurat gearbeitet, niemandem etwas zuleide getan und nur die wertvollsten Sachen mitgehen lassen – Schmuck, Bargeld, kleine, kostbare Antiquitäten und alte Bilder.

Keiner dieser Fälle war bisher aufgeklärt. Allerdings hatten sich die örtlichen Ermittler auch nicht übermäßig angestrengt. Schließlich war kein Blut geflossen, hatte es kaum Spuren gegeben. So viele Mordfälle blieben ungeklärt, was bedeutete da schon ein gewöhnlicher Einbruch?

Arseni Wereschtschagin, einen direkten Nachkommen des berühmten russischen Schlachtenmalers, kannte Lena seit einer Ewigkeit. Mitte der siebziger Jahre war er einer der ungekrönten Könige des Moskauer literarischen Untergrunds gewesen. Seine Gedichte hatten im Samisdat die Runde gemacht.

Arseni war hübsch, begabt und bettelarm. Eine eigene Wohnung besaß er nicht, sondern lebte stets bei einer seiner Frauen oder Geliebten. Seine letzte Ehefrau, eine pfiffige Dame mit einem technischen Beruf, brachte Wereschtschagin nach Amerika. Aber dort verblaßte der Stern des Moskauer Bohemiens sehr bald. Im tiefen Wald der Straßenschluchten von Brooklyn ließ sie ihn wie den kleinen Däumling mutterseelenallein zurück.

Als Lena vor fünf Jahren das erste Mal nach New York kam, hatte ihr Steven bei einer Stadtrundfahrt auch Brighton gezeigt. Während sie an einer Reihe von Geschäften mit russischen Aufschriften vorübergingen, hörte Lena plötzlich hinter sich: »He! Poljanskaja!«

Ein Unbekannter auf Krücken hatte sie angerufen. Erst als sie das von einem schwarzen Bart überwucherte blasse Gesicht genauer betrachtete, erkannte sie in ihm den schönen Arseni.

»Die Krücken haben nichts zu bedeuten«, beruhigte er sie, »ich bin von einer Leiter gefallen und hab' mir dabei ein Bein gebrochen. Wenn du das nächste Mal kommst, hole ich dich in einem Mercedes 600 ab.«

Ein Jahr später war Lena wieder in New York. Er wohnte immer noch in dem winzigen Loch, in dem außer seiner Matratze nur noch ein Kühlschrank und ein Kübel mit einem Ficus Platz hatten. Der Dichter lebte von Gelegenheitsarbeiten, schleppte Kisten oder putzte für fünf Dollar die Stunde. Das reichte gerade für seine Behausung und chinesische Tütensuppen.

Lena stieg mit einer großen Tüte Lebensmittel die schmutzige Treppe hinauf.

»Kommen Sie rein, es ist offen!« hörte sie den vertrauten, samtenen Bariton.

Sie hatte Glück: Arseni war zu Hause. Er konnte ja längst verschollen sein, und ein Telefon hatte er auch nicht.

»Lena! Das ist aber eine Überraschung!« Er sprang von seiner Matratze auf und hätte beinahe den Ficus umgerissen.

Von dort flüchtete mit wildem Fauchen ein rothaariger Kater mit ebenso strahlend blauen Augen wie sein Besitzer.

Lena verstaute ihre Mitbringsel im Kühlschrank, spülte einen riesigen Berg Geschirr, sammelte Konservenbüchsen voller Kippen in eine Plastiktüte, riß das Fenster auf und stellte einen Topf aufs Gas, der Arseni für Suppe und Teewasser gleichermaßen diente.

Während sie herumwirtschaftete, saß er auf dem Fensterbrett und las ihr seine neuesten Gedichte vor.

Eine Plastikplatte, auf die Matratze gelegt, diente als Tisch. Als Arseni mit seinem jüngsten Poem zu Ende war und sie sich beim Tee gegenübersaßen, fragte Lena unvermittelt: »Kannst du mir eine Pistole besorgen?«

»Nichts einfacher als das«, antwortete Arseni ungerührt. »300 Eier. Wann brauchst du sie?«

»Am besten gleich.«

»Hast du das Geld dabei?«

Lena nickte und zog drei Hunderter aus ihrer Handtasche.

»Bleib hier und rühr dich nicht. Ich bin bald zurück.«

Schon nach einer halben Stunde war er wieder da und hatte ein Pappkörbchen bei sich, das in hübschen Lettern auf russisch und englisch die Aufschrift »Restaurant ›Schwarze Augen‹« trug. Das war ein sogenanntes Hundepaket, in das einem in einem amerikanischen Restaurant alles eingepackt wird, was man nicht aufessen kann. Daraus zog Arseni eine kleine Pistole in einem weichen Wildlederfutteral hervor.

»Das ist eine Walther mit fünf Schuß im Magazin«, erläuterte er. »Leider nicht ganz neu. Sozusagen second hand. Das hat auch seinen Vorteil: Sie ist schon eingeschossen.«

»Hat man damit jemanden umgebracht?« fragte Lena erschrocken.

»Was ich nicht weiß, macht mich nicht heiß.« Arseni hob die Hände. »Vielleicht. Kannst du überhaupt schießen?«

»Nein«, gab Lena offen zu.

»Dann laß uns gehen. Ich zeig's dir.«

Er nahm sie mit an den Strand. Dort blies ein kräftiger Wind. Ringsum war keine Menschenseele.

»Schau: So wird entsichert. Du zielst« – Arseni wandte die Waffe in Richtung Ozean –, »und, piff, paff!«

Er drückte nicht ab. Weshalb sinnlos Munition vergeuden?

»Jetzt du.«

Lena nahm die Waffe vorsichtig entgegen. Sie war warm von Arsenis Hand und ziemlich schwer.

»Los, schieß mal. Aber merk dir: Wenn's ernst wird, dann darfst du nicht weiter weg sein als fünf Meter. Am besten triffst du aus allernächster Nähe.«

Lena zielte auf eine hohe Welle und drückte ab. Die Pistole zuckte leicht in ihrer Hand.

»Ausgezeichnet!« lobte sie Arseni. »Baller noch ein paarmal zum Üben, und dann gehen wir zurück.«

»Ich würde dich gern zum Essen einladen«, sagte Arseni.

»Aber du hast kein Geld«, erriet Lena.

Die Küste des Ozeans lag weit hinter ihnen. Sie gingen durch eine Geschäftsstraße, schrien aber immer noch so laut, als würde ihnen der Sturm die Worte vom Munde reißen.

»Erraten«, gab Arseni zu. »Ich habe wirklich keinen Dollar in der Tasche. Doch ich verspreche dir, im nächsten Jahr fliegen wir mit meinem Privatjet nach Paris, und ich führe dich aus – ins ›Maxim‹.«

»Das nächste Jahr ist schnell heran.« Lena lächelte. »Ich kann warten. Aber vielleicht kommen wir jetzt auf unseren eigenen Beinen bis zu irgendeinem Chinesen, wo keiner Russisch versteht.«

»Dort bewirtest du mich mit Seafood und erzählst mir deine haarsträubende Geschichte.«

Während Arseni eine Riesenportion Seetang mit Krabben verspeiste, erzählte Lena ihm, was sie in der letzten Zeit erlebt hatte. Auch den Zwischenfall mit dem roten Jaguar vom Tag zuvor erwähnte sie.

»Wenn ich das so höre« – Arseni nahm mit einem Salatblatt das letzte bißchen Sojasoße von dem Teller auf und steckte sich eine Zigarette an –, »dann war es richtig, daß du dich bewaffnet hast. Obwohl deine Chancen, ehrlich gesagt, nicht gerade toll sind. Ich kann mir denken, wer hinter dir her ist. Allein entkommst du ihnen nicht, auch nicht mit diesem Schießeisen. Doch ich habe den Eindruck, daß du in Moskau einen Schutzengel hattest, der auch hier noch über dich wacht. Irgendwer braucht dich heil und unversehrt.«

»Aber weshalb? Wer soll mich brauchen?«

»Das weiß ich nicht. Erst mal müssen wir rauskriegen, wer dir nach dem Leben trachtet.«

»Und du meinst, das schaffen wir?«

»Ich hab' doch gesagt, daß ich es mir denken kann. In Brighton sitzen zwei, drei Pharmafirmen und Wellness-Center. Ich kann mich mal umhören, welches davon ...«

»Was soll das bringen?«

»Klarheit. Das wäre schon viel.«

»Hast du keine Angst?«

»Wovor?«

»Daß du selber in die Bredouille kommst.«

»Ach, Lena, wenn du wüßtest, in was für Bredouillen ich schon sitze. Bis zur Unterlippe Oberkante.« Arseni nahm einen Schluck von dem Kaffee, den der Kellner gerade gebracht hatte. »Vor Bubenzow habe ich dich übrigens schon vor zehn Jahren gewarnt.«

»Stimmt.« Lena nickte.

»Ist das Kind von ihm? Du mußt es mir nicht sagen.«

»Das Kind gehört nur mir, mir allein.«

»Weißt du was? Heirate doch den Oberstleutnant, der dich bei sich aufgenommen hat.«

»Er hat mir bisher keinen Antrag gemacht.«

»Das kommt noch. Der traut sich bloß nicht.«

Wie ein Teufel aus der Kiste schoß ein zwei Meter langer Riese in Lederjacke, mit kantigem Gesicht und mörderischen Augen auf sie zu.

Der Bahnsteig war menschenleer. Lena wartete bereits seit zwanzig Minuten auf die U-Bahn. Endlich tauchten im Tunnel zwei Lichtpunkte auf. Der Zug raste heran, und Lena sah, daß es nicht ihre Bahn, sondern nur eine Durchfahrt war. Sie stand etwa einen Meter von der Bahnsteigkante entfernt. Der Kerl hielt genau auf sie zu. Der Zug dröhnte und pfiff. Bevor sie richtig begriff, was vorging, hatte Lena die Pistole aus der Manteltasche gerissen und abgedrückt, ohne zu zielen.

Sie hörte keinen Schuß. Der Riese aber sank im Zeitlupentempo in sich zusammen. Das rothaarige Collegegirl beugte sich bereits über ihn.

»Weg mit der Kanone!« kommandierte es in akzentfreiem Russisch.

Sweta blickte sich kurz um, griff dem Kerl in die Jackentasche, zog Pistole und Brieftasche heraus.

Sie packte die völlig erstarrte Lena beim Arm und zerrte sie zum Übergang auf einen anderen Bahnsteig. Dort sprangen sie in den ersten besten Zug, fuhren einige Stationen und stiegen dann wieder ans Tageslicht hinauf.

Lena folgte Sweta, ohne zu überlegen. Als sie einen Häuserblock hinter sich hatten, blieben sie stehen.

»Schau dich mal vorsichtig um. Wo sind wir hier?« fragte Sweta streng.

»Das ist ...« – Lena suchte sich zu konzentrieren –, »ich denke ... das da vor uns ist der Central Park. Schnell, dort hinüber. Ich muß mich übergeben.«

Im Park war es dunkel. Eine Gruppe Jogger lief vorbei. Sweta rauchte und lauschte, wie es Lena im Gebüsch von innen nach außen kehrte.

»Geht es wieder?« fragte sie, als nichts mehr zu hören war. Sie holte eine kleine Flasche Mineralwasser aus der Tasche. »Möchtest du dir den Mund ausspülen?«

Lena tauchte zwischen den Zweigen auf, nickte dankbar, nahm die Flasche und verschwand noch einmal. Den Rest des Wassers goß sie sich in die hohle Hand und wusch sich das Gesicht.

»Das war's«, erklärte sie und ließ sich auf eine Bank fallen. »Ich bin fast in Ordnung. Sag mir, hab' ich ihn richtig getötet oder nur verletzt?«

»Richtig ...« Sweta setzte sich neben sie und hatte schon die nächste Zigarette in der Hand. »Du hast ihn direkt ins Herz getroffen.«

»Gott im Himmel! Was habe ich getan!« flüsterte Lena.

»Ein Bastard weniger«, gab Sweta achselzuckend zurück.

Während wieder eine Gruppe Läufer vorüberzog, schwiegen sie. Ein kahlköpfiger Alter in weiten Jogginghosen schaute sich um und schüttelte den Kopf.

»Weshalb rauchen Sie? Das ist sehr schädlich. Denken Sie doch an Ihre Gesundheit.«

»Mach' ich!« gab Sweta aufgeräumt zurück.

»In der Schmidtstraße – das warst du?« fragte Lena vorsichtig.

Sweta nickte schweigend.

»Und gestern auf dem Platz vor der Universität auch? ... Wie heißt du eigentlich?«

»Sweta.«

»Danke, Sweta.«

»Keine Ursache.«

Zweiundzwanzigstes Kapitel

Bradley warf nicht einmal einen Blick auf das Päckchen, das Sweta ihm auf den Tisch legte. Darin war die Brieftasche mit den Papieren des erschossenen Riesen.

»Ich verstehe nicht, warum Sie sich mit mir treffen wollten. Ich sehe dafür keinerlei Notwendigkeit. Meine Leute werden nicht Ihre Arbeit machen.«

Er sprach leise, aber sehr entschieden. Dabei vergaß er nicht, seine Pizza zu essen und mit Bier nachzuspülen.

Sie saßen in der kleinen, überfüllten Pizzeria am Platz vor der Columbia University. Gäste wie Personal waren Studenten. Bradley – wie ein Beamter in Schlips und Kragen – fiel sofort auf. Besonders drollig wirkte er neben einer Begleiterin wie Sweta. Das merkwürdige Paar zog spöttische Blicke auf sich.

»Nehmen Sie endlich das Ding vom Tisch«, sagte er, schon etwas milder gestimmt. »Ich komme erst ins Spiel, wenn Sie mir den Namen der Hauptperson bringen.«

»Geben Sie mir doch wenigstens einen Mann. Ich kann mich nicht zerreißen und an mehreren Orten gleichzeitig sein.«

»Weshalb müssen Sie sich denn zerreißen? Sie sind auf dem richtigen Weg. Sie haben doch bereits ausreichend Fakten. Der Schutz des Objekts tritt jetzt in den Hintergrund. Konzentrieren Sie sich auf die Hauptsache. Dann passiert auch nichts. Sie schaffen das schon.« Sein Mund verzog sich zu einem breiten Grinsen. Aber sein Blick blieb stechend und kalt.

»Mein Objekt hat weiterhin Priorität«, erklärte Sweta finster und kippte den Rest Kaffee mit einem Schluck hinunter.

Auf einem Fensterbrett im Universitätsgebäude sah sie noch einmal den Inhalt der Brieftasche durch: eine Plastikkarte mit Farbfoto – der Führerschein –, eine Green Card, aus der hervorging, daß Waleri Prichodko, Beruf Kraftfahrer, vor zwei Jahren in die USA eingereist war. Dazu zwei Kreditkarten, fünf Präservative und ein mit Blumen und Ranken verziertes, nach süßem Parfüm duftendes rosa Kärtchen, das auf russisch und englisch die Aufschrift trug: »Bella Butterfly. Der besondere Massagesalon für seriöse Herren«.

Darunter in winziger Schrift und nur auf russisch: »Wir erfüllen Ihnen jeden Wunsch!«

Außerdem trug der Riese zwei zusammengeknüllte Rechnungen des Restaurants »Schwarze Augen« bei sich.

Endlich kam Lena aus ihrem Hörsaal. Als sie ins Auto stiegen, sagte Sweta: »Ich fahre dich jetzt nach Hause. Ich bitte dich sehr: Bleib, wo du bist, und rühr dich nicht.«

»Und wenn Steven wieder essen gehen will? Er ißt nicht gerne zu Hause.«

»Dann laß dir was einfallen. Sag, du bist müde, hast Kopfschmerzen oder mußt für deinen nächsten Vortrag arbeiten.«

»Er wird beleidigt sein.«

»Na gut. Dann sag, daß deine russische Freundin dich und ihn zum Abendessen eingeladen hat. Wohin gehen wir am besten?«

»Wohin du willst, nur nicht zum Chinesen. Steven mag chinesische Küche nicht. Wann holst du uns ab?«

»Zwischen neun und zehn.«

»Und morgen?« fragte Lena nach einer Pause. »Morgen soll ich auch den ganzen Tag zu Hause sitzen?«

»Morgen müssen wir erst einmal erleben.« Sweta klickte mit dem Feuerzeug und sog den Rauch tief ein. »Wie heißt der Bursche in Brighton, bei dem du gestern warst?«

»Arseni Wereschtschagin.«

»Was macht er?«

»Er dichtet.«

»Waaas?!« Sweta mußte lachen.

»Da gibt es nichts zu lachen! Er ist wirklich ein sehr begabter Dichter. Ich kenne ihn seit zwanzig Jahren.«

»Und wovon lebt er hier?«

»Das weiß ich nicht. Schlägt sich mit Gelegenheitsjobs durch und wohnt in einem schrecklichen Loch. Aber Gedichte schreibt er immer noch.«

»Hast du die Kanone von ihm geborgt?«

»Nein, er hat sie für mich gekauft. In so einem Körbchen aus einem Restaurant hat er sie gebracht. ›Hundepaket‹ heißt das hier.«

»Aus welchem Restaurant kam denn das Hundepaket?«

»Ich glaube, es hieß ›Schwarze Augen‹.«

»Und du hast deinem Dichter alles erzählt?«

»Ja.«

»Was meint er?«

»Er hat gesagt, er kann sich denken, wer hinter mir her ist. Er will das rauskriegen.«

»Warum hast du mir das nicht gesagt?« Sweta bremste scharf.

»Der gibt doch nur an, das nehme ich nicht ernst. Du müßtest mal sehen, wie arm er ist! Hätte er wirklich Verbindungen zu diesen Ganoven, dann würde er nicht so leben. Der kriegt nichts raus.«

»Das nächste Mal«, erklärte Sweta streng, »will ich von dir die ganze Information. Was daran Angeberei ist und was nicht, entschuldige, das entscheide ich schon selber.«

Lena war ihr nicht böse. Sie wußte, daß Sweta recht hatte.

»Salon ›Bella Butterfly‹. Womit kann ich Ihnen dienen?« fragte eine tiefe Frauenstimme auf russisch.

»Sprechen Sie Englisch?« erkundigte sich Sweta.

»Natürlich«, kam die Antwort.

»Gibt es Ihre besondere Massage nur für Herren oder auch für Damen?«

Sweta sprach von einem Münztelefon. Sie deckte die Muschel mit der Hand ab, damit der Straßenlärm nicht zu hören war.

»Wir freuen uns über jeden Kunden«, kam es honigsüß zurück. »Sie sind uns sehr willkommen. Wann Sie wollen, Tag und Nacht.«

In Jeans und Turnschuhen konnte sie in diesem Salon nicht aufkreuzen. Aber nach Hause fahren und sich umziehen hätte zuviel Zeit gekostet. Sweta schaute sich um und war eine Minute später bereits im nächsten Geschäft. Dort erstand sie einen klassischen Hosenanzug, sehr teure flache Schuhe und eine blaßrosa Seidenbluse. All das streifte sie in der Kabine über und ließ sich Jeans, Jacke nebst Turnschuhen zu einem Paket verschnüren. In der Kosmetikabteilung kaufte sie Reinigungslotion, um ihr Make-Up zu entfernen, und Gel für das Haar.

Nachdem sie mit ihrer Kreditkarte bezahlt hatte, setzte sich Sweta in den Wagen, schminkte sich ab, trug auf das kurze helle Haar etwas Gel auf und kämmte es streng nach hinten. Dann setze sie sich eine große Sonnenbrille auf die Nase, prüft ihr Aussehen noch einmal im Spiegel und fuhr zu der auf dem rosa Kärtchen angegebenen Adresse in Brighton Beach.

Eine halbe Stunde nachdem er mit einer netten Schwester des teuersten Wellness-Centers in Brighton namens »Doktor Nikiforoff« gesprochen hatte, waren sie da. Er glaubte, er habe dem Mädchen alles Nötige entlockt und sie dabei so besoffen geredet, daß sie nicht begriff, was er eigentlich von ihr wollte. Aber er hatte sie wohl unterschätzt, denn nun standen die beiden Kerle vor ihm, Knochenbrecher und Spely genannt. Er kannte sie und wußte, für wen sie arbeiteten. Das bestätigte nur die etwas nebulöse Information, die er aus dem hübschen Mädchen herausgeholt hatte. Aber was nützte das jetzt?

»Rufst du nun an, du Aas, oder nicht?« Die Pistole wanderte von der Stirn zur Schläfe.

»Ich weiß ihre Nummer nicht«, stammelte Arseni mit zerschlagenen Lippen.

»Alles da!« In Knochenbrechers Pranke erschien ein Handy, und der Bandit wählte bereits. Am anderen Ende erklang eine ältere Männerstimme.

»Lena, please!« sagte Knochenbrecher ruhig ins Telefon und hielt es Arseni ans Ohr. »Rede, Mistkerl!«

Eine Weile blieb es still. Dann hörte er deutlich Lenas Stimme: »Hallo ...«

»Rede, Kanaille!« zischte Knochenbrecher und stieß Arseni das Knie zwischen die Beine.

Der stöhnte auf und krümmte sich vor Schmerz. An seiner rechten Schläfe spürte er jetzt die Pistole, an der linken das Telefon. Arseni schwieg.

»Also gut, du Schwein, wir können auch anders.« Knochenbrecher nickte Spely zu. Der stand im Rücken Arsenis, den sie an den einzigen Stuhl in seinem Zimmerchen gefesselt hatten. Er drehte an seinen Handgelenken. Es knackte. Arseni brüllte vor Schmerz auf.

»Hallo! Wer ist dort? Was geht da vor?« rief Lena auf englisch in den Hörer.

»Okay.« Knochenbrecher grinste und sprach auf russisch in das Handy: »Wenn du Nutte jetzt nicht sofort nach Brighton zu deinem Bock Arseni kommst, dann machen wir ihn fertig.«

»Wer sind Sie, und was wollen Sie von mir?« fragte Lena ruhig.

Als Antwort ertönte eine lange, gräßliche Tirade.

»Sprechen Sie Russisch?«

Der Ganove stutzte, als müßte er das Gehörte verarbeiten, und erklärte dann in aller Ruhe: »Hör auf mit diesen Spielchen. Wir tun dir nichts. Du erzählst uns ein bißchen was, und dann kannst du mit deinem Bock abziehen.«

»Und wenn ich die Polizei rufe?«

»Dann bestell am besten gleich drei Särge.«

»Für wen soll der dritte sein?«

»Für diesen Knacker Pollit.«

»Also gut. Ich komme.«

Lena legte auf und wählte sofort die Nummer, die Sweta ihr am Abend zuvor diktiert hatte. Nach mehreren Signalen schaltete sich der Anrufbeantworter ein, und Swetas Stimme sagte auf englisch: »Ich bin leider nicht zu Hause. Hinterlassen Sie bitte Ihre Nachricht nach dem Tonsignal.«

»Sweta! Die haben angerufen und gesagt, wenn ich nicht sofort nach Brighton komme, bringen sie Arseni um. Es ist jetzt zwanzig vor acht. Ich fahre hin. Die Adresse kennst du.«

»Ist was passiert?« fragte Steven und äugte über seine Brille. Er saß im Wohnzimmer in einem großen Ledersessel und las die Zeitung.

»Alles in Ordnung.« Lena zwang sich zu einem Lächeln. »Ich hatte Arseni versprochen, ihm ein Buch aus Moskau mitzubringen. Gestern abend habe ich es hier liegenlassen. Es bedeutet ihm sehr viel. Ich bin bald zurück.«

»Kann er nicht morgen selber herkommen?« fragte Steven tadelnd.

»Ihm fehlen die eineinhalb Dollar für die U-Bahn.«

Lena schlüpfte in den Mantel und tastete in der Tasche nach ihrer Pistole.

»Und was wird mit deiner russischen Freundin, die uns eingeladen hat?«

»Ich bin spätestens halb zehn wieder hier«, versprach Lena und machte sich eilig auf den Weg.

Dreiundzwanzigstes Kapitel

Der Salon »Bella Butterfly« lag in einer schmuddligen Gasse ganz am Ende von Brighton.

Genau die richtige Gegend für seriöse Herren, dachte Sweta lächelnd, als sie die bröckelnde Fassade des doppelstöckigen Hauses betrachtete. An der Tür ein Metallschildchen mit der russischen Aufschrift »Massagesalon«.

Sweta klingelte. Eine dicke, blond gefärbte Dame von etwa fünfzig Jahren im weißen Morgenmantel öffnete.

»Guten Abend!« sagte Sweta auf englisch und lächelte breit. »How are you? Very nice haben Sie es hier.«

Sie blickte sich um: Tapeten mit Rosenmuster, ein riesiger Druck von Serows Bild »Die Entführung der Europa« in breitem Goldrahmen, Tischchen mit Aschenbechern, in der Ecke etwas wie eine Rezeption mit Computer und rosafarbenem Telefon. Weiter hinten führte eine Treppe ins Obergeschoß. Fünf mit rosa Samt bezogene Sessel. In zweien fläzten muskelbepackte Kerle und rauchten – offenbar jemandes Leibwächter. Von Sweta nahmen sie keine Notiz.

Die Dicke war inzwischen ohne ein Wort verschwunden. Aus einer kaum sichtbaren Tapetentür hinter dem Büro schwebte jetzt eine hochgewachsene elegante Dame im rosafarbenen Kostüm herbei, eine lange Zigarette im Mundwinkel.

»Guten Tag. Womit kann ich dienen?« frage sie auf englisch.

»Ich habe eben angerufen«, begann Sweta.

»O ja, ich erinnere mich.« Die Dame stieß den Rauch aus und zwinkerte Sweta zu. »Ist Ihnen unser Salon empfohlen worden?«

»Ja. Ein Freund, ein Russe, hat mir von Ihrem bemerkenswerten Etablissement erzählt. Aber«, Sweta zog eine geheimnisvolle Miene und legte den Finger an die Lippen, »das ist ein Geheimnis. Mein russischer Freund sagte, in Ihrem Salon wäre man da sehr verständnisvoll.«

»Oh, natürlich.« Die Dame nickte. »Unsere Kunden können mit Diskretion rechnen. Möchten Sie, daß ein junger Mann sich Ihnen widmet?«

Sweta neigte sich zum Ohr der Dame.

»Ein Mädchen!« flüsterte sie. »Dieselbe, die meinen russischen Freund bedient hat.«

Die Dame rückte etwas von ihr ab und zog erstaunt die Brauen hoch.

»Hat er Ihnen gesagt, wie sie heißt?«

Sweta schüttelte bedauernd den Kopf.

»Dann muß ich zumindest wissen, wer Ihr Freund ist.«

»Das ist ja das Problem. Ich habe seinen Namen vergessen.« Sweta biß sich ärgerlich auf die Lippen. »Vor einem Jahr war ich dienstlich in New York. Ich wollte mir den berühmten Brighton Beach anschauen. Ich komme aus Alabama. Mein Großvater ist Ukrainer. Ich sprechen ein wenig Russisch.« Sweta wechselte in ein furchtbar gebrochenes Russisch und staunte selbst, wie gut ihr das in ihrer

Muttersprache gelang. »Dann ich kommen in Restaurant ›Schwarze Au…‹, oh, yes, ›Black Eyes‹, Sie wissen schon … Entschuldigen Sie, das ist so schwer …« Sie wechselte wieder ins Englische. »Richtig Russisch kann ich nur sprechen, wenn ich etwas getrunken habe.«

Die Dame hörte sich den Wortschwall schweigend an und nickte zuweilen, als sei sie ganz Ohr.

»Meine Freundin ist in Alabama geblieben, aber ganz ohne Liebe geht es nicht«, fuhr sie fort. »Ich kann aber auch nicht einfach jemanden von der Straße mitnehmen. Da habe ich mein Problem den Jungs im Restaurant erzählt. Die haben mir gesagt, Sie können mir helfen. Von ihnen habe ich auch Ihre Karte. Aber damals bin ich nicht dazu gekommen.«

»Versuchen Sie sich doch zu erinnern, wie Ihr russischer Freund heißt«, bat sie die Dame mit bezauberndem Lächeln.

»Er hatte ein schönes Tatoo auf der Hand. Einen Schädel, um den sich eine Schlange windet. Und er hieß … Jetzt hab' ich's: Valery! Genau wie meine Freundin in Alabama. Ein sehr schöner Name. Klingt auf russisch nur etwas anders.«

»Waleri«, wiederholte die Dame.

»Genau! So ein Großer, Hübscher.«

»Ich kann mir denken, wen Sie meinen.« Die Dame nickte.

»Ich freue mich so, daß Sie mich verstehen. Genau dieses Mädchen möchte ich. Die mit Valery zusammen war.«

»Katja.« Die Dame lächelte. »Sie heißt Katja. Sie ist gerade frei.«

Im Moment waren alle sieben Mädchen und die beiden Männer frei. Die Kunden kamen erst später – gegen elf. Viele waren es allerdings schon lange nicht mehr. Der Salon hatte bessere Tage gesehen. Daher freute sich die Besitzerin über die reiche Idiotin aus Alabama. Zwar machten ihre Mädchen solche Sachen gewöhnlich nicht, aber schließlich gab es gutes Geld zu verdienen.

»Haben Ihre Freunde Ihnen unsere Preise gesagt?« fragte sie.

»Die interessieren mich nicht«, entgegnete Sweta zerstreut, »da habe ich keine Probleme.«

»200 für eine Stunde, 350 für zwei Stunden«, schob die Dame sofort nach.

»Okay«, sagte Sweta leichthin, »wollen Sie es in bar?« Sweta zückte vier Hundertdollarscheine.

Als sie das Geld in der Tasche hatte, nahm die Dame den Hörer ab, drückte zwei Knöpfe und sagte auf russisch: »Katerina, eine Kundin für dich.« Sie senkte die Stimme und fügte sehr schnell hinzu: »Ja, ein Weib. Macht nichts, das kriegst du schon hin. Stell dich nicht so an. Weiß ich nicht. Sie will unbedingt dich.«

»Sie werden gleich aufs Zimmer geführt«, erklärte sie Sweta auf englisch.

»Oh, ich danke Ihnen sehr.«

Die Blondine im weißen Morgenmantel führte Sweta schweigend nach oben. Sie gingen an mehreren Türen vorbei. Ganz am Ende des Ganges stand ein Fenster offen. Das war Sweta schon aufgefallen, als sie das Haus von außen inspiziert hatte.

Die Dicke öffnete eine Tür und bat Sweta in das Zimmer. Sie schloß die Tür von außen.

Mitten im Zimmer stand ein breites Bett, nur mit einem Laken bezogen, ohne Kissen und Decken. Auf dem Bettrand hockte eine große, ziemlich mollige Blondine in schwarzem Bikini. Ihr Gesicht mit der Stupsnase war völlig ausdruckslos.

Sweta setzte sich auf den einzigen Stuhl im Zimmer und zündete sich eine Zigarette an. Als die Schritte auf dem Gang verklungen waren, sagte sie auf russisch: »Hör zu, Katja. Ich will mit dir keine Liebe machen. Wenn du mir sagst, für wen dein Stammkunde Waleri Prichodko arbeitet, dann gehe ich sofort wieder.«

»Was für ein Prichodko? So einen kenne ich nicht!« Sie sprach mit starkem ukrainischem Akzent.

Sweta runzelte die Brauen.

»Wir können im guten miteinander reden.« Mit einer leichten Bewegung zog sie eine Pistole aus der Handtasche und entsicherte sie.

»Nimm die Kanone weg! Sonst rufe ich den Wachschutz!«

Im Bruchteil einer Sekunde war Sweta bei dem Mädchen auf dem Bett und drückte ihm mit der Hand die Kehle zu. Den Pistolenlauf steckte sie ihr in den Mund.

»Bis die hier sind«, erklärte sie freundlich, »gibt es dich schon lange nicht mehr.«

Das Mädchen wehrte sich, so gut sie konnte, zerrte an Swetas Arm, aber eiserne Finger preßten ihren Hals nur noch fester zusammen.

»Ich hab' nichts gegen dich«, fuhr Sweta fort. »Ich füge dir auch nicht gern Schmerz zu und fände es unangenehm, dich umzubringen. Das geht dann langsam, und den Namen sagst du mir sowieso. Oder ich lass' dich am Leben, und du bleibst ein Krüppel. Aber versuch' nicht, mich anzulügen. Das spür' ich sofort.«

In Katjas Augen stand jetzt die blanke Angst. Ihr Gesicht war rot angelaufen, auf der Stirn traten die Adern hervor. Sie stöhnte etwas Unverständliches. Ohne ihren Griff zu lockern, zog Sweta die Pistole aus ihrem Mund und wischte sie sorgfältig an dem Laken ab.

»Die bringen dich um!« zischte das Mädchen.

»Vielleicht«, meinte Sweta, »aber dir wird das nichts helfen.«

»Walerka reißt mir die Zunge raus!«

»Das kann ich gleich erledigen. Versteh mal, Katja, im Moment hast du nur mich zu fürchten. Sonst ist es aus mit dir.«

»Ich kann nicht. Ich weiß nichts.«

Sweta holte kurz aus und hieb ihr die Faust in die Magengegend.

Das Mädchen krümmte sich und schnappte nach Luft.

»Das war noch kein Schlag, nur eine Liebkosung«, tröstete sie Sweta. »Soll ich weitermachen?«

»Um Himmels willen, nein«, stöhnte Katja, als sie wieder Luft bekam. »Prichodko arbeitet für den Doktor. Er hat mir das nicht direkt gesagt, sondern sich mal im Suff verquatscht. Eigentlich weiß ich es gar nicht.«

»Stell dich nicht dümmer, als du bist. Weiter.«

»Was weiter? Waleri kam mal besoffen hier an und brüllte, sein Chef wäre ein Geizkragen. Das Restaurant ›Schwarze Augen‹ gehört ihm, aber er läßt seine Männer dort nicht umsonst fressen. Die müssen bezahlen.«

»Was gehört ihm noch außer dem Restaurant?«

»Ich glaube, ein paar Geschäfte und diese Poliklinik oder das Wellness-Center, wie die hier sagen. Das ›Nikiforoff‹.«

»Was ist das für ein Name?«

»Weiß der Teufel. Der Doktor heißt nicht so.«

»Na bitte«, Sweta seufzte erleichtert auf. »Jetzt mußt du nur noch unser Gespräch für dich behalten. Sonst ... du weißt schon.«

Sie schlüpfte aus der Tür und sprang lautlos wie eine Katze aus dem Fenster im Korridor. Einige Minuten später rollte ihr Wagen bereits aus Brighton hinaus.

Arsenis Körper war ein einziger Schmerz. Knochenbrecher und Spely hatten ihr Mütchen an ihm gekühlt. Es schien ihnen Spaß zu machen.

Warum, warum hat sich Lena nur darauf eingelassen hierherzukommen? dachte er deprimiert. Die legen uns beide um.

»Für wen hast du überhaupt die Kanone gekauft?« Knochenbrecher lag auf der Matratze und stocherte mit einem Streichholz in seinen Zähnen herum.

»Für Pablo«, antwortete Arseni seelenruhig.

Pablo, ein Puertoricaner, war der einzige Mieter, der außer Arseni noch in dieser Bruchbude wohnte. Er sprach kein Wort Russisch und war am selben Morgen nach Virginia gefahren, um dort Arbeit zu suchen. Außer Arseni und seinem Kater Ossja gab es hier niemanden mehr. Aber auch der hatte sich am Morgen davongemacht.

Zwanzig Minuten vergingen.

»Ich muß aufs Klo«, erklärte Arseni.

»Du hältst noch eine Weile aus«, raunzte Knochenbrecher, der beinahe eingenickt wäre.

»Ich kann nicht mehr, ich muß!«

»Na, meinetwegen«, brummte Knochenbrecher friedlich. »Bring ihn raus, Spely.«

»Vielleicht machst du mir mal die Hände frei?« bat Arseni. »Oder willst du mir selber die Hosen runterziehen und mich abwischen?«

»Was soll's«, brummte Spely, »aber laß die Tür offen.«

»Willst du zugucken? Interessiert dich so was?« Arseni rieb sich die schmerzenden Handgelenke und schloß die Tür hinter sich.

Rasch überflog er, was in seinem Bad herumstand. Sein Blick fiel auf eine Spraydose mit der Aufschrift: »Stark wirkendes Mittel gegen Ungeziefer. Bei Berührung mit Haut oder Augen sofort den Arzt aufsuchen!«

Arseni wartete ein paar Minuten, zog dann die Spülung und rüttelte an der Tür, die von außen verriegelt war.

»He, Spely!« rief er, »warum hast du abgeschlossen? Ich kann nicht raus!«

Die Tür ging nach innen auf. Als Spely sie aufstieß, sprühte Arseni dem Banditen einen Strahl Insektengift in die Augen.

Der brüllte vor Schmerz auf, griff sich ins Gesicht und stürzte zu Boden, wobei er mit dem Kopf gegen die gekachelte Wand schlug. Arseni fing seine Pistole auf, die sonst in die Toilette gefallen wäre. Er schob den Gangster vollends hinein und verriegelte die Toilettentür rasch von außen. In diesem Augenblick spürte er kaltes Metall an seinem Hinterkopf.

»Weg mit der Kanone, du Aas!« hörte er Knochenbrecher sagen.

Der stieß Arseni wieder ins Zimmer zurück. Was mit Spely passiert war, der stumm in der Toilette lag, interessierte ihn offenbar nicht. Er entriß Arseni die Spraydose und warf sie weg. Dann drückte er ihm die Pistole auf die Brust und zog aus der Hosentasche Handschellen hervor.

»Die wollte ich eigentlich nicht für dich verschwenden«, sagte er und ließ sie um seinen Finger kreisen. »Sind nur einmal verwendbar. Kann man anlegen, aber nicht wieder aufmachen. Die schnappen automatisch zu, und einen Schlüssel gibt es nicht. Damit krepierst du dann. Hände her.«

Arseni machte keine Bewegung.

»Hände her!« Knochenbrecher holte aus und hieb Arseni die Handkante gegen den Hals.

Dem blieb die Luft weg. Schwer schnaufend ließ er sich fesseln.

Lena entschied sich für die U-Bahn. Das war in diesen Abendstunden, da New York voller Staus steckte, die schnellste Möglichkeit. Mit dem Taxi konnte es Stunden dauern. Inzwischen hatten sie vielleicht die Geduld verloren und Arseni umgebracht.

Aber vorher wollten sie aus ihr noch etwas herausholen. Vielleicht, wer ihren Mann erschossen hatte? Sicher konnten die sich kaum vorstellen, daß sie das gewesen war. Inzwischen hatten sie begriffen, daß jemand sie schützte. Sie mußten wissen, wer.

Das heißt, sie würden nicht gleich auf sie schießen. Zuerst würden sie ihr Fragen stellen. Das war ihre Chance ... Wenn man nur wüßte, wie viele dort waren.

Sie drängte sich durch den trägen Menschenstrom von Brighton. Als sie in die Gasse einbog, entsicherte sie die Waffe in ihrer Tasche.

Die schmutzstarrende Treppe. Katzengeräusche im Halbdunkel.

Ruhe bewahren! befahl sich Lena. Sie mußte ohne ein Geräusch in die Wohnung kommen.

Aus Arsenis Zimmer drang Musik von »Combination«. Als Lena vorsichtig die Tür öffnete, erblickte sie einen bulligen

Kerl mit Stiernacken und kahlgeschorenem Hinterkopf, der mit dem Rücken zu ihr saß. Ihm gegenüber stand Arseni an die Wand gelehnt. Er war mit Handschellen gefesselt und sein Mund mit Klebeband verschlossen.

In der Stille war es Knochenbrecher langweilig geworden. Arsenis Plattensammlung enthielt nur Gedichte von Wertinski, Galitsch und Arseni selbst, dazu Musik von Mozart und Vivaldi. Er spuckte ärgerlich aus. Schließlich fand er in seinen unergründlichen Taschen eine Kassette, die er erst vor kurzem gekauft hatte. Die Musik übertönte die Schritte auf der Treppe und das leise Quietschen der Tür.

Auch den Schuß hörte er nicht mehr. Er kippte vor dem entsetzten Arseni vornüber. Sein Kopf fiel gegen Arsenis Knie.

Vierundzwanzigstes Kapitel

Am frühen Morgen stieg ein Mann auf der kleinen Station Kamyschi aus der Moskauer Vorortbahn. Der Wind trieb dünnen Schneegriesel vor sich her, der in die Haut stach. Der Mann schloß sorgfältig den Reißverschluß seiner warmen Daunenjacke, zog sich die Strickmütze über die Ohren und stapfte durch den Schneematsch in Richtung Dorf.

In diesem unrasierten, gebeugten Mann mit Rucksack hätte wohl niemand den erfolgreichen Geschäftsmann, den Chef der florierenden Firma »Puls«, Anatoli Weiß, erkannt.

»Sagen Sie bitte«, wandte er sich an eine alte Frau, die ihm entgegenkam, »kann man hier im Dorf ein Zimmer in einem Haus oder Anbau bekommen?«

»Ach, Söhnchen« – die Alte seufzte –, »von unserem Dorf ist doch kaum noch was übrig. Zweieinhalb Omas und ein Opa. Willst du für den Sommer was festmachen?«

»Nein. Ich möchte jetzt hierbleiben. Vielleicht für zwei Wochen.«

»Wozu?«

»Ich will mich ein wenig erholen. Hier ist reine Luft und vor allem Ruhe.«

»Und was zahlst du?«

»Was man verlangt.«

»Na schön«, meinte die Alte, »soll ich dich gleich mitnehmen? Du bist, wie ich sehe, ein gesitteter, friedlicher Mensch, der nicht trinkt. Oder?«

»Stimmt, ich trinke nicht.« Weiß nickte. »Und friedlich bin ich auch.«

»Sehr schön. Du kannst mir das Holz hacken. Ich bin nämlich allein, mein Alter ist vor zwei Jahren gestorben. Im Sommer bringen sie die Enkel zu mir. Wie heißt du denn?«

»Anatoli.«

»Und ich bin Polina Sergejewna. Du kannst mich Tante Polja nennen.«

Die alte Frau führte ihn in ein sauberes, solides Holzhaus mitten im Dorf.

»Das Haus ist groß, aber ich heize nur noch zwei Zimmer«, erklärte sie. »Im zweiten kannst du wohnen.«

Das Zimmerchen war hübscher, als Weiß erwartet hatte – bunte Läufer, schneeweiße gestärkte Spitzengardinchen an den Fenstern, ein runder Tisch mit einer gestickten Decke und ein eisernes Bett mit glänzenden Kugeln an allen vier Ecken.

Allein geblieben, ließ er sich auf das Bett fallen und starrte an die Decke. So verharrte er, ohne sich zu regen, über eine Stunde.

Sweta traf, wie vereinbart, gegen halb zehn bei Steven ein.

»Ehrlich gesagt, ich mache mir Sorgen«, verkündete der Alte, als er ihr öffnete. »Lena ist von einem Mann angerufen worden, hat sich sofort angezogen und gesagt, sie müßte noch einmal rasch nach Brighton zu ihrem Freund Arseni, ihm irgendein Buch bringen.«

»Ist sie schon lange weg?«

»Etwa eineinhalb Stunden. Sie wollte vor Ihnen zurück sein.«

»Darf ich mal telefonieren?«

»Natürlich.« Steven führte Sweta zum Telefon, das im Wohnzimmer stand.

Nachdem sie eine Nummer gewählt hatte, sagte sie rasch: »Brighton. Restaurant ›Schwarze Augen‹. Wellness-Center ›Doktor Nikiforoff‹. Deckname Doktor.« Damit legte sie auf.

»Beruhigen Sie sich«, sagte sie zu Steven. »Ich fahre hin und hole Lena ab.«

»Wollen Sie nicht lieber hier warten? Sie hat es doch versprochen.«

»Sie kennen diesen Arseni nicht. Der fängt an, ihr seine Gedichte vorzulesen, und läßt sie bis zum späten Abend nicht weg.«

»Wieso? Arseni kenne ich. Das macht mich ja so besorgt, daß nicht er am Telefon war. Er hat eine klare, tiefe Stimme, aber das war ein anderer. Und dann hat Lena sehr angespannt gewirkt. Ich spreche kein Russisch und habe nicht verstanden, was sie gesagt hat, aber ihr Tonfall und das Gesicht ...«

Ein guter Beobachter, der Alte, dachte Sweta anerkennend. Laut sagte sie so ruhig wie möglich:

»Um so besser, wenn ich fahre.«

»Aber vielleicht verfehlen Sie sich.«

»Wenn sie eher da ist, dann warten Sie einfach auf mich.«

»Mit dem Restaurant wird es heute wohl nichts mehr«, seufzte Steven, als er Sweta zum Wagen brachte.

»Doch, doch!« Sweta schlug die Tür zu und raste ohne Rücksicht auf alle Verkehrsregeln durch die stille Straße davon.

Nehmen wir an, überlegte sie, sie haben ihn als Geisel genommen. Er hat bei ihnen herumspioniert, und sie haben ihn dabei erwischt. Selber schuld, schließlich ist er kein Säugling mehr. Die hätten ihn sowieso kaltgemacht. Das müßte doch auch Lena begreifen. Und trotzdem ist sie hingefahren, damit sie auch mit ihr Schluß machen. Da ist sie ihnen so oft entwischt, und nun läuft sie ihnen freiwillig in die Arme! Wenn es ihr selber egal ist, könnte man das ja noch verstehen, aber das Kind ... Das war's dann wohl ...

Sweta wurde immer klarer, daß sie diese Fahrt vergebens machte. In Arsenis Höhle lagen jetzt zwei Tote. Nein, drei – das ungeborene Kind in Lenas Bauch.

»Lieber Gott!« hörte sich Sweta plötzlich flehen. »Gib ihr eine Chance, die letzte, unmögliche Chance – ihr und dem Kind!«

Schon von weitem sah sie die schwarzen Rauchschwaden. In der Gasse direkt vor der zweistöckigen Hütte, auf die sie zuging, standen mehrere Feuerwehrautos und Polizeiwagen, dazu ein Krankenfahrzeug.

Die Flammen waren schon gelöscht, aber der Rauch trieb einem die Tränen in die Augen. Sweta sah, wie zwei Leichen in schwarzen Plastiksäcken herausgetragen wurden.

Ihr Kopf war völlig leer. Was nun? Nach Hause fliegen? Ja, unbedingt. Noch heute nacht. Ihren Auftrag hatte sie erfüllt. Ihre Schutzbefohlene zu retten war ihr allerdings nicht gelungen. Andrej Iwanowitsch würde nur den Kopf schütteln und sagen: »Schade um Lena, aber da hast du nichts machen können.«

Plötzlich fiel Sweta der alte Steven ein, der jetzt allein in seinem Haus saß und wartete. Er würde wohl nie erfahren, wo die Tochter seines Freundes geblieben war. Papiere hatte man bei den Leichen sicher nicht gefunden, und die Gesichter waren bis zur Unkenntlichkeit verbrannt. Wenn die Kerle die Leichen nicht mitgenommen hatten, um sie selber zu entsorgen, dann hatten sie sie entstellt.

Sweta bekam kaum noch Luft, als ob ihr etwas die Kehle zuschnürte. Sie preßte die Augen fest zusammen und schüttelte den Kopf.

Wenn ich wenigstens weinen könnte, dachte sie. Aber ich kann nicht. Ich bin eine gefühllose Puppe, innerlich vollkommen leer ...

Sie ließ den Kopf auf das Lenkrad sinken. Zu Steven fahren

– das war das letzte, was sie jetzt noch für Lena tun konnte. Aber das durfte sie nicht. Der Alte wußte, wohin Lena gefahren war, und kannte Arseni. Wenn er feststellte, daß beide verschwunden waren, verständigte er gewiß die Polizei. Die begann zu wühlen, eins und eins zusammenzuzählen … Inzwischen war sie längst über alle Berge, aber das Risiko durfte sie nicht eingehen. Das wäre unvernünftig. Und was ging sie schließlich ein fremder alter Amerikaner an?

Das vernünftigste war, rasch und unbemerkt in ihr Studio zu fahren, ein Ticket für den nächsten Flug zu bestellen und so schnell wie möglich zu verschwinden.

Sweta befahl sich, jetzt an nichts anderes zu denken. Es hatte ohnehin keinen Sinn mehr. An der Ecke der Sidney-Street parkte sie ihren Wagen so, daß Steven ihn aus dem Fenster nicht sehen konnte. Wenn ihr zufällig ihre Vermieterin Suzy über den Weg lief, würde sie sagen, sie müsse für drei Tage dienstlich nach Washington …

Sweta ging mit gesenktem Kopf, tief in Gedanken, einige Dutzend Meter die leere Straße entlang. Sie kam erst wieder zu sich, als sie feststellte, daß sie an Stevens Tür klingelte.

»Wie gut, daß Sie so schnell zurück sind. So kommen wir doch noch ins Restaurant.« Der Alte war ganz aufgeregt. »Ich weiß nur nicht, was ich mit diesem Arseni machen soll. Sein ganzes Gesicht ist blutunterlaufen, und mit seinen Armen ist auch was nicht in Ordnung. Ich wollte schon meinen Hausarzt rufen, aber Lena meint, das sei nicht nötig …«

Sweta erstarrte zur Salzsäule.

»Sie sind oben im Bad.«

Sweta flog die Treppe hinauf und riß die Tür auf.

Auf dem Wannenrand saß Arseni mit zerschundenen Lippen und einem dicken blauen Auge. Lena stand über ihn gebeugt und versuchte die Handschellen mit einer Nagelfeile zu öffnen.

»Wovon man nichts versteht, das soll man seinlassen.«

Sweta holte aus ihrer Tasche eine Nagelschere, drehte sie einmal im Schloß, und die Handschellen sprangen auf.

Arseni rieb sich die schmerzenden Gelenke.

»Von Ihnen habe ich schon lange gewußt. Ich habe nur nicht gedacht, daß Sie so schön sind.«

Er verbeugte sich galant und küßte Sweta mit seinen geschwollenen Lippen die Hand.

»Ihr habt wohl sieben Leben!« konnte Sweta nur sagen.

»Übrigens habe ich noch etwas rausgekriegt. Auch deswegen durften sie uns nicht umbringen.« Arseni lächelte schuldbewußt. »Die Leute vom Doktor waren hinter Lena her. Sein richtiger Name ist Muchtar Ismailow ...«

»Der Besitzer des Restaurants ›Schwarze Augen‹, des Wellness-Centers ›Doktor Nikiforoff‹ und einiger großer Geschäfte«, fuhr Sweta fort. »Das weiß ich schon. Woher kommt eigentlich der Name ›Nikiforoff‹?«

»Seine Geliebte heißt Wika Nikiforowa. Ihr zu Ehren hat er das Etablissement so genannt, auf amerikanisch mit zwei f am Ende.«

»Also, dann auf ins ›Yesterday‹ am Broadway. Dort habe ich einen Tisch bestellt. Aber was machen wir denn mit diesem hübschen Kerl hier?« Sweta schaute zweifelnd auf Arseni.

»Was für eine Frage! Ich komme mit!«

»Du solltest dich lieber hinlegen, Arseni. Vielleicht hast du eine Gehirnerschütterung«, drängte ihn Lena sanft.

»Mit der Visage lassen die Sie gar nicht rein«, bemerkte Sweta.

»Doch von Natur aus bin ich schön« – Arseni zwinkerte mit dem geschwollenen Auge – »und begabt. Soll ich Ihnen ein paar Verse von mir vortragen?«

»Ein anderes Mal unbedingt. Aber jetzt bringe ich Sie zu mir. Dort duschen Sie, schlucken zwei Aspirin und legen sich hin. Das Telefon ignorieren Sie einfach.«

Im »Yesterday« spielte eine Gruppe bekannte Songs der Beatles. Lena und Sweta stellten plötzlich fest, daß sie einen Bärenhunger hatten. Die riesigen englischen Beefsteaks waren im Nu verschwunden, und zu Stevens Erstaunen sagten sie auch zu der Apfeltorte als Nachtisch nicht nein.

»Ich verstehe, daß Lena jetzt für zwei essen muß. Aber Sie«, wandte er sich an Sweta, »wo essen Sie das alles hin?«

»Ich staune selber!« Sweta lachte und nahm zur Torte einen großen Schluck starken Tee.

»Nun mal ehrlich, was ist denn wirklich mit eurem Arseni passiert?«

»Er hat sich zuerst mit heißem Wasser verbrüht und ist dann auch noch die Treppe hinuntergestürzt«, erklärte Lena.

»Vor kurzem war er doch erst von einer Leiter gefallen und hatte sich das Bein gebrochen.«

»Da siehst du's!« bekräftigte Lena. »Er ist halt ein Pechvogel.«

Sweta schaute auf die Uhr. Es war bereits Viertel zwei. Die Zeit war wie im Fluge vergangen.

»Sagen Sie, Steven, gibt es in New York ein Nachrichtenprogramm über besondere Vorfälle?«

»Natürlich. Um halb zwei und dann noch einmal um drei Uhr nachts. Kanal neun. Wollen Sie einen Kommentar zum Treppensturz des großen russischen Dichters Arseni hören?«

»Genau«, erwiderte Sweta fröhlich und zückte eine Zigarette. »Steht hier irgendwo ein Fernseher?« fragte sie den Kellner, der herbeieilte, um ihr Feuer zu reichen.

»Ja, in der Bar im Nebenraum. Aber dort läuft gerade ein wichtiges Footballspiel. Wenn Sie etwas Bestimmtes sehen wollen, dann spreche ich mit unserem Manager. In seinem Büro befindet sich auch ein Apparat.«

Eine Viertelstunde später saßen die beiden Frauen in Ledersesseln im Büro des Geschäftsführers. Steven hatte nicht mitkommen wollen. Er hatte den zweiten Weltkrieg bei der Infanterie erlebt. Blutüberströmte Leichen regten ihn noch heute auf, selbst wenn er sie nur auf dem Bildschirm sah. Diese Art Nachrichten schaute er sich nie an.

Nach dem Vorspann erschien eine hübsche Moderatorin.

»Es folgt eine Reportage aus Brighton Beach«, erklärte sie. »Vor vierzig Minuten hat es dort ein wahrhaftes Gemetzel gegeben.

Gegen 0.30 Uhr stürmten vier Männer in Masken und kugelsicheren Westen das Restaurant ›Schwarze Augen‹. Mit vorgehaltener Waffe zwangen sie alle Anwesenden, sich auf den Boden zu legen. Da hatten sie bereits drei Wachmänner getötet.

Ein leitender Angestellter, der glaubte, es seien Einbrecher, bot ihnen Geld an. Sie erschossen ihn auf der Stelle. Dann töteten die Unbekannten neun Gäste und zwei Kellner durch Genickschuß. Wie sich später herausstellte, sind alle Opfer junge Männer russischer bzw. kaukasischer Herkunft. Sie alle waren bewaffnet.

Zur gleichen Zeit verschafften sich drei als Gäste getarnte Männer Zugang zum Büro des Wellness-Centers ›Doktor Nikiforoff‹, wo sie vier Wachleute, zwei Angestellte und die Ärzte umbrachten. Es fragt sich, wozu das kleine Wellness-Center vier Wachleute brauchte.

Zwei Männer stürmten die Wohnung einer Emigrantin aus Rußland, des ehemaligen Fotomodells Veronika Nikiforowa, bei der ihr Freund Muchtar Ismailow, ebenfalls Emigrant aus Rußland, zu Gast war. Er ist der Besitzer des genannten Restaurants und Wellness-Centers.

Beide Anwesende wurden aus Maschinenpistolen im Bett erschossen. In der Küche fand man außerdem die Leichen der drei Leibwächter Ismailows.

Die neun an diesen Überfällen beteiligten Personen sind in unbekannter Richtung verschwunden. Niemand hat die Wagen gesehen, mit denen sie kamen. Niemand kann sie identifizieren, denn sie trugen Masken. Hier ein Gespräch mit einem unserer tüchtigen Polizisten, Sergeant Crosby.«

Auf dem Bildschirm erschien ein finster dreinblickender Dicker mittleren Alters.

»Sagen Sie, Sergeant«, frage ihn die Reporterin und hielt ihm das Mikrofon vors Gesicht, »haben Sie schon eine Vermutung?«

»Kein Kommentar!« bellte der Sergeant und schob das Mikrofon beiseite.

»Na gut«, fuhr die Reporterin ungerührt fort, »dann fragen wir jemand anderen.«

Die Kamera fuhr über die Gesichter der Polizisten und stoppte bei einem charmanten jungen Mann.

»Möchten Sie unseren Zuschauern etwas sagen?« fragte die Reporterin.

»Detective Snake«, stellte der sich vor. »Wir gehen davon aus, daß es sich hier um einen Terrorakt mit nationalistischem Hintergrund handelt.«

»Kann es nicht auch sein, daß es um die Aufteilung von Territorium zwischen großen Verbrecher-Clans ging?«

»Ihre Frage habe ich bereits beantwortet!« Die Stimme des charmanten Detectives klang jetzt leicht gereizt.

»Eine Sekunde, Sir!« Die Reporterin ließ nicht locker. »Was ist mit dem Brand, der hier eben noch gewütet hat? Es ist nur von zwei Leichen die Rede. Der eine Mann starb an einem Schuß ins Herz, und dem anderen soll der Kopf eingeschlagen worden sein. Hat das auch etwas mit dem ›Terrorakt‹ zu tun?«

»Es ist alles gesagt.« Snakes Miene wurde nun ebenso finster wie die des Sergeants. »Die Ermittlungen haben gerade erst begonnen. Hindern Sie uns nicht daran, unsere Arbeit zu tun. Entschuldigen Sie mich.«

»Also« – die Reporterin zwinkerte in die Kamera –, »unsere tüchtige Polizei und die Stadtbehörden meinen, in Brighton Beach gebe es kein organisiertes Verbrechen. Wie gern möchten wir ihnen glauben.«

Sie gingen ins Restaurant zurück. Steven, der über dem Kaffee eingenickt war, fuhr hoch.

»Ich habe schon bezahlt«, teilte er ihnen mit.

»Aber das war doch meine Einladung!« empörte sich Sweta.

»Entschuldigen Sie, Lady. Sie mögen mich ja für einen Chauvi halten, wie sich die heutigen Feministinnen auszudrücken pflegen, aber ich bin ein Mann alter Schule. Ich bin es nicht gewohnt, mir von einer Dame im Restaurant die Rechnung bezahlen zu lassen.«

Im Auto fragte Sweta auf russisch: »Warum habt ihr denn die Hütte angesteckt?«

»Das waren wir nicht. Wir sind auf den Strand hinausgelaufen und haben erst von dort den Rauch gesehen. Wir wußten gar nicht, was da brennt.«

Sweta betrat ihr Studio, so leise sie konnte. Arseni schlief zusammengerollt auf dem kleinen Küchensofa. Nur noch die Dusche, und dann ins Bett, dachte sie. Lange hatte sich Sweta nicht so zerschlagen gefühlt.

Als sie mit feuchtem Haar, nackten Füßen und nur mit einem langen weißen T-Shirt bekleidet aus dem Badezimmer kam, saß Arseni auf dem Fußboden und blickte sie mit seinem gesunden, sehr blauen Auge listig an.

»Wo ist mein ›Hundepaket‹?«

»Im Kühlschrank. Steven, mitfühlend wie er ist, hat dir sein halbes Schnitzel und ein Stück Apfeltorte übriggelassen.«

»Gegen ein Nachtmahl hätte ich nichts einzuwenden.«

»Das wird wohl eher ein Frühstück. Aber kümmere dich selber darum. Ich will schlafen.«

»Hervorragend. Dann schlafen wir eben zusammen.«

»Na, du bist mir ja einer! Und wenn ich etwas dagegen habe?«

»Dann wehr dich!«

Arseni nahm Sweta auf die Arme. Sie wehrte sich nicht.

Daß der Doktor aufgeflogen war, erfuhr Weiß aus den Abendnachrichten des Senders »Freies Europa« aus Washington. Tante Polja hatte ihm ein altes Radio geliehen, an dem er aus Langerweile herumdrehte und hörte, was er gerade fand.

Zuerst wollte Weiß seinen Ohren nicht trauen. Wer? hämmerte es in seinem Kopf. Wer brachte es fertig, den Doktor samt seinen Leuten abzuschießen wie Spatzen?

Die ganze komplizierte, bislang tadellos funktionierende Konstruktion, die Weiß aufgebaut hatte, zerfiel in wenigen Tagen vor seinen Augen. Es war, als ob ein Wirbelsturm alles hinwegfegte, was er sich in Jahren mühsamer Arbeit geschaffen hatte. Nein, das war kein Wirbelsturm, keine sinnlose Naturgewalt! Schuld an allem war diese Lena Poljanskaja.

Weiß trat ins Vorhäuschen hinaus und steckte sich eine Zigarette an. Als er sich etwas beruhigt hatte, widersprach er sich selbst: Es konnte nicht die Poljanskaja gewesen sein, die ihre Killer losgeschickt hatte, um den Doktor zu beseitigen. Nicht sie hatte Amalia Petrowna so elegant aus dem Weg geräumt. Und es war auch nicht sie, die den Killer in der Schmidtstraße ausgeschaltet hatte und ihn, Weiß, von Profis beobachten ließ …

Er beschwor sich selbst: Sei kein Idiot, laß dich nicht verwirren, denk nach und finde einen Ausweg!

Er zweifelte nicht daran, daß der Hexer bereits vom Schicksal des Doktors wußte. Jetzt bedeutete er, Weiß, ihm gar nichts mehr. Sollte er versuchen, mit ihm Kontakt aufzunehmen? Der Hexer war nicht dumm und wußte genau, daß das Präparat sein Geld wert war. Summen, die selbst diesem Mafia-Boss, traumhaft erscheinen mußten. Er konnte auch versuchen, noch einmal ganz von vorn anzufangen. Zunächst galt es abzuwarten, bis Gras über die Sache gewachsen war. Aber diese Poljanskaja mußte weg, die ihm wie ein Splitter im Auge saß.

Und überhaupt – er konnte durchaus auf den Hexer setzen. War der schlechter als der Doktor? Im Grunde konnte es ihm gleich sein, unter welchem Dach er die Sache durchzog.

Hatte doch der Hexer schon mehrfach angedeutet, daß seine Leute nicht nur als Kuriere taugten. Aber der Doktor hätte keine Konkurrenz geduldet. Der Hexer und er kannten sich lange, hatten immer Neutralität gewahrt, zumindest nach außen. In den vergangenen zwei Jahren hatte der Doktor aber in einer andere Liga gespielt als der Hexer ...

Den Doktor gab es nun nicht mehr. Sicher hatte der Hexer nichts dagegen, seinen Platz einzunehmen.

»Und wie geht es nun weiter mit dir?« fragte Sweta, als sie Arseni und sich Kaffee einschenkte.

Nach einer stürmischen Nacht hatten sie bis zwei Uhr mittags geschlafen und setzten sich jetzt gegen halb vier zum Frühstück nieder.

»Bei San Francisco gibt es ein orthodoxes Mönchskloster. Der Abt, Archimandrit Wladimir Wereschtschagin, ist mein Großonkel. Ich wollte schon lange mal zu ihm ...«

»Sehr poetisch – als Mönch in Amerika.« Sweta lachte. »Das könntest du doch auch in Rußland haben.«

»Was für ein Mönch wird schon aus mir! Ich will meinen Großonkel wiedersehen. Die Wereschtschagins sind selten geworden auf dieser Welt. Eine Weile kann ich bestimmt den Novizen spielen und in einer Klosterwerkstatt arbeiten. Und was dann wird, weiß Gott allein. Vielleicht komme ich auch nach Rußland zurück. Im Moment fehlen mir dafür die Papiere und das Geld.«

»Aus dir wird nie ein Novize.«

»Warum?«

»Du hast so einen unzüchtigen Blick!«

Drei Tage später verabschiedeten sie Arseni nach San Francisco. Die Schrammen in seinem Gesicht waren fast verheilt.

Sweta kaufte ihm ein paar anständige Sachen. Im dunklen Pullover über einem schneeweißen Hemd sah er wieder blendend aus.

Sie hatten noch eine halbe Stunde bis zum Start. Der Flughafen war fast leer. Sie ließen sich in einem kleinen Café nieder.

»Wirst du manchmal an mich denken?« fragte Arseni unvermittelt und schaute Sweta in die Augen.

»Ich schreibe dir«, versprach Sweta.

Um nicht zu stören, stand Lena auf und ging ein paar Schritte zum Supermarkt hinüber.

»Briefe brauchen lange«. Arseni seufzte. »Ob wir uns wohl irgendwann wiedersehen?«

»Das weiß Gott allein ...«

Einige Minuten saßen sie so und sahen sich schweigend an. Arseni nahm ein kleines Emaillebild der Kasaner Muttergottes, das er zusammen mit einem Kreuz auf dem Leib trug, und gab es Sweta.

»Danke«, sagte sie und preßte es in ihrer Hand zusammen.

Der dritte Aufruf zum Einsteigen erklang. Lena kam zurück.

»Es wird Zeit.« Arseni stand auf, zog aus seiner Tasche ein dickes, abgeschabtes Notizbuch mit kariertem Einband hervor und gab es Lena.

»Wenn du kannst, dann wähle aus, was dir gefällt, und versuche es in Rußland herauszubringen.«

Lena blätterte in dem Heft, das von der ersten bis zur letzten Seite mit Gedichten gefüllt war. »Okay. Ich will tun, was ich kann. Schreib mir.«

Der Hexer war ein begeisterter Billardspieler. Donnerstags von acht bis zehn konnte man ihn immer in einem Billardlokal an der Presnja finden.

Er war kein bißchen erstaunt, als Weiß bei ihm auftauchte. Er wußte, daß dieser ihn persönlich aufsuchen würde. Selbst den Inhalt des Gesprächs konnte er sich ungefähr vorstellen.

Für einen Mann auf der Flucht sah Weiß nicht schlecht aus. Er hatte sich lange nicht rasiert, aber das stand ihm gut. Selbst die schwarzen Jeans und der dicke weiße Pullover schienen besser zu ihm zu passen als die strengen Anzüge, die er sonst trug.

Der Hexer wog rasch alles Für und Wider ab. Eigentlich konnte er gar nichts verlieren, wenn er auf Weiß' Angebot einging, aber durchaus eine Menge gewinnen. Und Weiß hatte er bald geschluckt. Der kam ja schon auf allen vieren angekrochen. Nicht einmal das Killerhonorar hatte er zurückverlangt, als hätte er es längst vergessen.

»Wo kann ich dich finden?« fragte er rasch und sah Weiß dabei nicht an.

»Wieviel Zeit brauchst du, um herauszukriegen, wer hinter mir her ist?« antwortete der mit einer Gegenfrage.

»Zwei Tage, nicht mehr.« Der Hexer schlug seinem Gegenüber auf die Schulter. »Wo also verkriechst du dich? Vielleicht sagst du's mir aus alter Freundschaft?«

»Ich ruf' dich in zwei Tagen wieder an. Ich lauf' dir schon nicht weg.« Weiß zwang sich zu einem Lächeln. »Ich verkrieche mich auch nicht. Will nur meine Ruhe haben. Dort ist kein Telefon. Ich muß ein Stück fahren. Was kümmert dich das? Am Sonnabend melde ich mich.«

Von wegen, er versteckt sich nicht! dachte der Hexer hämisch. Die Miliz ist mit hängender Zunge hinter ihm her, aber er ruht sich aus. Den Hochmut werde ich ihm schon noch austreiben. Und zwar mit dem größten Vergnügen. Der Hexer verzog genüßlich das Gesicht.

»Na, du mußt's wissen«, sagte er laut und ging zum Billardtisch zurück.

Zwei Tage lang verhielt Weiß sich ruhig, hackte Holz für die Hausfrau, heizte das Badehäuschen auf dem Hof, schwitzte mit Genuß und schlug sich mit Birkenreisern.

Am Samstagmorgen ging er ohne Eile zur Bahnstation und nahm den Vorortzug, der aus Moskau kam. Eineinhalb Stunden später stieg er an der Endstation aus, einem alten Städtchen ganz am Rande des Moskauer Gebiets. Bei den Fernsprechern auf der Post war es leer. Weiß erstand einige Chips und rief den Hexer an.

»Ich kenn' dich nicht und hab' dich nie gekannt«, sagte der rasch und legte sofort wieder auf.

Weiß wählte gleich noch einmal.

»Moment, sag wenigstens, wer. Die Miliz?«

»Hast dich aus dem Staub gemacht!« bellte der Hexer. »Daß die Miliz dich sucht, weißt du selber. Aber da sind noch ganz andere hinter dir her.« Dann hörte er nur noch das Besetztzeichen.

Das war's dann, dachte Weiß. Wieso bin ich Idiot nicht gleich darauf gekommen? Das hätte ich auch ohne den Hexer wissen können. Im Grunde wußte ich es ja und wollte es nur nicht wahrhaben. Es konnte nicht sein! Wir sind uns doch nie wirklich in die Quere gekommen. Das ist das Ende ...

Er wählte noch einmal. Hoffentlich nahm jemand ab, schließlich war Sonnabend.

»Redaktion ›Smart‹. Sekretariat des Chefredakteurs«, erklang eine angenehme Frauenstimme.

»Hallo. Sagen Sie bitte, wann kommt die Leiterin der Literaturabteilung, Lena Poljanskaja, aus New York zurück?«

»Verzeihen Sie, mit wem spreche ich?«

»Ich übersetze für Ihre Redaktion aus dem Französischen. Mein Name ist Strelzow. Frau Poljanskaja hat mich gebeten, etwas für sie zu übersetzen. Die Sache ist fertig. Sie meinte, es wäre eilig ...«

»Lena Poljanskaja kommt am Mittwoch zurück.«

Weiß spazierte noch eine Weile in dem altehrwürdigen Städtchen herum. Unweit vom Bahnhof fand er ein kleines gemütliches Restaurant, wo er gut zu Mittag aß. Dann stieg er wieder in den Zug und fuhr nach Kamyschi zurück.

Am Montagmorgen begegnete die Sekretärin Katja im Flur Goscha Galizyn.

»Seit Lena weg ist, liegst du wohl völlig auf der faulen Haut?« Sie tätschelte ihm zärtlich die Wange. »Eure Übersetzer klingeln ständig bei mir an.«

»Ist es so schlimm?« frage Goscha mitfühlend.

»Sogar am Sonnabend hat ein Strelzow … oder Skworzow … oder so ähnlich angerufen. Ja, Strelzow hieß er. Er hat in Lenas Auftrag etwas aus dem Französischen übersetzt und wollte es dringend abgeben.«

»Strelzow, sagst du? Aus dem Französischen? Was wollte er denn wissen?«

»Er hat mich gefragt, wann deine Chefin zurückkommt.«

»Und hast du es ihm gesagt?«

»Klar. Warum nicht?«

Goscha eilte in die Abteilung und schaltete den Computer an. Ein Übersetzer Strelzow war in der Datenbasis nicht zu finden. Auch nicht in dem dicken Buch, in das Lena neue Autoren eintrug, bevor sie sie in die Datenbank aufnahm.

Am Abend rief Goscha Krotow an.

Die Maschine nach Moskau startete um 14.00 Uhr New Yorker Zeit.

»Wann sehe ich dich wieder?« fragte Steven, als er Lena zum Abschied küßte.

»Komm doch mal zu mir nach Moskau. Ich kann jetzt bestimmt lange nicht weg. Mach's gut, es wird Zeit.«

Lena mochte tränenreiche Abschiede nicht. Außerdem war es wirklich Zeit.

Das Handgepäck stand schon auf dem Band und bewegte sich auf das Röntgengerät zu. Plötzlich packte Lena ihre Handtasche und schrie auf: »Entschuldigen Sie vielmals! Ich muß noch mal eine Sekunde zurück. Ich habe meine Uhr auf der Toilette liegenlassen!«

»Ihre Uhr ist, wo sie hingehört, Madam!« bemerkte der Kontrolleur verwundert.

»Ja? Tatsächlich …« Lena schoß das Blut ins Gesicht. »Oh, Verzeihung, es war mein Ring. Ich wußte doch, es fehlt etwas. Der Ring ist alt und sehr wertvoll. Wenn er weg ist – das überlebe ich nicht!«

»Regen Sie sich nicht so auf, Madam. In Ihrem Zustand kann das schädlich sein.«

Sie stürzte in Richtung Ausgang und drängte sich durch die Menschen, die ihr entgegenkamen. Weit vor sich, schon auf dem Weg zum Parkplatz, sah sie Stevens weißes Haar leuchten.

Sie erreichte ihn noch, bevor er ins Auto stieg, und schob ihm ein in Plastik gewickeltes Ding in die Tasche. Er starrte sie verwundert an.

»Mach's nicht auf. Das ist eine Pistole. Wirf sie irgendwo fort, möglichst weit weg von hier, daß sie keiner findet. Und entschuldige, ich muß zurück.«

Steven schaute ihr kopfschüttelnd nach.

»Bitte beeilen Sie sich, meine Dame, es wird schon eingestiegen«, rief ihr der dunkelhäutige Grenzbeamte zu. »Na, haben Sie Ihren Ring gefunden?«

»Ich habe ihn!« Lena streckte ihm ihre linke Hand entgegen, an der ihr alter Smaragdring, Vaters Geschenk, blitzte. Im Laufen hatte sie ihn für alle Fälle noch rasch von der rechten an die linke Hand gesteckt.

»Eine Sekunde.« Der Grenzer stoppte sie. »In Ihre Tasche muß ich trotzdem schauen.«

»Natürlich, bitte.« Lena öffnete ihre Handtasche.

»Alles in Ordnung, Madam. Gute Reise.«

Als Lena in der Maschine war, wurde die Tür geschlossen und die Gangway fortgerollt.

»Du mußt verrückt sein«, bemerkte Sweta. »Hast du sie wirklich die ganze Zeit mit dir herumgeschleppt?«

»Sie war nicht groß«, antwortete Lena und ließ sich schwer atmend auf ihren Sitz fallen. »Ich hatte sie einfach vergessen.«

»Ich hoffe, du hast sie nicht in den ersten besten Abfallkorb geworfen?«

»Nein. Ich habe sie einem Polizisten gegeben und gesagt: ›Überreichen sie dieses Spielzeug bitte Detective McCoventry von der Kriminalpolizei mit einem herzlichen Gruß von Lena aus Rußland. Aus dieser Pistole sind in Brighton zwei Banditen erschossen worden.‹«

»Und was hat der Polizist geantwortet?«

»Er hat stramm gestanden und gesagt: ›Danke, Madam, das wird Amerika Ihnen nicht vergessen!‹«

Beide prusteten los, Tränen rollten ihnen über die Wangen, und sie konnten sich lange nicht beruhigen. Die gesitteten Passagiere der Business Class schauten sich verwundert nach ihnen um.

Sechsundzwanzigstes Kapitel

Weiß' Bart wuchs so schnell, daß er bald kaum noch zu erkennen war. Außerdem hatten ihn die letzten Tage sehr verändert. Unter seinen Augen lagen dunkle Schatten, die Wangen waren eingefallen. Trotz Ruhe und frischer Luft fand er keinen Schlaf und brachte keinen Bissen herunter.

»Du fällst mir ja ganz vom Fleisch, Söhnchen«, seufzte die Hausfrau, wenn sie ihn anschaute. »Du ißt nichts, sagst nichts, als ob du einen schweren Kummer hättest.«

Er besaß eine Kopie von Lenas Foto, die er hatte anfertigen lassen, bevor dieses in die Hände des Hexers gelangt war. Irgendwie hatte er wohl gespürt, daß er es vielleicht noch einmal brauchen könnte. Als er jetzt in dieses hübsche, lachende Gesicht schaute, war ihm klar: Solange sie lebte, würde er keine Ruhe finden.

Sein Geschäft hatte ihm nicht nur Geld eingebracht. Ihm war es gelungen, neue Technologien zu entwickeln, um nicht nur die Frucht und die Plazenta, sondern auch das Fruchtwasser und das Blut der Mütter zu verarbeiten. Das Präparat fand immer breitere Anwendung, und die Aussichten waren vielversprechend. Wie viele Jahrhunderte suchte die Menschheit bereits nach dem Elixier der ewigen Jugend! Er, Anatoli Weiß, war ihm am nächsten gekommen. Das bedeutete nicht nur märchenhafte Summen und Ruhm, sondern auch …

Weiß merkte nicht, daß er laut vor sich hin redete. Die Tür seines Zimmers stand halb offen. Tante Polja steckte den Kopf herein und fragte: »Hast du mich gerufen, Söhnchen?« Als sie das Foto in seiner Hand bemerkte, kam sie näher. »Ist das deine Frau?«

Weiß fuhr zusammen und steckte das Foto weg.

»Machst du dich wegen ihr so fertig? Sie ist schön …« Die Alte seufzte auf und verschränkte die Arme über der Brust.

»Ich mache mich fertig?« fragte Weiß erstaunt zurück. »Ja, es stimmt. Wegen ihr«, bekannte er, unerwartet für sich selbst. Und es war die Wahrheit.

Dann hüllte er sich wieder in Schweigen. Tante Polja seufzte noch einige Male auf und entfernte sich kopfschüttelnd.

In der Nacht vom Dienstag zum Mittwoch machte er kein Auge zu. Er kochte sich in der Küche Kaffee, warf sich die Jacke über und trat vor die Tür, um zu rauchen.

Der Schnee, der am Tage gefallen war, blieb jetzt schon liegen. Es hatte aufgeklart. Die Sterne strahlten kalt auf ihn herab, fast wie im Winter. Die milde Frostluft roch nach Frische, und es war so still, wie die Nächte nur in den ersten Wintertagen sind.

Gutes Flugwetter, die Maschine wird pünktlich sein, dachte Weiß, als er in den sternklaren Himmel schaute. Er ging wieder hinein, verschloß seine Zimmertür und prüfte zum wiederholten Mal seinen kleinen, gut gepflegten Browning.

»Lena soll uns als Köder dienen, um Weiß zu fassen?« fragte Krotow ungläubig und blickte seinem Chef in die Augen.

»Hast du eine andere Variante?« gab dieser zurück. »Mach

keine Panik. Der Flughafen ist umstellt, die Jungs bilden um deine Lena sofort einen Kordon. Aber du weißt doch selber: Wenn wir ihn überhaupt nicht an sie heranlassen, verschwindet er wieder. Und wenn wir ihn heute nicht kriegen, dann müssen wir deine Herzallerliebste auf unbestimmte Zeit in einen unterirdischen Bunker stecken. Der gibt keine Ruhe, bevor er sein Ziel nicht erreicht hat.«

»Dafür genügt eine Sekunde ...«, bemerkte Krotow düster.

»Hör mal, wie oft hat sie in der letzten Zeit dem Tod ins Auge gesehen? Es ist immer irgendwie gut gegangen. Und es wird auch diesmal gut gehen. Wir stoppen diesen Weiß. Das schaffen wir. Sie ist unter einem glücklichen Stern geboren.«

»Hör auf damit! Du redest das Unglück noch herbei!« Krotow brüllte fast und hieb dreimal wütend mit der Faust auf die Schreibtischplatte.

»So aufgedreht kenne ich dich ja gar nicht«, bemerkte Kassakow. »Nimm dich zusammen. Das ist die letzte Aktion.«

Weiß betrat das Flughafengebäude in Scheremetjewo erst fünfzehn Minuten nach der Meldung, daß die Maschine gelandet sei. Er wollte sich nicht länger in der Menge der Wartenden aufhalten als unbedingt nötig.

Er sah sofort, daß viel mehr Miliz anwesend war als gewöhnlich. Das kümmerte ihn wenig: In diesem Aufzug konnten sie ihn nicht erkennen, selbst wenn jeder Milizionär sein Foto bei sich trug. Und die waren sicher nicht zu seinen Ehren aufmarschiert: Moskau war in Panik vor Terroristen aus Tschetschenien, für die der Flughafen ein bevorzugtes Zielobjekt darstellte.

Vor der Barriere drängte sich eine große Menschenmenge. Durch die noch leeren Ausgänge konnte man sehen, wie die Passagiere der Maschine aus New York in die Halle mit den Gepäckbändern strömten. Einige gingen zunächst zu den

Duty-Free-Shops, andere standen wartend herum und rauchten. Seine rechte Hand umkrampfte in der Jackentasche den Griff der Pistole. Ja, sie würden ihn sofort festnehmen. Hier war kein Entkommen mehr. Aber früher oder später passierte das sowieso. Und wenn er diesen Schuß getan hatte, war das auch nicht mehr so wichtig.

In den Ausgängen erschienen die ersten Passagiere. Sie schoben Gepäckwagen vor sich her und schauten sich suchend nach bekannten Gesichtern um. Die Menge kam in Bewegung.

Weiß wurde von seinem Platz abgedrängt, wo er alle drei Schalter der Zollkontrolle gut im Blick hatte. Ohne unhöflich zu sein, suchte er eine aufgeregte, füllige Dame etwas beiseite zu schieben, die ihm im Blickfeld stand.

»Bürger, drängeln Sie doch nicht so!« sagte die laut und empört.

»Entschuldigung«, entgegnete er leise und suchte sich eine andere Wartestellung.

Lena entdeckte er bereits, als sie noch an der Paßkontrolle stand. Sein Herz schlug zum Zerspringen. Durch diese Tür mußte sie herauskommen, dann noch ein Schritt, Waffe hoch und ...

Der Grenzbeamte hielt Lena länger auf als andere Passagiere. Krotow sah, wie die Blondine hinter ihr langsam unruhig wurde. Aber der Grenzer nahm sich Zeit. So war es abgesprochen.

Dabei durfte er nicht übertreiben. Weiß konnte das Manöver durchschauen und sich absetzen. Fassen mußten sie ihn hier, in dieser Minute, da die Menge sich bereits lichtete.

Krotow und alle seine Kollegen trugen natürlich Weiß' Foto bei sich und hatten seine Gesichtszüge gründlich studiert. Sie wußten aber auch, daß sich ein Mensch bis zur Unkenntlichkeit verändern kann, besonders wenn er mittelgroß ist, eine Durchschnittsfigur hat, auf 45 bis 50 Jahre geschätzt wird und keine besonderen Kennzeichen aufweist.

Kaum zwei Meter von Krotow entfernt stand ein älterer Mann, fast schon ein Greis, mit einem kurzen grauen Bart und einer schwarzen Strickmütze, die er tief ins Gesicht gezogen hatte. Seine Hände steckten in den Taschen einer dunkelblauen, pelzgefütterten Jacke. Plötzlich bemerkte Krotow, wie ungeheuer angespannt der Mann war.

In derselben Sekunde sah er Lena, die lächelnd dem Ausgang zustrebte und freudig seinen Namen rief: »Sergej!«

Ohne zu überlegen, stürzte sich Krotow auf den Alten und riß ihm den Arm nach hinten. Ein Browning fiel zu Boden. Aber zuvor löste sich ein Schuß: Weiß hatte in der Tasche den Finger bereits am Abzug gehabt. Es war kein ohrenbetäubender Knall, aber sofort wurde es im Flughafen totenstill. Die Menge wich zurück. Weiß lag bereits am Boden, die Arme in Handschellen auf dem Rücken. Ein Mann von der Einsatzgruppe durchsuchte ihn. Krotow aber sah nur noch Lenas bleiches Gesicht mit den weit aufgerissenen grauen Augen. Sie barg es schweigend an seiner Brust. Eine unbekannte Stimme rief laut: »Einen Arzt! Schnell einen Arzt!« Jetzt erst verspürte Krotow einen stechenden Schmerz im linken Bein.

»Ein glatter Durchschuß, der Knochen ist unverletzt«, teilte ihm ein junger, gutgelaunter Arzt mit, während er ihm im Flughafenstützpunkt einen Druckverband anlegte. »Bis zur Hochzeit ist alles wieder gut! Nehmen Sie das zum Andenken mit.« Er hielt ihm auf der Handfläche ein kleines, längliches Projektil entgegen.

Epilog

Der 1. März, in Rußland traditionell der Frühlingsanfang, war ein sonniger, frostklarer Tag. An Frühling war noch nicht zu denken, und der Sommer schien Lichtjahre entfernt zu sein.

Lenas Bauch war schon so dick, daß ihr kein Mantel mehr

paßte. Den ganzen Februar war sie in Krotows weiter Daunenjacke herumgelaufen, in der sie sich wie ein Faß auf Beinen vorkam.

»Es ist lästig, so dick zu sein«, klagte sie, »lästig und häßlich.«

»Im Gegenteil, du bist sehr schön!« hielt Krotow dagegen.

An diesem 1. März, es war ein Sonnabend, wollten sie in das Waldgebiet des Serebrjany bor hinausfahren, sich ein wenig Bewegung verschaffen und reine Waldluft atmen.

Langsam gingen sie über geräumte Wege und sprachen kein Wort. Sie genossen es, gemeinsam zu schweigen, der Stille zu lauschen, in der nur das Knirschen ihrer Schritte zu hören war und das dumpfe Geräusch, wenn der Schnee von den Bäumen fiel.

Unvermittelt blieb Lena stehen und sagte: »Jetzt ist es soweit. Gehen wir zum Auto zurück.«

»Was ist mit dir?« fragte Krotow erschrocken.

»Ich muß in die Klinik.«

Schwerfällig schob sie sich auf den Rücksitz und murmelte durch die zusammengebissenen Zähne: »Eschrick nicht, wenn ich schreie. Ich nehme mich zusammen, aber es tut höllisch weh.«

»Schrei, so laut du willst, tu dir keinen Zwang an!«

An einer Bushaltestelle bremste Krotow scharf und fragte ein Pärchen, das dort frierend wartete: »Sagen Sie, wo ist hier die nächste Entbindungsstation?«

»An der Salam-Adil-Straße ist ein Krankenhaus.«

»Sergej, könntest du mir beistehen, wenn es hier auf der Stelle passiert?« fragte Lena, als sie über eine Brücke fuhren.

»Weiß ich nicht. Hab's noch nicht probiert.«

»Da sieht man's wieder. Einen amerikanischen Polizisten hätte ich heiraten sollen. Die werden in so was ausgebildet.«

Der Schwester, die ihm Lenas zusammengelegte Kleider brachte, drückte Krotow ein paar Scheine in die Hand.

»Das ist aber nicht nötig«, wehrte diese verschämt ab, steckte das Geld jedoch rasch in die Tasche ihres Kittels. »Fahren Sie nach Hause. Was wollen Sie hier herumsitzen? Rufen Sie später an, und man sagt Ihnen alles Nötige. Haben Sie unsere Telefonnummer?«

»Telefonnummer? Hm, nein. Ich weiß nicht ...«

Die Schwester kritzelte die Nummer auf einen Fetzen Papier und reichte ihn Krotow. »Was stehen Sie noch herum? Fahren Sie nach Hause. Man kann Sie gar nicht anschauen.«

»Was meinen Sie, wird es ... noch lange dauern?«

»Bei Ihrer Frau? Nein, nicht mehr lange. Vierzig Minuten, höchstens eine Stunde.«

»Kann ich nicht doch hier warten?«

»Na, dann bleib meinetwegen hier sitzen. Wenn es geschafft ist, schicke ich jemanden raus oder komme selber. Was fängt man mit so einem Nervenbündel an?«

Als die Schwester gegangen war, brauchte Krotow dringend eine Zigarette. Einige Minuten lang konnte er sich beherrschen, aber dann ging er vor die Tür, rauchte hastig, kam zurück und schaute auf die Uhr. Die Zeiger hatten sich kaum bewegt. Ihm schien, als sei eine Ewigkeit vergangen.

»Sind Sie der Mann von Lena Poljanskaja?« hörte er über sich eine strenge Frauenstimme.

Er hob den Kopf. Vor ihm ragte eine hochgewachsene magere Frau in weißem Kittel und Operationsmaske auf.

Krotow stockte der Atem.

»Sie haben eine Tochter. 3300 Gramm, 51 Zentimeter. Gesund und munter, aber ein Schreihals. Gratuliere.«

Am Sonntag ging Krotow zunächst auf den Markt, um Obst für Lena einzukaufen, dann in die Klinik und von dort zu Georgi und Lida Gluschko, um sich Rat zu holen, was für den Empfang der Kleinen vorzubereiten war. Die hatten drei Kinder und mußten es schließlich wissen.

Nach Hause kam er erst gegen neun Uhr abends. Als er

aus dem Fahrstuhl stieg, steckte die Nachbarin den Kopf durch die Tür.

»Sergej Sergejewitsch«, fragte die betagte Frau im Bademantel freundlich, »darf man Ihnen gratulieren? Jemand hat eine Menge Sachen abgegeben, und Sie waren nicht zu Hause. Es liegt alles bei mir.«

Im Flur der Nachbarin roch es nach Katzen und Kohlsuppe. Vor ihrem Wandschrank standen ein verpacktes Kinderbett, ein Kinderwagen und ein riesiger Lederkoffer.

»Wer hat das alles gebracht?«

»Eine junge Frau. Eine große, hübsche Blondine.«

In dem Koffer waren zwei Päckchen Pampers, Windeln, Strampler, Jäckchen und ein paar lustige Stofftiere. Obendrauf ein Paket mit einem winzigen Deckbett. Ein doppelt gefaltetes Blatt fiel heraus. Krotow nahm es und las: »Bitte bei der Rückkehr aus der Entbindungsklinik übergeben.« Kein Name darunter. Eine feste, klare Handschrift.

Bereits nach vier Tagen durfte Lena mit ihrem Kind nach Hause. Krotow, der in seinem hellgrauen Anzug geradezu feierlich wirkte, erwartete sie mit einem großen Strauß Rosen im Vestibül der Klinik.

Endlich erschien Lena – blaß und abgemagert. Neben ihr ging eine Schwester, die ein winziges, mit rosa Bändern umschlungenes Paket im Arm hielt. Krotow überreichte Lena die Blumen und nahm das Baby ungeschickt und vorsichtig aus den Händen der Schwester entgegen.

»Wie halten Sie es denn? Na, Sie sind mir ein Vater! Das ist doch kein Blumenstrauß.« Die Schwester schlug eine Ecke des Tuchs, in das das Kind gehüllt war, zurück, und Krotow erblickte ein winziges rosiges Gesichtchen.

»Ein hübsches Kind, ganz der Papa!« bemerkte die Schwester.

Als sie zum Wagen gingen, nahm ihm Lena das Bündel ab. »Warte einen Augenblick.« Sie lief zum Tor.

Dort stand eine hochgewachsene Blondine in schwarzen

Jeans und schwarzer Lederjacke. Irgendwie kam sie Krotow bekannt vor. Er sah, wie Lena und die Frau sich küßten und die Unbekannte das Kind betrachtete. Was sie miteinander sprachen, konnte er nicht hören.

»Wer war das?« fragte er, als Lena zurückkam.

»Kannst du dir das nicht denken? Das ist Sweta.«

»Das habe ich mir schon gedacht. Sie hat so viele Sachen für unser Mädchen gekauft, daß es fast peinlich ist. Man müßte ihr etwas dafür bezahlen.«

»Wo denkst du hin ... Wie soll unser Kind überhaupt heißen?«

»Darüber zerbreche ich mir schon die ganzen vier Tage den Kopf«, seufzte Krotow. »Nie hätte ich mir das so schwer vorgestellt. Mir gefällt zum Beispiel Jelisaweta ...«

»Das ist ja toll!« rief Lena froh. »Daran habe ich auch schon gedacht. So hat meine Mama geheißen. Hör mal, wie schön das klingt: Jelisaweta Sergejewna Krotowa!«

Abends kam Goscha Galizyn zu Gast. Als alle bei Tische saßen, sagte er: »Erinnerst du dich noch? Du hast mal versprochen, mir deinen ersten und stärksten Eindruck von New York zu erzählen.«

»Als ich vierzehn war«, begann Lena nachdenklich, »habe ich für Salingers ›Fänger im Roggen‹ geschwärmt. Besonders für die Stelle, als Holden am Teich im Central Park sitzt und darüber nachdenkt, wo die Enten im Winter bleiben. Der Teich friert zu, und ihre Flügel sind beschnitten. Mein stärkster Eindruck war dieser Teich am Südeingang des Central Park, mit seinen Enten ... Auch mir konnte niemand sagen, wo sie im Winter bleiben.«

»Das ist alles?« fragte Goscha enttäuscht.

»Ist das wenig?«

Fred Vargas: »Es ist unmöglich von Vargas nicht gefesselt zu sein« Die Zeit

Die schöne Diva von Saint-Jacques
Im Garten der Sängerin Sophia im Pariser Faubourg St. Jacques steht eines Morgens ein Baum, der am Tage zuvor noch nicht da stand. Niemand hat ihn gepflanzt. Zwei Tage später ist Sophia spurlos verschwunden. Ihr Nachbar Marc, ein junger Historiker, beginnt den Boden unter der kleinen Buche aufzugraben und stößt auf einen uralten Haß, der beinahe auch ihn das Leben kosten wird.
»Eine vielversprechende neue Stimme des europäischen Kriminalromans.« Der Tagesspiegel
Kriminalroman. Aus dem Französischen von Tobias Scheffel. 288 Seiten. AtV 1510

Der untröstliche Witwer von Montparnasse
Mathias, Marc und Lucien, die drei »Evangelisten« aus der »Schönen Diva von Saint-Jacques«, haben einige Monate später ihren nächsten Fall am Hals. Ihr Freund Louis Kehlweiler, Ex-Inspektor des Pariser Innenministeriums, versteckt einen mutmaßlichen Frauenmörder in ihrem Haus, von dessen Schuld er nicht überzeugt ist. Doch schon am nächsten Morgen steht das Phantombild des Mörders in allen Zeitungen.
»Es ist unmöglich, von Vargas nicht gefesselt zu sein.« Die Zeit
Kriminalroman. Aus dem Französischen von Tobias Scheffel. 278 Seiten. AtV 1511

Es geht noch ein Zug von der Gare du Nord
Auf Pariser Bürgersteigen erscheinen über Nacht mysteriöse blaue Kreidekreise, darin liegt stets ein verlorener oder weggeworfener Gegenstand. Keiner hat den Zeichner je gesehen, die Presse amüsiert sich, niemand nimmt die Sache ernst. Aber eines Nachts geschieht, was Kommissar Adamsberg als einziger befürchtet hat: es liegt ein toter Mensch im Kreis.
»Wer Donna Leon liebt, wird Fred Vargas vergöttern.« P.S., Zürich
Kriminalroman. Aus dem Franz. von Tobias Scheffel. 212 Seiten. AtV 1512

Bei Einbruch der Nacht
Ein Wolfsmensch, so sagen die Leute, zieht nach Einbruch der Dunkelheit mordend durch die Dörfer der provenzalischen Alpen. Der halbwüchsige Sohn eines Opfers und ein wortkarger Schäfer nehmen die aussichtslose Verfolgung auf. Ein urkomisches Roadmovie und eine zarte Liebesgeschichte um die schöne Camille und Kommissar Adamsberg aus Paris.
»Prädikat: hin und weg.« WDR
Kriminalroman. Aus dem Franz. von Tobias Scheffel. 336 Seiten. AtV 1513

Mehr Informationen über Fred Vargas erhalten Sie unter www.aufbau-verlag.de oder bei Ihrem Buchhändler

AtV